月華後宮伝4
～虎猫姫は冷徹皇帝と琥珀に惑う～

織部ソマリ　Somari Oribe

アルファポリス文庫

https://www.alphapolis.co.jp/

目次

序章

月魄国《げっぱくこく》の西方。

金桂花《きんけいか》の香りに包まれた月魄国皇都《こうと》、天満《てんまん》よりも乾いた風が吹く琥国《ここく》。

涼やかな銀桂花《ぎんけいか》の香りに満たされたその王都では、月祭《つきまつり》が執り行われていた。

人々は、賑やかな音楽と銀桂花酒《ぎんけいかしゅ》に酔い、煌々《こうこう》と輝く満月を見上げ微笑む。女神がおわす不変の月に感謝し、その加護《かご》を持つ王と我らに益々の祝福を！　と、祈り乾杯する。杯を掲げる先は、もちろん月と王宮だ。

高台にある白亜《はくあ》の王宮は、月光を浴び淡い琥珀色《こはくいろ》に染まっている。そんな王宮の奥。厳かな儀式を終え静けさに包まれた一角に、快活な笑い声が響いた。

「ははは！　王女の姿が見えぬと思ったら、月魄国へ向かっていたか」

そういえば、そんな話をしていたか。側近からの報告に、銀桂花酒を傾け笑うのは琥王《こおう》。今は月魄国にいる、黒虎《こっこ》の琥珀《こはく》と、金虎《きんこ》の王女、琥珀《こはく》の父親だ。二人と瞳の色は違うが、その鋭い目元がよく似ている。

「月祭に合わせ乗り込むとは、琥珀も考えたものだ」

「押し掛ける形で入国されたようですが……よろしいのですか？　国王陛下。王女殿下は王太子ですよ？　後宮へ滞在するとの報せもございます。滞在では済まず、このまま後宮へ入ってしまわれたら……」

「そのつもりであろう。白虎《びゃっこ》を手に入れるため、どのような策を使おうと問題はない」

「しかし」

　尚も言葉を続けようとする側近に、王は眉をひそめた。すると長年仕えている側近は、すっと口を噤んだ。これ以上の言葉を重ねるは悪手。それを理解し、言葉を呑み込むことができるからこそ、男は長年の側近としてここにいる。

「私はまだ玉座を譲るつもりなどない。琥珀が次代を担うまでには時がある。好きにすればいい」

　琥国は女も王になれる国だ。だが、女王よりも男王《だんおう》のほうが歓迎される。虎という、猛々しい存在を崇める国風《こくふう》において、より力強い男王《だんおう》が好まれるのは道理。

　どんなに雄々しくあろうとも、王太子・琥珀は王女。唯一に近い欠点である、『女』を利点に変え後宮に入り込むのはいい策だ。琥王はそう思う。内心、男の王太子を立てたいと思っている臣下に対しても、自身を認めさせるいい方法だ。

神託《しんたく》の白虎姫を唆《そそのか》し攫《さら》うにしても、接触できる場所は後宮のみ。そして、白虎を手に入れるためのもう一つの方法も、後宮の女でなければ取れないもの。

「深く入り込まねば好機は得られぬ。後宮に入り込みすぎた結果、帰国しなかったのなら、あの琥珀はその程度だったというだけのことよ。なに、代わりの琥珀はそのうちまた得られる」

我が後宮には、虎の血を引く妃が幾人もおる。だから心配するなと笑う王に、無言で控える側近は「はっ」と答えて頭を下げた。そして相変わらずな王の冷たい言葉に、ひそかに眉を寄せ思う。

なぜ王は、大切な『琥珀』であるのに、我が子として可愛がることも、金虎として敬うこともしないのかと。もちろん、そんな疑問を口にすることは決してないのだが。

「琥珀がうまく立ち回ったとして、白虎の子が生まれるまで早くとも一年か」

月魄国の皇家も古くは人虎《じんこ》とはいえ、運よく白虎が生まれるとは限らない。白虎は何代かに一人、生まれるか生まれないか。よほど運がよくても、数年かかって授かるかどうかの希少な宝物だ。

「白虎を得るまで数年、琥珀が月華後宮《げっかこうきゅう》に居つけたとしたら、それは皇帝の寵愛《ちょうあい》を勝ち取ったということ。そうなってしまえば、戻らぬ可能性のほうが高そうだな」

琥王はボソリと呟く。

脳裏に浮かぶのは、離宮で預かっている月華後宮の前の主のことだ。彼の後宮には妃が溢れていたという。

そんな先代皇帝を退位させ、即位した現皇帝の後宮に妃は少ないと聞く。だが噂はあてにならない。冷徹《れいてつ》との評判がありながら、実際は父の命を取れなかった情に脆《もろ》い男だ。先代と同じく、望まぬが拒みもしない性質《たち》かもしれない。

実際、押し掛けられ有耶無耶《うやむや》のうちに琥珀を後宮へ迎え入れているのだ。とはいえ、現在の寵姫《ちょうき》、神託の白虎姫——朔月妃《さくげつひ》・凛花《りんか》のことも簡単に手放すとは思えない。

「……まあいい。琥珀は一人ではない」

黒虎の琥珀にも、白虎を手に入れろと密命を下してある。

暗く月のない夜に変化できる黒虎なら、闇に紛れて後宮へ忍び込み、白虎姫を攫《さら》うこともできるだろう。白虎も金虎も、月がなければただの女でしかないのだから。

「先に白虎を持ち帰った琥珀を褒めてやろう」

王はそんな思い付きを口にする。二人の琥珀と会話をしたことなど、ほとんどないというのに。

二人の琥珀は、琥国にとって久しぶりの『琥珀』だ。

四代前が金虎の女王、三代前が金虎の王と、二代続けて『琥珀』の王だったが、その後三代は人の王が続いている。琥珀たちの父王も人だ。

　今の琥国に、『琥珀』の王を知っている者は少ない。だからだろうか。古い伝統を守り、外国との接触を限定している琥国でも、価値観や考え方に変化が起きていた。

　目の前にいた『尊い人虎』の存在がなくなったことにより、徐々に『人虎』はお伽《とぎ》噺《ばなし》の中の存在へ変わってしまった。

　三代前までの時代においても、実際に人が虎に変化する場面を見た者は多くない。だが、記録の中にはたしかに虎がいたし、小さな古い国の中では、『人虎の王』が存在することは当たり前だった。王宮衛士《えじ》の日誌にも、『城壁に昇る虎の影を見た』などの記述が残っている。

　しかし、人虎がいるのが当然という前提が、三代続けて人の王が立ったことにより変わったのだ。

　人虎の王に仕えた古参《こさん》は、人虎だけが持つ威圧感や、月の加護《かご》としか思えない奇跡を知っている。王の気配があると、常に背筋が伸びる気持ちだったとか。

　だが、それを知らない者たちは、王が人でも困ったことはないし、そんな威圧感なんてものがない王の王宮は快適だ。仕事がやりやすい。

　眼光鋭く臣下を威圧し、月の加護《かご》をもって守護をし、国を導いてきた猛虎《もうこ》がいなくなった王宮は、箍《たが》が外れたとまではいかずとも、確実に箍《たが》が緩んだ。

昔も賄賂《わいろ》や派閥《はばつ》争いといった、足の引っ張り合いがなかったとは言わない。

だが、王の威光が弱ったことにより、国ではなく利己を優先したり、追求したりする者が増えた。只人《ただびと》らしいこの現象は、いつか玉座まで蝕んでしまうのでは。そんなことを危惧する古参《こさん》の者もいる中、王宮に生まれたのが二人の琥珀だ。

二人が育てられた場所は、王宮内ではなく離宮。どちらも特別だったからだ。

兄王子の琥珀は、金虎の特徴である琥珀色の瞳を持っていたことから、まだ変化できない赤子の時点で『琥珀』と名付けられた。すぐに優秀な乳母《うば》や侍従《じじゅう》が選任され、『琥珀』専用の離宮、『琥珀宮《こはくきゅう》』の主となる。王宮にいる父母に会えるのも、季節ごとの儀式でのみと決められた。

琥珀宮は立派な『琥珀』になるための場所である。

幼いころから厳しい教育を施し、詰め込み、『琥珀』の型にはめていく。

乳母《うば》も侍従《じじゅう》も教師も、『琥珀』を育てた者が将来得られるだろう利と栄誉のため、

琥珀に飴を与えることも忘れなかった。

琥珀、五歳の誕生日。次は琥珀色の瞳をした王女が生まれたと、琥珀宮に知らせが届いた。琥珀は妹に会いたい！　と心と脚を逸らせ、初めて変化した姿が――黒虎だった。

王宮は大騒ぎとなり、そして『琥珀』の名も、琥珀宮も妹王女のものになった。

琥珀宮を出された琥珀は、名を闇夜《あんや》に変えられた。闇夜とは月のない、暗い夜のこと。月の女神を奉じる琥国では、月から見捨てられたような存在である黒虎は蔑《さげす》みの対象だ。

闇夜となった琥珀には、古びた屋敷《やしき》が与えられた。ここに移るまでの数日間の扱いは、たった五歳の琥珀――闇夜でも『自分は忌み嫌われる存在だ』と理解するには十分だった。

乳母《うば》も侍従《じじゅう》も教師も、使用人もいない。たまに訪れる王宮の下働きが最低限の世話をしていくだけ。突然変わった境遇に、闇夜は恐れ戸惑い悲しんだ。

けれど、いいこともあった。闇夜になったことで自由を手に入れたのだ。

毎日決められた時刻に起こされ、決められた衣装を身に着け、食事をし、いくつもの授業を受ける。『琥珀』らしくと、好みや考え方、笑い方まで強制され、何一つ選べず与えられるだけの生活とは大違い。

自分の足で屋敷《やしき》を抜け出して、見たいものを見て、学びたいことを学び、旅人から外国の話を聞く。友人もできた。黒虎であることや出自は秘密にしていたが。

それに、たまに闇夜に同情してくれる王宮の人間もいた。月官《げっかん》もいた。

そのおかげで、成人した時に彫った背中の刺青《しせい》でさえ、黒虎ではなく、憧れの白虎にも見えるものを選べた。

ただ、名前だけは選べなかったが。

一方、新たに琥珀の名を授けられた王女は、今度こそ『琥珀』であるはずと、より厳しい教育が与えられた。そして期待通り、王女は金虎に変化する。

『琥珀』として厳しいながらも大切に、持ち上げられ育った結果、王女は自信に満ち溢れ、高い矜持《きょうじ》を持つ琥珀になった。我儘《わがまま》も琥珀ならばと許され、そのうち傲慢《ごうまん》にも見える言動に繋がっていく。

だが、その傲慢《ごうまん》ささえも力強い虎の性《さが》だと歓迎された。

それに琥珀王女には、『琥珀』の型にはめた教育がなされているので、その我儘《わがまま》も傲慢《ごうまん》さも所詮『琥珀』の範囲内でしかない。

本当の意味で我を通すような自由はなく、選択肢もない。

王女は気付かぬうちに、『琥珀』という檻《おり》の中の金虎になっていたのだ。

同じ人虎の兄妹でありながら、二人の琥珀は正反対の境遇で育った。一方には与えられ、一方には与えられないものばかり。

しかし、等しく与えられなかったものがあった。愛情だ。

二人にとって、両親は親ではなく国王陛下と王妃殿下。一番身近な乳母《うば》でさえ、臣下として仕えていたくらい。そのくらい、『琥珀』とは特別で、既にお伽噺《とぎばなし》になりつつあった人虎は、子供であっても畏怖《いふ》の対象だった。

　琥国の伝統では、人虎は人よりも尊いもの。そのことは、王を複雑な心持ちにさせた。跡継ぎである琥珀は大切だし、琥珀の親であることは自らが座る王座をより強固にしてくれた。

　だが、琥珀が成長していくにつれ、離宮から妙な気配を感じるようになる。追い立てられるような焦燥感というか、畏れのような不思議な感覚だ。

　そのうちに、あれは慈しむ我が子というよりも、王座を争う者なのでは？　と思ったのだ。だから王も王妃も、必要以上に琥珀にかかわらなかった。

　そして今。二人の琥珀が不在の王宮で、琥王は月を見上げ呟く。

「人虎だけが王の資格を持つ時代は、とっくに終わっているのだ」

　王は薄紫色の瞳を細め、銀桂花酒を飲み干した。

第一章　月祭と二人の虎の姫

月祭の満月が照らす中、凛花は嫣然《えんぜん》と微笑む赤い唇を見つめた。

(琥国の王太子が、まさか王女だったなんて……！)

褐色《かっしょく》の肌に、たっぷりとした波打つ金の髪。意思の強そうな琥珀色の瞳。彼女が月に変化の願いをかけたなら、きっと美しく立派な金虎になる。王太子――琥珀王女には、そう思わせるような迫力と華があった。

それに、これは凛花と琥珀王女の二人だけが感じていることだろうが、お互いに、お互いが虎であると確信していた。

どういうわけか、かち合った視線を外せないのだ。満月である今夜は、虎の獣性が高まっている。虎同士、目を逸らせたほうが負けだと本能で理解しているのだろう。

凛花はせり上がってくる唸り声を喉の奥に押し込め、代わりに小さな笑い声を溢した。

(ああ。彼女も、私も、たしかに虎だ)

満月の夜に人虎と出会うと、こんなふうに感じるとは。黒虎の琥珀とは、満月の夜に相対したことはないので知らなかった。向かい側で同じく獰猛《どうもう》な笑みを浮かべる王女も、きっと似たようなことを思っているのだろう。

一体どうやって視線を外せばいいのか。見つめ合う二人の顔に苦笑が滲む。

（周囲に睨み合っていると思われるのもまずいし……どうしよう？）

しかし、凛花に注がれる視線は感じない。それもそのはず、王女から視線を外せないのは凛花だけではないようだった。

王太子という身分によるものか、内に秘めた猛獣金虎のものかは分からない。だが今、この場にいる誰もが彼女を見つめずにはいられない。

あれは誰だ、琥国の姫では？　月妃《げっぴ》に迎えるのか？　隣り合う者たちの間でそんな囁き声が交わされ、厳かであるはずの月祭会場にざわめきが広がっていく。

そんな時、ドーン、ドーン、と低い太鼓《たいこ》の音が響いた。皆はハッとし口を閉じて、視線を王女から、儀式の舞台へ上がる皇帝・胡紫曄《こしゆう》へと向けた。

月華宮内で執り行われる月祭の儀式は短時間で終了する。月祭の本番はこの後、神《しん》月殿《げつでん》で行われる皇帝と月妃による儀式だからだ。

もう一度、太鼓《たいこ》がドーンと鳴り紫曄が退場する。次に月妃たちが、序列の高い順に退出していく。今回、最上位の弦月妃《げんげつひ》は謹慎中なので、まずは暁月妃《ぎょうげつひ》の赫朱歌《かくしゅか》が立ち上がり、薄月妃《はくげつひ》の陸霜珠《りくそうじゅ》が続く。最後が朔月妃の虞凛花《ぐりんか》だ。

上位の二妃が侍女たちを連れ退場していく中、席で順番を待つ凛花には、忍びやかな視線が注がれていた。琥国の王太子、琥珀王女のせいだ。

もし王女が後宮に入ったなら、その位は今いる月妃の中で最上位となるはず。寵愛《ちょうあい》を受け続けるのか、それとも寵愛《ちょうあい》は薄れてしまうのか。いや、既に薄れたから、この場に王女がいるのではないか？　視線を向ける者たちは、そんな会話も交わしている。

では、寵姫《ちょうき》とはいえ、最下位の月妃である朔月妃の位はどうなるのか。

（はぁ。ヒソヒソ話がよく聞こえてしまうわ）

凛花はそんなことを思い、扇で口元を隠し小さく溜息を吐く。

今夜は満月。しかも一年で一番美しいとされる月祭の満月だ。

どんなに密やかな声でも、距離が離れていても、虎の能力が冴えている今夜は、凛花の耳まで届いてしまう。

（ということは、彼女の耳にも届いているのよね）

まだ席に座ったままの王女をそっと窺うと、その周囲には妙な間ができていた。

参列者は、月妃以外は男性ばかり。誰も彼も挨拶《あいさつ》をしたそうにしているが、女性ということで遠慮しているようだ。

（……それだけじゃなくて、王女から感じる威圧感というか、近付き難さを感じているのかも）

これは金虎特有のものなのだろうか。それとも、あの華々しい王女だから感じるものなのか。人の姿でいるのに、その背に大きな金虎が見えるようだ。

同じ虎でも、黒虎の琥珀には感じなかった艶《つや》やかな威圧感だ。兄妹なのにこうも雰囲気が違うものかと凛花は思う。

（そういえば、琥珀からは『いい匂い』がしたけど、あれって琥国特有の香《こう》だったりして？）

ふと思い出し、凛花は嗅覚を研ぎ澄まして王女の香りを探ってみる。この距離と人が大勢いる場で嗅ぎ分けられるのは満月のおかげだ。年に一度の名月《めいげつ》の夜は、変化を抑えるのに気力を使うが、高まっている虎の能力を利用する分には有り難い。

（あの『いい匂い』には、心地よいほのかな甘さを感じた。男性である琥珀にしては甘い香りだったけど……あれ？　あの香り……しないな）

王女の香《こう》は随分控えめらしい。今夜の凛花でも、嗅ぎ分けるのは困難なくらいだ。

（独特な香りだったから、『琥珀』専用の香《こう》かと思ったりもしたんだけど……違ったのね）

どうやら兄妹でも、香《こう》の好みは随分違うよう。むしろ香《こう》にかんしては、王女の好みは凛花と似ているのかもしれない。

あまり強い香りは虎の嗅覚にはきついので、凛花も基本的に控えめにしている。月が丸い時期は特に控えることもあるのだ。

（こんなところに虎同士の共通点があったのね）

意図せず妙なところで親近感を持ってしまった。凛花はクスリと笑い、退場していく王女の姿を見送った。

そのうちに、順番がきて凛花も退出していく。耳に届く声はもうほとんどない。向かい側の席は、王女だけでなく大半の者が退出した後だ。

「凛花さま……」

麗麗《れいれい》の声が固い。言いたいことは分かっていると、凛花は隣に向かって頷く。

「主上がおっしゃっていた失敗とは、あの艶《つや》やかな方――琥国の王太子殿下のことね」

麗麗は眉をきゅっと寄せ、心配そうな顔で凛花を覗き込む。麗麗には、周囲で囁かれていた声は聞こえていない。だが、月と皇帝を称える月祭に、他国の王女が臨席していたのだ。元月宮衛士《げっかんえじ》で、まだ後宮の事情に疎い麗麗でも、周囲がどう感じたかは察せられる。

今夜は、同じく月を尊ぶ琥国でも月祭のはず。であるのに、王女が月魄国皇宮の月祭に出席した意味は、紫曄を皇帝として称えるということ。すなわち、後宮に入るという意味ではないか？　麗麗もそう解釈したのだろう。

だからこうして凛花を気遣い、後宮に着くまで周囲の目から守ろうと、大きな背を活かし凛花を隠してくれている。

「ありがとう、麗麗。大丈夫よ」

そして後宮の門をくぐると、先に退出した朱歌と霜珠がそこに待っていた。

「凛花さま。来たか」

「凛花さま！」

霜珠は凛花に駆け寄ると、そっと手を握って言った。

「凛花さま。あの方がいらっしゃった席は月妃の席ではありません。ただの来賓《らいひん》ですわ」

そうだとしても、ただの来賓《らいひん》にはならない。あれがどんな意味になるか霜珠も理解している。だが凛花が気落ちしないようにと、霜珠はいつもの柔らかい笑顔で微笑む。

「凛花さま。あなたはきっと、主上から何か聞いていると思うが……まったく。まさか佳月宮《かげつきゅう》の客人が、あの派手な王女だとは思わなかったよ」

朱歌はニッと笑う。

昨夜、紫曄は『予定外の客人が訪れた』と言い、朱歌の暁月宮《ぎょうげつきゅう》から朔月宮《さくげつきゅう》へと衛《え》士《じ》を派遣させていた。

（なるほど。客人とは王太子――琥珀王女のことだったのね）

しかし宿泊先が佳月宮とは、紫曄が王女を月妃に迎えるのでは？　という予想が濃厚になってしまう。

「あら。やはりそうでしたの？　急な客人を招くなら、佳月宮しかないと思っておりましたけど……。凛花さまがありながら、主上は何を考えておいでなのでしょう」

霜珠は軽く眉をひそめる。佳月宮に格上の国の王女を入れたなら、それはもう望月《ぼうげつ》妃《ひ》にするつもりだと言っているようなものだ。

「あの、主上も昨晩の時点では、琥国の王太子が王女であるとはご存じなかったようです。月祭の潔斎《けっさい》などで忙しかったでしょう？　その……予想外だったと、先ほど私に話してくださいました」

本当は「失敗した」と言っていたのだが、言い回しは変えておいた。皇帝の失敗なんて、あまり聞かせないほうがいい。

「まあ。主上が凛花さまに嘘を吐くとは思えませんし、それなら、やはりあの方はお客人ですね」

「フフッ。紫曄さま、琥国にまんまとやられたというわけか。しかし、ただの客人だとしても月妃としては気になるね。私もちょっと探りを入れてみようかな」

いい、月妃としてなんて全く気になっていないだろうに、朱歌はそう言い凛花の心に寄り添ってみせてくれる。

二人は月妃ではあるが、皇帝の寵愛《ちょうあい》を望み後宮に入ったわけではない。

朱歌は幼馴染みであり、女嫌いと言われていた紫曄に頼まれ、人数合わせとして入ったのみ。霜珠は家族の勘違いによる強い後押しで入ったが、紫曄のことは好みではない。それから霜珠本人はまだ気付いていないが、紫曄の侍従《じじゅう》である、兎杜《とと》少年から淡い恋心を向けられている。

（ああ、月妃の仲間がこの二人でよかった）

凛花は微笑む。霜珠の、友人のような心遣いが嬉しい。朱歌の、姉のような優しさが心強い。

「霜珠さま。朱歌さまも……」

ホッ……と肩の力が抜けたのが分かった。気付かぬうちに、凛花も不安を感じていたのかもしれない。紫曄から事前に王太子の臨席を聞いていたし、紫曄を信じるとも言った。たしかに信じているが、凛花も王女も人虎だ。

初めて対峙した虎。煌《きら》びやかな雰囲気を持つ王女に、凛花の中にいる白虎が少々圧倒されてしまったようだ。

「お二人とも、ありがとうございます。お心遣いのお礼に、お二人をお茶会にお招きしてもよろしいでしょうか。故郷の雲蛍州《うんけいしゅう》から季節のお茶が届いているんです」

「ふふ。楽しみにしております、凛花さま」

「いいね。では私も何か楽しめるものを用意しよう」

後宮はしばらく落ち着かないだろう。

（だって『琥国の王太子』が佳月宮に滞在しているんだもの。王太子が王女だということも皆に知れてしまったし……）

紫曄ったら、本当にこれはちょっと面倒な失敗だわ。凛花は少し軽くなった心の中で、そう呟く。

しかし考えてみれば、後宮に入ってからは面倒事が日常だった気もする。そう思えば今さら慌てることはない。

『白銀の虎が膝から下りる時、月が満ちる』

凛花はその神託のおかげで後宮に入った。

国の端にある雲蛍州で『薬草姫《やくそうひめ》』と呼ばれ、のびのび薬草畑の世話をしていたというのに。皇帝にも後宮にも興味がないのにだ。だが、月華宮の大書庫には興味があった。

月夜に白虎へ変わるという、長年悩んできた自らの体質の謎を解きたい。国一番の書庫になら、何か手掛かりがあるかもしれない。

そう思い、前向きな気持ちで後宮に入ったはいいが、早々に皇帝紫曄に虎化のことを知られ、逆に凛花も不眠という紫曄の秘密を知ってしまった。

お互いの秘密を守るための取り引きが、凛花の『虎猫《とらねこ》の抱き枕』だった。紫曄の眠れぬ夜を、ふわふわの虎の体で癒すうちに、熱を分け合うごとに、二人の気持ちも変わっていく。皇帝と月妃ではなく、紫曄と凛花として、共に在りたいと思うようになっていった。

いつか虎化しない体になったら、凛花を望月妃にと望む紫曄に応えたい。そんな気持ちで、寵姫《ちょうき》としての責任を果たした星祭《ほしまつり》。その最中には弦月妃の妨害や、くせ者の月官薬師《げっかんくすし》、碧《へき》との出会い。さらには琥国の黒虎、琥珀にも出会い、凛花は人虎の来歴《らいれき》を知った。

そして、見つけた虎化の謎を一つずつ解きながら、二人で愛しさに酔いしれ迎えた月祭。寵姫《ちょうき》と呼ばれることを受け止められるようになり、望月妃として紫曄の隣にいたいと思うようになった今、琥国の王太子、琥珀王女が現れた。

（髪の色は違っても、琥珀殿と王女の眼差しはよく似ていた）

琥国の二人の虎は、黒虎と金虎。琥国は人虎の故郷である土地だ。

琥国の琥氏《こ》、月魄国の胡氏《こ》、凛花が生まれた雲蛍州の虞氏《ぐ》。この三つの一族は、もとは同族。琥国の琥氏から分かれた氏族だと知った。

（琥珀王女の目的はなんなのか……。月祭直前に押しかけ、だまし討ちのようにして後宮への滞在をもぎ取った。この状況だけを見れば、月妃になるつもりよね？）

彼女はただの王女ではない。王太子だ。琥国の次代の王に決まっているのに、どうして月魄国の後宮に入りたいと思うのか。目的が分からない。

とはいえ、寵姫《ちょうき》・朔月妃としては少々厄介な事態でも、白虎の凜花としてはまたとない機会だ。

琥珀王女は、ずっと、長い間、人虎の王を戴いてきた国の金虎だ。きっと虎化について、凜花と紫曄の知らないことを知っている。黒虎の琥珀には知らされていない秘密も、きっとだ。

（王女と話す機会を作れたら……）

いや、難しいだろう。相手は格上国の王太子。州侯《しゅうこう》の娘で、最下位の月妃である朔月妃が、『お茶会をしませんか』などと誘える相手ではない。それに、あちらが凜花をどう思っているのかも分からない。

（私が白虎ということは知っているはず）

珍しい白虎だから気に入らない、珍しいから手に入れたい。それとも、虎の仲間と思ってもらえているか、なんとも思われていないか。

（疎まれていなければいいんだけど……）

「凜花さま」

考えながら歩いていた凜花を、麗麗がそっと手で制止した。

「どうかしたの？」

「暁月宮が少々騒がしいような……」

戻った朱歌を迎え入れたばかりの暁月宮は、まだ門に灯りがともされている。この時間にしては宮女が多く目に付くが、衛士《えじ》たちは落ち着いた様子だ。

「危険が起きたようではありませんが、薄月宮のほうも何やらざわついております。急ぎ朔月宮へ戻りましょう」

凛花は頷くと、麗麗と共に早足でその場を後にした。

朔月宮が近付くと、やはり妙なざわめきが聞こえてきた。門の前には出迎えの女官《にょかん》の姿がある。人が少ない朔月宮では珍しい光景だ。

「おかえりなさいませ。朔月妃さま」

「何かあったの？」

「その……」

困惑顔をした女官《にょかん》の視線を追いかけ門をくぐると、目に飛び込んできたのは、濃い桃色、艶《つや》やかな紅色の薔薇《ばら》の山だった。正面入口までをすっかり埋め尽くしている。

「すごい……！」

「凛花さま、まだお手を触れぬよう願います」

留守中に持ち込まれたものだ。それについ先ほど、後宮に厄介な事態が起こっていると判明したばかり。麗麗が警戒するのも分かる。

「これはどうしたの？　どなたが？」

凛花は並んだ薔薇《ばら》を見回し女官《にょかん》に尋ねる。物凄い数の鉢植《はちう》えだ。

花弁《かべん》の縁が波打ち、幾重にも重なった大輪の薔薇《ばら》は、芍薬《しゃくやく》や牡丹《ぼたん》にも似ている。それにこの華やかさと色は、つい先ほど見た人物を思い起こさせる。この色は、琥国の王太子、琥珀王女がまとっていた色にそっくりだ。

「この薔薇《ばら》は先ほど届きました。琥国の王太子殿下からでございます。『お近づきのしるしに』と、殿下のお使いの方が持ってこられて……。朔月妃さま。いかがいたしましょう」

女官《にょかん》は困惑顔で、どこか恐れている様子まである。彼女だけではない。周囲で窺っている宮女官も同様だ。

（なんだか妙な緊張感ね？　大量の薔薇《ばら》の扱いに困っているのか……ああ、毒物を警戒しているとか？）

「大丈夫だとは思うけど、危険な植物でないかを確認して、それから庭に運び入れましょう」

そう言ったが、なぜか女官《にょかん》たちの表情が曇っている。面倒を言ってしまったか？

しかし一応の用心は必要だ。後宮で月妃が害された事例は多々ある。

とはいえ、後宮への出入りは人も物も厳重に管理されているし、今回は突然の訪問だ。誰かがこの機会を利用する準備期間もない。

それに贈り主はあの琥国の王太子だ。彼女が凛花に毒を贈る利点はないし――と、そう思ったところで、凛花は「そうか！」と気が付いた。

月祭に出席した凛花たち以外の皆は、琥国の王太子が王女だとは知らない。王太子は当然、王子だと思っているのだ。

それなら女官《にょかん》たちの困惑も頷ける。男性である王太子が、皇帝を通さず後宮の月妃に贈り物をするのは非常識。しかも『お近づきのしるし』と言付けられた花の贈り物は、『お誘い』にも取れる。

「皆に伝えておきます。察していると思うけど、後宮に客人として、琥国の王太子殿下が滞在されています。この薔薇《ばら》のように華やかな王女殿下です」

えっ、と女官《にょかん》の口から声が零れた。そして直後、きゅっと唇を引き結び表情に硬いものを滲ませた。

男性でないのなら、贈り物については問題ない。だが、後宮に新たな女性が入ったことは問題だ。主である朔月妃・凛花の、寵姫《ちょうき》としての立場を揺るがせてはならない。

凛花の立場が変われば、仕える彼女たちにも影響が及ぶのだ。

（でも、王女なら王女で『お近づき』の意味はガラッと変わるのよね）

凛花は微笑み薔薇《ばら》を眺めつつ、内心でそう呟く。

（『後宮妃として仲良くしましょう』という意味にも取れるわよね）

主上は一時的な滞在先として佳月宮を提供したつもりでも、周囲はそう見ないし、この贈り物によって王女の意識を知ることができた気がする。

琥珀王女は、紫曄の妃になるつもりだ。

「凛花さま。これは寵姫《ちょうき》への宣戦布告でございましょう。無礼です。突き返しましょう！」

「いいえ。受け取ります」

「受け取るのですか⁉　ハッ！　受けて立つ、お前など敵ではない……という意思表示ですね！」

麗麗は興奮ぎみだ。月祭で見た王女は、凛花を見下すような、値踏みするような視線を向けていて、腹立たしく思っていたからだ。

「なるほど。贈り物を突き返すより、相手は悔しく思いましょう！」

「麗麗。そうかもしれないけど、薔薇《ばら》に罪はないわ。それに小花園《しょうかえん》に薔薇《ばら》はないでしょう？　ちょうどいいから植えようかと思って」

「えっ。主上から頂いた小花園に、植えるのですか？」

「ええ。そうだ、朔月宮にも植えてみましょうか。根付くかどうか、楽しみね」

育て方を調べなくては。その前に、これはなんという名の薔薇《ばら》だろうか。

涼しい雲蛍州でも薔薇《ばら》は見かけたが、薬草ではない薔薇《ばら》は、凜花にとって馴染みが薄い。森で見掛けて「野ばらだな」と思う程度だった。

（でもこれ、薔薇《ばら》にしては香りが弱くない？）

華やかな外見に反しての控えめな香り。王女と同じだなと思う。

凜花はフフッと笑みを零す。凜花にとって、新しい植物を育てることは楽しみ以外の何物でもない。

しかし、そんな気持ちが溢れた笑みだったのだが、麗麗や女官《にょかん》たちは目を丸くして、それぞれ主の笑みと言葉の意味を推し量っていた。

麗麗は、凜花にとって大切な小花園に、敵から贈られたものを受け入れる度量が素晴らしい！　と感じ、ひとりの女官《にょかん》は、小花園に薔薇《ばら》を加えるのは、『お前など呑み込んでやる』という意思表示かと頷く。

また他の女官《にょかん》は、朔月宮に植えるということは、月妃として並び立つことを受け入れるという意味か？　いや、『根付くかどうか、楽しみね』の言葉は『月妃として寵《ちょう》愛《あい》を得られるか見ものだ』と言っているのでは。

そんなふうにも考え、宮の中へ入っていく凜花を見送った。

◆

「ねえ、麗麗。明日は書庫へ行こうと思うの」

薔薇《ばら》の育て方を調べなくては。早く書庫に行って調べたい。王女に聞ければ一番いいが、それは難しいし、そもそも王女が花の名や、育て方を知っているのか分からない。たぶん、普通の王女は知らないのではと思う。

「明日は少々難しいのでは？　朝起きられますか？」

「……そうね。厳しいかも」

この後、凛花には一晩かかる予定がある。

月祭の本番はこれから。凛花には寵姫《ちょうき》としての仕事が待っているのだ。

「さあ凛花さま。神月殿へ行く準備をいたしましょう！」

麗麗の言葉を合図に、待機していた女官《にょかん》たちが凛花を囲んだ。

用意されている衣装は白一色。銀髪の凛花が着ると全身真っ白になってしまうが、神月殿の儀式でまとう衣装は白と決まっている。

手早く着替え、最後に控えめに結った髪に簪《かんざし》を挿す。簪《かんざし》には朔月妃の色である、薄い水色――白藍《しらあいいろ》色の石が輝いている。儀式の衣装では、身分を示す色のみ着用が許されているからだ。

あっという間に準備を終え、白藍色《しらあいいろ》の羽織りを身に着けた凛花は、足早に朔月宮を出る。神月殿へは紫曄とは別の馬車で向かうことになっており、段取りでは神月殿で月妃が皇帝を迎えることになっている。先に着いていなければならないので、急がなくては。バタバタと出掛ける凛花の目に入ったのは、まだ門の辺りに置かれていた艶《つや》やかな薔薇《ばら》だ。

向かい合わせの会場で相対した王女は、自信に満ち溢れ、己を誇ることに恐れがないように見えた。

（きっとあの王女は、虎に変化することを誇りに思っている。……私とは正反対ね）

堂々とした彼女の背中には、本当に金虎が彫《ほ》られているのだろうか？　琥珀と同じ図柄なのだろうか。彼女はそれを、知っているのだろうか。

凛花は自分と同じ人虎の、二人の琥珀に想いを馳せた。

◆

神月殿へ到着した凛花は、無事しきたり通り紫曄を出迎えた。

麗麗はここへ来た馬車に乗り、既に後宮へ戻されている。ここからは限られた月官《げっかん》と、皇帝と月妃のみで儀式に臨む。

一般の月官《げっかん》は、それぞれの役目を果たすため各部署に籠り、月が沈む朝まで出てこない。祈る者、占う者、書き記す者。誰にとっても、月祭は一年に一度の特別な夜だ。

紫曄と凛花は、神月殿長に先導され特別な祈りの場である『奥宮《おくみや》』へと向かう。古くは皇帝と皇后《こうごう》が初夜《しょや》を迎える場だったというあの場所だ。

「主上。朔月妃さま。月が昇っている間、お二人は月の女神に感謝と祈りを捧げますように。そして金の祝福と銀の加護《かご》を賜りますように」

離れのような奥宮へ続く通路の前で、神月殿長が決まり文句で礼を取る。ここからは皇帝と月妃の二人きり。そして私語も厳禁となる。奥宮へ入り、最初の儀式を終えるまで二人は無言を守らねばならない。

紫曄は凛花の手を取り、金桂花《きんけいか》が囲む白い敷石の上を進む。咲き誇る金桂花の香りに囲まれ、頭上からは早咲きの金桂花がヒラヒラと舞っている。

月と金桂花が、二人の白い衣装と足下を黄金に染めていた。

二人が白い奥宮へ入ると、今夜はその奥——其処こそが奥宮なのだが、月祭の夜にだけ開かれるその場へと足を踏み入れる。

その瞬間、凛花は心の中で「あ……!」と声を上げた。

（銀桂花の木がある！）

懐かしい涼やかな香りに凜花は鼻をそよがせる。

奥宮は屋内でありながら、銀桂花の周囲だけはむき出しの地面で、その手前には祭《さい》壇《だん》があった。そして宮の中央には大きな水盆《すいぼん》が置かれ、台座には月や桃、杯など様々なものが彫り込まれている。鏡のような水面を覗き込むと、そこには白い天井ではなく夜空が映り込んでいた。

凜花が見上げると、高い天井の中央部分は玻璃《はり》が嵌め込まれており、夜空が透けている。もう少しすればきっと、ここから月が見えるだろう。

（不思議な場所。それにここ……雲蛍州の『奥宮』とよく似てる）

銀桂花の木があり、祭壇《さいだん》に、水鏡の水盆《すいぼん》。宮の作りも、祈りの場ということも雲蛍州と同じ。こんなところで遥か昔に分れた虞家と胡家の繋がりを感じるとは。

（銀桂花と金桂花という違いはあるけど、月祭の祝い方は同じなのかな）

凜花がそんなふうに思い奥宮を見回していると、不意に繋いだ手が引かれた。紫曄が祭壇《さいだん》を指差している。

そうだった。今はまだ儀式の始まり。進めなければ口を開くことすらできない。

凜花は紫曄とともに祭壇《さいだん》に歩み寄る。教えられた手順は、まず供えられた金桂花酒《きんけいかしゅ》と銀桂花酒を口にすること。皇帝は金桂花酒を、月妃は銀桂花酒と決められている。

(嬉しい……皇都《こうと》では銀桂花酒を飲まないみたいだったから、儀式で飲めるの楽しみにしてたのよね)

酒好きというわけではないが、月祭には銀桂花と銀桂花酒。それがお決まりだったので、金桂花ばかりの月祭を凜花は少し物足りなく思っていた。

しかもこの銀桂花酒は、儀式のために神月殿で特別に作られたもの。月官《げっかん》たちにも振る舞われるそうで、麗麗や朱歌も楽しみにしていたらしい。

凜花は銀桂花酒の杯を傾けると、その甘さにまばたいて、唇に付いた銀桂花の花をぺろりと舐めた。

「あとは水鏡に月が映る頃、水盆《すいぼん》に金桂花酒と銀桂花酒を捧げれば儀式は終了だ」

紫曄はふぅと息を吐き、牀《しんだい》に腰掛け言った。

この奥宮には軽食や金桂花と銀桂花の酒やお茶が用意されている。月が頂点に昇るまでにはまだ時が掛かる。のんびり待つしかないが――

「紫曄、お疲れですね」

凜花は紫曄の隣に腰掛け、ぽんぽんと自らの膝を叩く。

「昨夜から儀式続きでしょう？　少し休みませんか」

「今寝たら起きられない気がする……」

と言いつつ紫曄はごろりと横になり、凜花の膝に頭を預け、目を閉じる。さらりと広がった黒髪を、凛花がそうっと梳《と》く。すると「すぅ……すぅ……」と小さな寝息が聞こえてきた。

凛花はあっという間に微睡《まどろみ》へ落ちてしまった紫曄を覗き込み、思わず笑みを零した。

「ふふっ」

「……ん」

「あ、起こしちゃってごめんなさい」

「いや、眠るつもりはなかったんだが……」

「ふふふ。お疲れなのは心配ですけど、でも、うたた寝ができるようになってよかった」

元々は、安眠のための抱き枕から始まった関係だ。そんな紫曄から、『眠れない』ではなく『起きられない』という言葉が出るようになったのはいいことだと思う。

「そうだな。だが今夜は、満月が昇るのを待たなければならない。それにこの酒も飲み干さねばならんしな」

「えっ、これも儀式の一部だったんですか」

卓に置かれた金桂花酒と銀桂花酒を指差す。用意されている酒は嗜む程度の量。これなら二人でも、食事をしながら飲み干せそうだと凛花はホッとする。

「今夜の我々は月への供物《くもつ》らしいからな。祈りと感謝を込めた酒に身を浸し、女神に身を捧げることで褒美《ほうび》を得るのだと」

「ご褒美《ほうび》ですか。いいものを下さればいいけど……」

祈り、身を捧げることで得られる褒美《ほうび》とはなんだろうか。虎化するこの身を捧げたなら、金銀の桂花酒と共に、虎化の能力も貰い受けてくれたらいいのに。凛花はそんなふうに思う。

「いいものか……。凛花？　この宮はなんのための場所だと言ったか、覚えているか？」

寝転んだままの紫曄が、凛花の長い髪を軽く引く。なんだか上機嫌というか、面白そうな笑みを浮かべた顔で見上げている。

「……えっ」

『昔はこの場所で、皇帝と望月妃は初夜《しょや》を迎えたらしい』

以前、神月殿詣《しんげつでんもうで》と称してここに宿泊した時、紫曄はそう言っていた。ということは、この場で月の女神から得られる『いいもの』とは……

凛花の頬に、じわわと朱が差す。

「ご褒美《ほうび》がほしい？　凛花」

銀の髪を指にくるくる絡め、凛花を引き寄せ紫曄が尋ねる。

「神月殿長が、月が昇っている間、月の女神に感謝と祈りを捧げますように。そして金の祝福と銀の加護《かご》を賜りますように……と言っていただろう？　あれは一晩かけて、褒美《ほうび》を授かれという意味だ」

紫曄がニヤリと微笑む。凛花は目を丸くして益々頬を赤く染め上げた。

（あれって、そういう意味だったの⁉）

神月殿長のくせに何を言ってくれたのか。そこに含まれた意味を知らず、頷き微笑み返してしまった凛花は羞恥に悶える。

「月祭の夜に授かった子は、月の加護《かご》が強いらしい」

紫曄は枕にしている凛花の太ももを指でくすぐり笑う。

「期待に応えてみるか？」

「……だめ」

悪戯《いたずら》な指をそっと掌で押さえ窘める。揶揄《からか》い半分、本気も半分。紫曄のそんな声色に、凛花の声がほんの少し震えた。

怖いからではない。散々、中途半端に甘く過ごした記憶のせいで、思わず「はい」と言いかけ舌がもつれたからだ。

「今は駄目です。……あ、月がだいぶ昇ってきたようですね」

窓を見上げて言う。二人には、月が頂点に届く前にやらなくてはならない事がある。

「金桂花酒と銀桂花酒を飲み干すか」

はぁ、と一息零し、紫曄は若干残念そうに呟いた。

◆

「美味い」

紫曄の杯に入っているのは銀桂花酒だ。最初の儀式では、皇帝は金桂花酒と決められていたが、ここで飲むのは金でも銀でも自由だ。

「でしょう！　この銀桂花酒は特に美味しいです。香りがすごく良くて、最高」

鼻に抜ける香りに目を閉じれば、満開の銀桂花が見えるよう。凛花も上機嫌で白い花が躍る杯を傾ける。

「これを昨年まで月官《げっかん》が独占していたとは、惜しいことをした」

「え？　紫曄は銀桂花酒を飲んだこと、なかったんですか？」

「ない。今夜が初めてだ。皇都で銀桂花酒を作っているのは神月殿くらいだ。それも儀式用でしかない」

献上させればよかったなと言いながら、紫曄は唇を舐め二杯目をたっぷり注ぐ。

「昨年までは月妃がいなかったからな。月祭の儀式は俺一人だ」

だから口にしていたのは最初の儀式での金桂花酒のみ。皇帝一人の奥宮には、夜を過ごすための酒は用意されず、軽い食事だけだったと紫曄は続ける。

（月妃がいなければ用意されない？　それって……）

月祭の夜の褒美《ほうび》。授かりもの。そんな話の後に聞くと、まるでこの酒には何か特別な目的があったり、作用があったりするのでは。そんな風に思ってしまうが、警戒しても遅い。

あまりにも美味しい銀桂花酒は、みるみるうちに紫曄が飲み干し、金桂花酒も杯に入っているだけになった。

しばらく経つと、瞳をとろりとさせた紫曄が襟元《えりもと》をくつろげ、椅子にもたれていた。

「大丈夫ですか？　お酒、あまり強くなかったんですね」

「いや、そんなことは……？」

「疲れが出たのかもしれませんね。それとも初めて飲む銀桂花酒が合わなかったか……」

（銀桂花以外に、何か薬草が入っていそうな香りもするし……そのせいかも？）

凜花はなんともないので、毒や媚薬《びやく》の類《たぐい》ではない。

だけどこの銀桂花酒は、普通の酒ではない。凜花の鼻と舌はそう思う。神月殿の特別製と聞いたが、一体どのように造り、何を入れているのやら。

（すごく美味しいし、甘いし、香りも味も何もかもが引き上げられている感じ。何か

特別なものでも入っているのかと思ったけど、私の記憶に引っ掛かるものは入っていないっぽいのよね）

『薬草姫』と呼ばれる凛花だ。

酒も薬のうち。酒に使うような香草や木の実、隠し味は大抵知っている。味では分からなくても、匂いには敏感だ。虎の嗅覚は鋭い。

「う……ん。お前はなんともないな」

「そうですね……？　慣れでしょうか？」

凛花はなんともないどころか、妙に元気というか、虎の感覚が冴え渡っている気がする。風に揺れる金桂花の葉音だけでなく、遠くであげられている祝詞《のりと》まで聞こえている。集中すれば、ありもしない月光が降り注ぐ音まで感じられそうなくらい。

「はー……飲みすぎたか」

「そんな日もあります。紫曄、横になりましょうか」

くたりとしている紫曄に肩を貸し、牀榻《しょうとう》まで連れていくと、横たわらせようとした凛花の腕がグイッと引っ張られた。

「わっ」

ぺたりと紫曄の胸に倒れ込む形となり、ぎゅっと抱きしめられる。紫曄の熱い体温が伝わって、少し早い鼓動が耳だけでなく全身に響く。

「凜花」

「ふふっ。どうしたんですか？　酔っ払いの甘えん坊でした？」

「お前が笑ってくれてよかった……」

「どうしたんですか？　本当に」

紫曄は虎猫の凜花を抱え込むように、凜花を抱きしめる。

「琥国の王太子を、王女だと知らず後宮に滞在させてしまった。しかも佳月宮だ……」

ぼそぼそと小さな声。失敗を見られてばつが悪い、そんな子供のような声だ。凜花はクスリと笑うと、ぎゅうっと抱き返し、慰めるようにその背をぽんぽん叩いた。

「そうですね。まずい失敗でした」

失敗は失敗。だけど今回は仕方がない部分もあった。琥国は基本的に鎖国《さこく》状態なので、情報が入りにくい。ひょんなことから出会い、今では協力体制をとっている『琥珀』から、もっと話を聞いておけばよかったと後悔してももう遅い。

「失敗だと凜花に言われるのは堪えるな……はぁ。いや。すまない。言い訳だが、まさか琥国の王太子が王女とは思わなかった」

「私もです。でもよく考えれば、琥国には女王がいたことがあったんですよね」

王太子が王女である可能性を、視野に入れておくべきだった。

書庫で調べものをしている時、凜花は何代か前の琥王が女王であったという記録を目にしている。きっと紫曄も知っているはずだ。

しかし思い込みとは恐ろしいもの。月魄国をはじめ、周辺国では男子が家督《かとく》を相続するのが一般的。だから紫曄たちは、『王太子』が王子だと思い込んでしまった。それは凛花にも言える。

虞家は月魄国の中にありながら、女性が家督《かとく》を継ぐこともある家だ。実際に、後宮に入らなければ、次の虞家当主は凛花だった。だというのに、月魄国の常識に囚われてしまっていた。

(虞家《うち》が女当主を認めているのって、元は琥国から来た一族だったからなのかな)

思わぬところで繋がりを見つけてしまった気がする。

「はー……凛花」

ぼんやりと潤んだ瞳で紫曄が見上げた。

気怠げで妙に色っぽくて、凛花はドキリとしてしまう。乗り上げている紫曄の胸からは、どくどくと心音が響いてくる。なんだか、凛花の中に潜んでいる、虎の獰猛《どうもう》な部分が刺激されてしまいそうだ。

「凛花。しばらく朔月宮へ行けないかもしれん」

「はい」

分かっている。上位である琥国の王女を差し置いて、朔月妃のもとを訪れるわけにはいかない。それが身分で構築された世界の常識だ。

「すまない。王太子は早めに自国へ帰ってもらうようにする」

「はい」

凛花は紫曄の胸にぺたりと額を付ける。ついさっきまで、舌なめずりをしていた内なる虎も、今は半分拗《す》ねてしゅんと丸まっている。

「凛花。妃を増やすつもりはない」

さらりと銀の髪を熱い掌が撫でる。何度も何度も、頭から背中を優しくなぞる。虎の姿だったなら、ゴロゴロと喉を鳴らしているところだ。

「……はい」

「凛花」

「はい。…………紫曄？」

そっと顔を上げると、紫曄は瞼を閉じていた。

「ふふっ。おやすみなさい、紫曄」

酔って眠ってしまうなんて、相当疲れているのだろう。その証拠に、いつもはがっちり抱き込んでいる腕も今夜は緩い。凛花は紫曄を起こさぬようにとそっと抜け出す。

そして窓から空を見上げた。この窓からは、もう月は見えていない。

「そろそろね」

月祭の儀式はまだ残っている。

凛花は一人で銀桂花の木のもとへ向かう。しばらく花を見上げその香りを楽しむと、手前にある祭壇《さいだん》から、供えられていた金と銀の桂花酒を手に持った。

くるりと後ろを向けば、白一色の祈り間に淡い月の光が差し込んでいる。じき満月が頂点に達する。凛花は中央に置かれた水鏡へと急ぐ。覗き込むと、静かな水面に真ん丸の月が見えた。

(月の女神さま。皇帝ではなく月妃のみでの奉納《ほうのう》ですが、どうか貴女様の僕《しもべ》である白虎の身に免じてお許しください)

心の中でそう祈り、月が映る水盆《すいぼん》に金銀の桂花酒を注ぎ、捧げる。

「よし」

呟き頷いた凛花の髪から銀桂花の花が舞い、満月の水鏡をゆらり揺らした。

これで公式の儀式は終了だ。慣例ではこの後、月妃のお役目が期待されていたようだが――

凛花は水鏡を見つめ少し考えて、そっと衣装の帯紐を解く。

儀式用だから、結び方も華美ではないのだと思っていたが、紫曄から話を聞いた今、そうではないと分かってしまう。

今夜の皇帝と月妃は、月への供物《くもつ》であり、その対価は一晩をかけて授かるもの。この衣装は、侍女がいなくとも脱ぎ着できるよう配慮《はいりょ》されているのだ。

そういえば、これを着せてくれた麗々がやけに着付けの手順を説明していたな。凛花はそう思い、ほんのり頬を染める。

「でも、助かったわ」

するりと腕を抜き、肩から衣を滑り落とす。

そして玻璃《はり》の天井から望む月に『変わりたい』と願いを掛けた。


トットットッ、と床石の上を走る凛花は、そのままぴょん！　と牀《しんだい》に上がった。虎猫の体は身軽で柔らかい。だから寝入っている紫曄の腕の下をくぐり、その懐に潜り込むことだって簡単だ。

（ふふ。これでぐっすり眠れるでしょう！）

凛花はくつろげられた紫曄の胸元に、柔らかな頬を擦り寄せる。すると紫曄の腕が、無意識のままに虎猫の凛花を抱きしめた。

「にゃっ」

いつものように撫でられて、ふわふわの毛に指をうずめる。

だけど今夜は容赦《ようしゃ》がない。いつもはギリギリ避けてくれていた腹や尻尾にまで手を這わせ、いつの間にか頭を吸われている。

「むぅ。ンー……」

腹や尻尾はゾワゾワするのでやめてほしい。だけど凛花は、今夜に限り許してあげようと思う。

（しばらく抱き枕はおあずけになりそうだもの）

月華宮にはこれから、嵐とまではいかなくとも大風が吹く。また忙しさと心労で眠れぬ夜が続くかもしれない。

（だから、せめて今夜くらいはぐっすり眠ってほしい）

紫曄はぎゅうっと凛花の丸い体を抱きしめる。凛花も紫曄を抱きしめ返してやりたいが、子虎のようなこの体は手足が短くて、腕にしがみつくのが精一杯だ。

（ん？）

凛花は自身の丸く白い手を見てふと思った。

（なんだか、少し大きくなったような……？）

凛花が首を傾げると、肌をかすめる毛がくすぐったかったのか、紫曄が益々がっちり虎猫を抱きしめる。

「ふにゃ」

もう少し手加減をしてほしいけど、紫曄とぴったり密着するのは気持ちがいい。凛花は伝わる鼓動と熱に頬を寄せ、ゆるゆると心地のいい眠りに落ちていった。

そして、明けて翌朝。

随分と早い時刻に月官《げっかん》に起こされた。

寝ぼけまなこで紫曄が扉を開くと、そこに跪いた月官《げっかん》が「新たな神託が下されました」と、そう言った。

◆

「こちらが新たな神託でございます」

神妙な顔つきの神月殿長が、まだ墨《すみ》の匂いも濃い、神託がしたためられた紙を差し出した。

『琥珀の月が、白銀の背に迫る。古き杯を掲げ、月と銀桂花の結実を成せ』

「神託が下されたのは昨夜、月祭の夜でございます。主上と朔月妃さまにおかれましては、早朝よりお呼び立てしてしまい誠に申し訳ございません。ですが、少しでも早くお知らせしたほうがよいと判断いたしました」

この神月殿長は『赫派《かくは》』――暁月妃・朱歌の実家で、月官《げっかん》の名門である赫家に属する者。朱歌は幼馴染みである紫曄を助けるために後宮に入った。ということは、神月殿長は紫曄の味方であり、たぶん凛花の味方でもある。

「いい判断だ。神月殿長、感謝する。私がいち早く知ることができたのは幸いだった。この神託は非公開とする」

「かしこまりました。それでは主上、礼部《れいぶ》へのお知らせはいかがいたしましょう」

「必要ない。神託を知るべき上層部には、私が直接知らせよう」

紫曄は『月』という、皇帝を指す文言が含まれた神託を厳しい顔で見つめ、神月殿長を労う。

今日ここに紫曄がいなければ、この神託は神月殿から月華宮の礼部《れいぶ》、祭礼を司る部署に上げられ、そこから決められた手順を経てやっと紫曄のもとへ届くもの。

（紫曄が神月殿にいて、この神託が月華宮に上がる前に知れたのはよかったけど……）

月祭の夜に出た神託を知れたのは、月祭の儀式でここにいたからだ。時機が良かったのか悪かったのか、不幸中の幸いなのか。

そして凛花はふと、遠くから聞こえる月官《げっかん》たちの声に耳を傾けた。虎の聡耳《さとみみ》だから聞こえるそれは、神託について興奮ぎみに語り合っている。

「有り難いお言葉です。主上。しかし……月官《げっかん》たちの高揚を抑えきれず、申し訳ございません」

神月殿長は、はっきりとは口にしないが、神託がこの神月殿中に広まってしまったことを謝罪しているのだろう。凛花の耳に届く声は、一ヶ所からではない。四方八方、どこの部署でも神託について議論がされているようだ。

月祭の夜に出た神託に、特別な意味を感じないわけがない。

(信仰心の強い月官《げっかん》たちだもの。月の神聖性が最大に高まる夜に、女神からの言葉である神託が下されたら、大騒ぎになって当然でしょうね)

神託は本来、神月殿内で公表されたり、共有されたりするものではない。しかし昨夜は月祭という、普段は節制している月官《げっかん》といえども浮かれる特別な夜だった。

銀桂花酒が振る舞われる中、月華宮での儀式に参加した月官《げっかん》が「琥国の王太子を見た」「後宮に迎えたのかもしれない」と話したのだろう。

そこに新たな神託の知らせが届けば、あっという間に広まってしまう。

しかも神託に含まれた『琥珀の月』『白銀』の文言が、皆の好奇心を掻き立てた。

それはまさに今、面白おかしく噂していた人物たちのことでは？　と。

『琥珀』といえば、月祭に出席していた琥国の王太子の名。『白銀』といえば朔月妃・凛花を連想させる。そこに皇帝を意味する『月』の文言が二つも入っており、銀桂花は皇后《こうごう》を象徴する花だ。

これは皇帝の妃に関する神託だと気付けば、高揚感は更に高まる。どんなに清められた場所であっても、貴人の噂話は密かな娯楽《ごらく》というもの。こうして、神月殿では一晩かけて、一つの解釈が導き出されていったのだ。

「それで、神月殿長。この神託の解釈をお前はどう考える？」

「はい。神月殿としましては——」

『琥珀の月が、白銀の背に迫る。古き杯を掲げ、月と銀桂花の結実を成せ』

『琥珀の月』とは、琥珀王女を示し、『月』は琥国の次期王という意味か、『月』——皇帝のものとなった琥珀王女のことを指す。

『白銀の背に迫る』は、前文を踏まえると、銀髪の朔月妃・凛花の背に迫ると読める。

『古き杯』は、神託が下されたのは月祭の夜であることを考えると、皇帝が月に捧げ飲む、金桂花酒のことが連想される。ということは、『古き杯』は先代皇帝のこと。

『月と銀桂花』は、皇帝と皇后《こうごう》。『結実の実』は、皇帝と皇后《こうごう》を意味する『月と銀桂花』に掛かっている。皇帝と皇后《こうごう》が成すものは、子だ。

そして、この神託が月祭の夜に下されたことから、この神託の内容を正しく遂行することが、月の祝福を授かるのに必要だとも考えられた。

それらから解釈される神託の意味は、このようになる。

琥珀王女は月妃となり、朔月妃と並び寵《ちょう》を受ける。

しかし朔月妃・凛花は、やはり先代皇帝の神託の妃である。

皇帝は正統な皇后《こうごう》と子を成せ。

「――神月殿としましては、現時点ではこのように解釈しております」

神月殿長は深々と頭を下げて言った。

この神託の解釈を分かりやすく言うと、〝現皇帝・紫曄は、琥珀王女を皇后《こうごう》とすべし。朔月妃・凛花は先代皇帝の妃となるべきだった。月に祝福された妃・琥珀王女と世継ぎを成すことが国の繁栄に繋がる〟そういう意味だ。

紫曄は更にも増して険しい顔をしている。紙に書かれた神託を見た時から、紫曄にも予想できていた解釈だったからであろう。

(私にだって連想できるような文言ばかりだったもの)

しかし神月殿長が、紫曄が気に入らないだろうこの解釈を導き出した上で、朔月妃・凛花を連れた紫曄に報告した。その意味はなんだ？　と凛花は考える。

(紫曄の味方だからこそ、私の目の前でこの解釈を伝えた？)

月に祝福された子を成せるのは、先代皇帝の時代に『神託の妃』とされた凛花ではないと、分《わきま》を弁えろと言っている？　それとも、そう言われるのを覚悟して隣に立てと凛花を叱咤激励《しったげきれい》しているのか。凛花はそっと神月殿長を窺う。

「ですが、主上。これは神月殿としての解釈でございます。私個人としては、何か違う解釈があるのではないかと感じております」

どういうことだ？　と紫曄が片眉を上げ、先を促す。

琥珀王女を後宮に迎え、皇后《こうごう》として子を成せなどという神託は、紫曄にとっては厄介なもの。別の解釈ができるのなら、そのほうがいいに決まっている。

「今回の解釈が、あまりにも安直だからです。この神託にある文言は、誰にでも意味を連想できるような文言ばかりです。そして解釈も、素直すぎるものになっているように思えます」

「真の意味があると？」

「はい。神託は元々、いくつもの意味に取れるものです。この解釈もまた、正しいのかもしれませんし、やはりこれは正しくなく、真の意味を隠すため、わざと分かりやすい文言でくだされたのかもしれません。これほど分かりやすい神託は、月が必ず知らせたいことだからと解釈する一派もございますが……」

神月殿長は一度言葉を区切り、紫曄を見つめた。神月殿長という責任ある立場でありながら、神月殿としての解釈をやんわり否定した。これは、紫曄を支える朱歌の仲間である、個人としての言葉だ。

「主上。今の私には、この神託に秘められた解釈を見出せません。正しく解釈するためには、何か情報が足りていないのではと愚考《ぐこう》いたします」

皇帝だけが知り得る情報があれば、真の意味が分かるのでは。神月殿長はそう言っている。

（月官《げっかん》は知らなくて、皇帝だけが知っていること）

紫曄と凛花は顔を見合わせる。

皇帝でなければ知り得なかった情報は、『虎』だ。

この神託に出てくる『琥珀』の琥珀王女、『白銀』の凛花、『月』の紫曄。三者に共通しているのは、人虎の血を持っていること。虎化の秘密だ。

「神月殿長。個人的な見解まで聞かせてくれたことに感謝する。それと一つ頼みがある。薬院《やくいん》の碧にも意見を聞きたい」

紫曄は、情報を持つ唯一の月官《げっかん》を呼んだ。


これから神託についての話し合いがあると、神月殿長が退席すると、入れ替わりで碧が現れた。碧は寝ていないのか、目の下にうっすら隈《くま》を滲ませている。が、凛花を見た瞬間、パッと顔を輝かせその場に跪いた。

「朔月妃さま！　僕を呼んだのはあなた様でしたか！」

「……碧。あなたを呼んだのは、ここにいらっしゃる主上です。ご挨拶《あいさつ》を」

「お呼びと伺い参上しました。主上」

言えばできるのに、この月官《げっかん》は相変わらずだ。

凛花は自分——人虎に執着する碧にうんざりしつつ、「挨拶《あいさつ》しましたよ！」と、褒《ほう》美《び》を欲しがる犬のような視線をくれる碧に頷いてやる。

「凛花、構わん。碧はこういう奴だともう理解している。碧。呼び出した用件は神託の件だ。お前の意見を聞きたい」

紫曄がそう言うと、碧は笑顔から真顔へと表情を変えた。

「遺憾《いかん》に思っております。三年前、朔月妃さまに下された神託を塗り替えるような内容です。今回の神託は胡散臭《うさんくさ》い」

嫌悪感を隠しもしない碧の言葉に、凛花だけでなく紫曄も面喰らう。

これでも碧は薬院の筆頭月官《げっかん》という立場だ。崇拝《すうはい》する凛花の不利になりそうな内容だとはいえ、あからさまに神託への不快感を口にするとは。

「主上、朔月妃さま。三年前の神託を出したのは朱歌殿です。彼女ほどの力を持つ月《げっ》官《かん》は現在おりません。今回の神託そのものも、解釈も正しいとは思えません」

神託とは、月の女神から授かるもの。その方法がどのようなものなのかは、月官《げっかん》以外には秘されている。しかし力というからには、何か特殊な能力が必要なのだろう。

（そういえば朱歌さまは、占いが得意だと耳にしたことがある）

神月殿では月や星、気象など、天文《てんもん》の観測、それらを使った占いをしていると聞く。

（神託はその延長線上にあるものなのかもしれない？）

「あの解釈はおかしい。主上。どうか慎重に行動なさってください」

「お前が俺の身を案じるとは珍しいな、碧」

凛花を心配するなら分かるが、紫曄へそんな言葉を言うとは。興味があること以外には、鈍感どころか冷徹《れいてつ》なのが碧だというのに。

「あ、申し訳ございません。主上ではなく朔月妃さまを心配しております」

だろうなと紫曄は大きく頷いた。ここまではっきりしていると、逆に信用できるくらいだ。

「あの神託は、現在の解釈では琥国の王太子に有利。朔月妃さまが害されたり、排除されたりするのではないかと心配なのです！　……まさかとは思いますが、琥国の王太子が月官《げっかん》を買収し、新たな神託を捏造《ねつぞう》した可能性もあるのでは？」

月官《げっかん》として、さすがにそれはないと信じたいのか碧は声をひそめ言う。だが、そう思ってしまうくらい今回の神託は、琥珀王女が後宮に潜り込むのに、あまりに有利な文言ばかりだ。

その場がしんと静まり返る。すると、その時。窓の外から凛花の耳に、聞き覚えのある足音が届いた。

「琥珀殿？」

呟き窓に目をやると、黒づくめの琥珀が露台《ろだい》にひゅっと跳び乗り姿を見せた。紫曄は驚き、碧は「僕が呼びました！」と言った。

たしかに琥珀王女と琥国をよく知る琥珀は、この場にいるに相応しい。

◆

「オレも神託のことは聞いた。警戒するべきは琥国の王太子だ。後宮へ潜り込むのとは別に、白虎である凛殿を琥国へ攫《さら》う者がいてもおかしくない」

「お前はどうなんだ、琥珀。お前がその攫《さら》う者でないと言えるのか」

紫曄は低い声で、あの王女と同じ名を持つ琥珀に問う。そもそも、この琥珀は白虎を手に入れるために月魄国に来たのだ。意に沿わない命令だといってもだ。

「黒虎にはなんの力も、協力者もいない」

琥珀は、ハッと鼻で笑い言葉を続ける。

「それとも後宮は、たった一人の黒虎が寵姫《ちょうき》を攫《さら》える程度の警備なのか？」

挑むような瞳で紫曄へと逆に問う。紫曄も琥珀も、互いに窺うような視線を向け合っている。

（そうか。王女の狙いは、もしかしたら後宮に入ることだけじゃない？　私を連れ帰るつもりが……？）

いや、それは無理がある。凛花はそう思うが、だが何があってもおかしくない気もする。

（神託が出た時機も内容も、あまりにも王女に有利すぎるもの）

琥珀王女が後宮に滞在する、この時を狙ったように下された月からの『皇帝と皇《こう》后《ごう》』についてのお言葉だ。月官《げっかん》を買収していなくとも、月が味方に付いているのは確か。

紫曄には琥珀王女。凛花には先代皇帝。その解釈は、凛花と紫曄にとっては大風どころか逆風だ。

三年前に出た『白銀の虎が膝から下りる時、月が満ちる』の神託か、今回の『琥珀の月が、白銀の背に迫る。古き杯を掲げ、月と銀桂花の結実を成せ』の神託。

月華宮はどちらを信じ、優先するのか。

この神託は凛花の後宮入りだけでなく、最下位の朔月妃でありながら、寵姫《ちょうき》でいられる根拠そのものをひっくり返すかもしれない。それに下手をすれば、皇帝の首まですげ替わり兼ねない。

解釈とその扱いを間違えたなら、相当に危険な神託だ。

「碧、神月殿内を観察しておいてほしい。神託の解釈がどう決着するか注視してくれ。

お前の大切な白虎のためだぞ」

「かしこまりました！　薬院にはお偉方もよくいらっしゃるんです。凛さまをお守りするため、僕が情報を集めましょう！」

胸を張った碧がチラッチラッと凛花を窺う。犬だ。

「……頼りにしています。碧」

凛花は少し考えて、「よろしく頼みます」より喜びそうだとその言葉を選んだが、どうやら正解だったらしい。

碧は嬉しそうに「はい！」と言い、見えない尻尾をブンブン振った。

◆

「ところで主上。しばらくゆっくりお話ができそうにないので、迎えの馬車が来る前にお話ししておきたいことがあります。小花園にかんすることなので、碧も聞いて」

凛花は少し前に、書庫の倉庫にあった文《ふみ》や書き付けの束を手に入れたことを話す。

その文《ふみ》の受取人で、書き付けと共に残した人物は、その月妃の下で働いていた者だったこと、文《ふみ》の差出人は、小花園を作ったと思われる月妃だったことも伝えた。

「その月妃は琥国の者でした。小花園の薬草は虎化を抑えるためではなく、他の妃に白虎を与えないために使ったと思われます」

その言葉に、紫曄は不快を覚え眉根を寄せ、碧は涼しい顔でうんうんと頷いた。

この月妃がいた時代は遠い昔。きっとまだ、胡家にも虎の血が濃かった頃。他の妃に白虎を与えないとは、皇帝の子を産ませないということだ。

後宮の存在を無意味にするだけでなく、その残酷な仕打ちに紫曄は眉をひそめたのだろう。自分も皇帝であり、皇帝の子であるが故に。

「その妃は、琥国へ白虎の血筋を戻す使命を帯びていたようです。実際にどうなったかまでは調査できておりませんが……」

月妃の中には胡一族だけでなく、虞一族の娘もいたと考えるのが自然。まだ関係が深かった琥国出身の妃も複数いてもおかしくない。小花園の月妃は、自分以外に子ができれば計画を遂行し難くなると、そう思ったのだろう。

（……ん？　違う、そうじゃない）

凛花はチリ、と脳裏によぎった違和感を追いかけ、考える。

（あの文《ふみ》を残した妃は、自分だけが皇帝の子を産み、『白虎の生母』という立場と、『琥国に白虎をもたらした者』という二つの手柄を独占したかったんじゃ？）

あの文を見た時、凛花は白虎を確実に独占するため、他の妃に子を産ませぬようにしていたと思った。だけどよく考えてみれば、白虎を琥国へ連れ帰る使命を第一にす

るなら、他の妃にも子を産ませ、白虎が生まれる確率を増やすべきだ。皇帝唯一の子を、他国に出すなんてあり得ないもの）

（攫《さら》うのではなく、嫁《よめ》や婿《むこ》として琥国に渡すとしても同じ。皇帝唯一の子を、他国に出すなんてあり得ないもの）

だけど小花園の妃は、そうはせず子を独占しようとした。あの所業は利己的な理由からだったとのだと気付き、凛花はやるせない気持ちで歯噛みをする。

目的と行動が捻じれている。使命を重く受け止めすぎた故に、拗《こじ》らせてしまったのだろうか。

「……いかにも後宮らしい、妃の悲哀《ひあい》だな」

紫曄もその捻じれに気付いたのだろう。嫌そうな顔で大きな溜息を吐く。

「古くから、琥国から来た妃も、嫁《とつ》いでいった公主《こうしゅ》も少なくない。だが人虎の子にかんする話は聞いたことがない。輝月宮《きげつきゅう》の書庫にもそれらしい記録はなかったが……」

「処分されたのかもしれないし、オレと同じように隠されたのかもしれない」

ここまで黙って聞いていた琥珀がぽつりと言った。すると、ずっと興味なさそうな顔をしていた碧が「あっ」と声を漏らした。

「もしくは雲蛍州に託されていた可能性もあるのでは？　雲蛍州には人虎の逸話《いつわ》も多く残ってますし」

「あるかもしれんな」

皇帝・胡家は野心を抱き、周辺国に手を伸ばしてきた。その周辺国には人虎などいない。普通の人間は人虎を恐れ、排除しようとする。人虎の一族を王とし、畏れ奉《たてまつ》ることができるのは神話の時代か、古い価値観のまま閉ざされた国だけだ。

「月魄国が人虎の王だったら、こんな大きな国にはなっていないでしょうね。ただでさえ違う文化を持つ他国を呑み込むんです。最低限、同じ『人』でなければ首《こうべ》を垂れるのは無理というものです」

碧はそう言い頷き、自分の思い付きと言葉に納得している。が、凜花は胸に溜まる重いものを感じていた。

（ああ、いやだ。高貴な者の都合で隠したり処分したり、くれたり攫《さら》ったり……虎の子は不憫《ふびん》だ）

自分が産むかもしれない子は、どんな運命を辿るのだろう。

（虎の子でなければいいのに）

凜花はそう思った。

◆

そろそろ神月殿に、月華宮から迎えの馬車が到着する頃だ。

凛花と紫曄は一旦奥宮へ戻り、決められた手順で帰路につく。帰るまでが月祭の儀式だそうだ。護衛代わりにと琥珀を付けられ、二人は奥宮へ続く金桂花の道を歩く。と、琥珀が凛花に包みを差し出した。

「凛殿。これを」

月妃に直接手渡すなど麗麗がいたなら許されないことだが、ここに麗麗はいないし人目もない。紫曄が許せば凛花は受け取れるのだが……。凛花はちらりと紫曄を窺う。

「……構わん。見たところ贈り物ではなさそうだしな」

「贈り物といえば贈り物だが？　凛殿が喜ぶものだ」

紫曄が面白くなさそうに紫色の目をすがめ、琥珀は顎先を上げ金色の目で不敵に笑う。

（あ、やっぱり似てる）

琥珀の珍しい微笑み顔が、あの艶《つや》やかな王女と重なった。煽《あお》るような笑みが重なるというのもどうかと思うが、やはり二人は兄妹なのだと凛花は思う。

「頂きます。琥珀殿」

「三青楼《さんせいろう》で採取したものだ。碧先生から、書庫の老師《ろうし》に調べてもらってほしいと頼まれた」

包みの中身は満薬草《まんやくそう》。先日、碧に連れていかれた畑のものだろう。

「琥珀殿はこれが何か知っているの？」

「満薬草だと聞いている。琥王宮では、『虎の秘庭《ひてい》』と呼ばれる場所で栽培されていた」

「そうなのね」

驚いた。

月魄国では伝説上のものだった満薬草が、琥国では栽培までされていたとは。

満薬草が実在していることに、薬草姫としてはワクワクしてしまう。早く老師に調べてもらいたい。だが人虎としては、『虎の秘庭《ひてい》』なんて場所で栽培されていることが気になる。満薬草は、人虎にとってどんな薬草なのだろうか。

「凛殿。王太子には気を付けたほうがいい。あれは手段を選ばないし、オレよりも性格が悪い」

「分かりました……」

性格が悪いってどういう意味？　凛花は内心で大きく首を傾げつつ、奥宮の入り口で琥珀を見送った。

到着した迎えの馬車は一台。

神月殿へ向かう時は別々の馬車だったが帰りは一緒だ。

皇帝と月妃が、月祭の夜を仲睦まじく過ごした……と示すためだったりして。そんなふうに思ってしまった凛花は、見送りで並ぶ月官《げっかん》の視線を避けるよう、さっさと馬車に乗り込んだ。

ゆっくりと進む馬車の中。たぶんこれを最後に、凛花と紫曄が共に過ごす時間はしばらくお預けとなる。

「ところで凛花。先ほどの『満薬草』とはなんだ？」

「伝説の万能薬草です。共に調合する薬草の効果を高める作用があるようで、今のところ小花園と三青楼で見つかっています」

じきに神月殿でも見つかるだろう。小花園の隠し庭とよく似た庭があるのだから。

「隠し庭には琥国由来の薬草が多い気がします。なんだか、全てが琥国の掌の上のようです……」

人虎の起源が琥国にあるのだから当然なのかもしれない。

けれど、調べれば調べるほど謎が湧《い》き出で、炙り出されてくる。大昔に小花園を作った月妃。琥珀と琥珀王女。満薬草。そして新たな神託。

神月殿の解釈では、琥珀王女が紫曄と結ばれることが是《ぜ》とされている。この神託を知った琥珀王女はどう動くのか。

凛花は気になって――いや、強がりをやめて言えば、凛花は不安だった。

凛花は月の力を知っている。虎化は琥国では祝福かもしれないが、凛花にしてみれば呪いのようなもの。月の女神の威光からは逃れられない。

「凛花。掌の上だとしても、飛び込み踊ってみなければ分からないこともある」

紫曄は凛花の肩を抱き、コツリと頭を寄せる。

「あの神託の解釈はきっと違う。もし、あの解釈が真実だったとしても、俺は神託の言いなりにはならない」

紫曄はそう言い笑って、今は一旦、踊らされてみようじゃないかと凛花の手を握る。

「……ふふっ。そうですね」

「そうだ。さあ、時間が惜しい。もっと他の話をしよう」

「はい。えーっと……あ、雲蛍州から届いた家系図を見ていて、気付いたことがあったんです。うちの家系には『花』がつく名の女性が多かったんです」

『花』か……と紫曄も呟く。凛花の『花』だけに気にはなる。

「人虎、『虎』の名を持つ者の母親は皆、名に『花』が付いていました。だから人虎を産んだ女性に後々『花』が付けられたのかと思ったのですが……」

未婚と思われる人虎の女性にも『花』の名はあった。ならば人虎の女性に『花』の名が付けられるのか？　と思ったが、家系図だけではよく分からない。

『虎』が付く、人虎と思われる名の兄弟の並びに、『花』が付いていない女性がいる場合もあったのだ。父親は『虎』、母親には『花』が付く家族だ。兄と弟は異母兄弟のようだったが、それでも『花』の付かない女性は、人虎の妹か姉になる。家族全員が人虎であるのに、彼女一人だけ人虎でないのはどういうことだろう。

虎の血は、代を経て、凛花にまで伝わるほど濃いものだというのに。

(『花』の名はどういう意味なの……？)

凛花は自分にも付く『花』がどうにも気になってしまう。これが虎化の謎を解く手掛かりになるかもしれない。でも、気にするほどの意味はないのかもしれない。

雲蛍州は昔から薬草の産地だ。良い花が咲き、良い種が採れますように。一族の娘にそんなゲン担ぎの名を付けていただけかもしれない。

ただ、『花』の名が減るにつれ、系図に書かれた人虎の数も少なくなっていた。

それが少し凛花には引っ掛っているのだが……

「何か意味のある名だったとしても、凛花は凛花だ。名に縛られることはない」

凛花はハッと顔を上げ、微笑む紫曄を見上げた。いつの間にか俯いて考え込んでしまっていたようだ。

「名の意味など、知らなくても問題はない。知らないで済むなら、そのほうが気楽に生きられることもある」

「……はい」

紫曄の名の意味を聞いたことがある。彼の名は『昼も夜も君臨し、支配せよ』という、先々代皇帝からの重い期待が込められたものだった。

だけど今、紫曄の瞳は凪いでいる。もしかしたら、凛花が言った「あなたの支配は優しい」という言葉が、紫曄に変化をもたらしたのかもしれない。

（紫曄の気持ちが、私の言葉で少しでも楽になってくれたのなら嬉しい）

きっと、紫曄も同じ気持ちで言ってくれているのだと思う。

凛花は間近にある紫色の瞳を見つめると、ゆるりと目を細め頬をすり寄せた。

この人が愛しい。じわりと滲んだ気持ちを伝えたい。分け合いたい。言葉で言うよりこうしたら、触れた肌からこの気持ちが伝わるんじゃないか。

凛花はそんな衝動のまま、紫曄の胸にしがみつき鼻先を上げる。

「猫だな」

フッと笑った紫曄も凛花に倣《なら》い、すりりと頬を寄せる。心地よさそうに首を伸ばし、甘える凛花の喉がゴロゴロ鳴っていないのが不思議なくらいだ。

髪を撫で、腰を抱き寄せる。じゃれ合ううちに膝の上に乗った凛花が紫曄の鼻を甘噛みして、紫曄は笑う凛花の唇を撫でる。二つの唇からフフと笑みが零れて、自然と重なった。

「はぁ……。帰りたくないな」

口付けの合間に紫曄からそんな呟きが漏れた。

——わたしも。

凛花もそう言いかけて、言葉を呑み込み口づけに変える。もっと、ずっとこの膝の上にいたい。虎猫としてただ愛玩《あいがん》される日々を許せる性質《たち》だったなら、どれほど楽で生きやすかったか。

だけどそんな凛花だったら紫曄は手を伸ばさなかっただろうし、凛花も今のように紫曄を支えることもできない、全くの別人だったはずだ。

(だから私たちはこれでいい)

たまに甘えて、温もりを分け合って支え合う。力強く華やかな金虎ではなく、小さな白い虎猫だから紫曄の抱き枕になってあげられる。

「……紫曄？」

「ん？」

紫曄の悪戯《いたずら》な手が凛花の腰を撫でる。窓は閉ざされているが、斜めになった体を支えるその腕が、もう月華宮へ通じる坂道だと教えている。

この時間は、もうすぐ終わりだ。

凛花は紫曄の手をそっと押さえ、「おあずけですよ」と囁く。そして膝を跨いだそのまま、紫曄にぎゅっと抱きついた。

「紫曄。……信用してますけど、王女さまに食べられないでくださいね？」

紫曄はなんとも言えない微妙で嫌そうな顔をして、がぶりと凛花の唇を奪う。

「信用してくれ。おあずけには慣れている」

揺れる馬車の中で、二人は離れる唇を名残惜しそうに追いかけた。

第二章　月華宮と二人の神託の姫

月祭の夜に出た新しい神託の内容は、紫曄の命により秘されることとなった。

理由は皇帝に関する神託であるため。しかし今回は、『解釈が定まるまで』という条件が付け足された。皇帝だけでなく、月妃にも関わるものでもあったからだ。

後宮には未だ四人の月妃しかいない。本来なら皇后《こうごう》・望月妃を含めて九人の月妃がおり、先の時代には愛妾《あいしょう》も大勢いた。無事成長した子は、紫曄の他には公主《こうしゅ》ばかりだったが、現在の後宮には公主《こうしゅ》の一人すらいない。

在位はすでに三年。まだ紫曄は二十代だが、世継ぎは一刻も早く必要だ。できれば数人の男児と、女児もほどほどにいてもいい。

宮廷とは、何があるか分からない場所なのだから。

この、『解釈が定まるまで』という条件を出したのは宮廷の重鎮《じゅうちん》たちだ。その中の一人は、宦官長《かんがんちょう》の董《とう》。弦月妃の祖父であり、後ろ盾だ。

「条件は分かった」

紫曄は、自分の倍以上の年齢である重鎮《じゅうちん》たちに頷く。予想はできていたことだ。

「だが、徹底的に秘するように。今回の神託は、琥国にも関係する事柄かもしれん」

「御意に」

神託を公表するか、しないか。それを皇帝の独断で決めることはできない。臣下の顔で意見をしてくるのが、紫曄と対立している者であってもだ。

先の時代に築いた彼らの力は健在で、もしも今、彼らを切ってしまえば宮廷が回らなくなる。それが現状だ。

(何が「御意に」だ。自分たちの思うようにしているくせに、よく言う)

政《まつりごと》に興味を示さなかった先代皇帝の時代、この月華宮は歪んだ。正しく采配《さいはい》し目を光らせる皇帝がいない宮廷は、民や国のためではなく、私利私欲を満たすことに精を出す者があちらこちらにいた。

そんな者たちにとって、歪みを正すべく皇帝になった紫曄は目障りでしかない。紫曄を支持する者も多いが、反発する者も少なくない。

月華宮はまだ、本当の意味で紫曄の皇宮ではないのだ。

◆◆◆

そして新たな神託は内容は秘され、神託が下ったことのみが公表された。

しかし秘されたことにより、皇帝に関する神託であると確定され、憶測と噂が月華宮中に広まった。

『琥国の王女が現れた月祭の夜に下された神託だぞ？　あの王女にも関係するものに決まっている』

『もう一人、神託の妃が増えたりしてなあ』

最初は憶測だった。だが、しばらくすると噂として神託の内容が囁かれ始める。

『神月殿では〝皇帝は琥珀王女を皇后《こうごう》にするべき、朔月妃は先代皇帝のものになるべきだった〟という解釈でまとまっているそうだぞ』

『世継ぎの文言もあると聞いたぞ？　琥国の王女が孕《はら》むという神託か』

『しかし琥国の王太子が月妃に……？　いや、すでに後宮に入っているのか』

『これは寵姫《ちょうき》の座が入れ替わるやもしれぬ。どちらに付くのが利口かは明白ですな』

そんな声が、じわじわと広がっていった。面白おかしく月妃を話題にしているのは、二主に反紫曄派と中立派だ。紫曄を支持し、朔月妃・凛花を評価している者たちは、二人に気遣いつつ、より現実的な視点で意見を交わしていた。

『琥国の王女が皇后《こうごう》となり、世継ぎができれば主上の力は増す。いい神託ではないか』

『朔月妃さまは、そもそも望月妃になろうとされていなかった。皇后《こうごう》と寵姫《ちょうき》は別と、主上がご理解くだされればよいが……』

『朔月妃さまは良い皇后《こうごう》になると思ったが……。神託は重いぞ』

『いいや、どちらも神託の妃ではある。皇后《こうごう》だろうが寵姫《ちょうき》だろうが、世継ぎができれば喜ばしいではないか』

朔月妃・凛花を退けようとは思わない。

だが紫曄を支持する者たちは、皇后《こうごう》・望月妃と世継ぎを望んでいるのが本音だ。それが月の女神に祝福された『神託の妃』なら尚更いい。

現に『神託の妃』とされていた凛花が妃になり、神月殿の大部分は紫曄に付いた。あとは世継ぎ。次代の不安を無くさなければ、誰かが皇家の血が入った神輿《みこし》を担ぎ出すかもしれない。

皇帝の力を強くし安定させるには、後ろ盾や影響力のある皇后《こうごう》と世継ぎが必要だ。紫曄を支持する臣下たちは、歪みの残る宮廷が正され、国が繁栄することを求めている。

逆に紫曄を支持していない者たちは、自らの地位の安定が第一だ。彼らの本音は、以前のように好き勝手できるお飾りの皇帝が欲しいというもの。

後ろ盾の弱い朔月妃・凛花が、神託の妃として皇后《こうごう》になるのは構わない。だが朔月妃のまま、ただの寵姫《ちょうき》として紫曄を骨抜きにしてくれるのが一番いい。

人々の思惑はそれぞれ。思わぬ神託と、琥国の王太子・琥珀王女の存在が、月華宮を揺すぶり、ふるいにかけ始めていた。

◆◆◆

執務室《しつむしつ》に籠る紫曄はあからさまに項垂れていた。

月祭直前にやってきた厄介な客――琥珀王女によって、余計な仕事と面倒事が増えているからだ。

「紫曄。こちらに目を通しておいてください。それから、こちらに承認の印を」

会議から戻った雪嵐《せつらん》が、目の前の卓に資料と書類を積んでいく。

紫曄の側近である雪嵐は、叔父《おじ》である宰相《さいしょう》の補佐役も兼任している。皇帝は大きな方針を決め、承認し、時に勅命《ちょくめい》も下すが、現場を動かすのは官吏《かんり》だ。

雪嵐は将来のために実務を学びつつ、紫曄と官たちを繋ぐ役目も請け負っている。

「うんざりなのは承知していますが、これは琥珀王女を早く琥国に帰国させるための交渉の書類ですからね。喜ばしいお仕事でしょう？」

「……その交渉が早くまとまってくれれば本当に喜ばしいのだがな」

はぁ、と大きな溜息が落ちる。

『小花園を見学したい』と押し掛けてきたのは王女だが、細かい取り決めをしないまま受け入れたのはこちら側だ。仕方のないことだったが、追い返す交渉は不利になっていた。

「なぜ琥国は王女を迎えに来ないんだ……」

「王女殿下が『まだ小花園の見学をしていない』『後宮の居心地がいい』と言っているからですね。あの方、厄介なことに王太子ですから我儘《わがまま》が通るんですねぇ」

「厄介がすぎる……」

その我儘《わがまま》が通る理由は、ただの王太子でなく、金虎の『琥珀』であることが大きいのだろう。琥国は人虎を尊ぶ。中でも珍しいという白虎の凛花を、隣国の後宮妃であっても欲するくらいに。

「そういえば、晴嵐《せいらん》のほうはどうだ？　まだ国門《こくもん》か」

「ええ。もうしばらく治安維持という名目の脅しをかけてもらいます」

晴嵐も雪嵐と同じように、先帝の弟で将軍である父の下、禁軍の将としての役目も持っている。

今回は琥国を交渉の卓に着かせるため、過剰なくらいの国境警戒を行う様子を見せている。ついでに国門《こくもん》で、皇都《こうと》への出入りも『見ているぞ』と圧を加えてもらっている。これは黒虎の琥珀が、三年も前にしれっと潜入していたことが判明したからだ。

皇帝直属の禁軍は目立つ。威圧感もある。今回の場合、容易には動かないはずの禁軍を動かすことで、琥国を尊重していると伝えている。『さっさと王女を連れ帰れ』『これ以上おかしなことはするな』という意思表明でもあるのだが。

「琥国の反応は鈍いのですがね。紫曄、いっそのこと琥王と話してはどうです？」

「いや……それはもう少し待とう。例の御仁《ごじん》のことを引っ張り出されては困る」

「まあ、そうですね。恩を売られるだけならともかく、交換条件として王女を後宮に入れてやってくれと言われたら困ります」

『例の御仁《ごじん》』とは先代皇帝、紫曄の父親のことだ。

この室には今、紫曄と雪嵐の二人しかいないが、隣室や扉の向こうには働いている官吏《かんり》がいる。この会話でさえ、もし聞かれたならどんな憶測をされ、どこに流れていくか分からない。

為人《ひととなり》を厳選したつもりでも、その深層までは量れない。

人は表面に見えている部分だけが全てではない。皆、心にいくつもの層を持ち、向き合うものによってかける面を変えることもある。紫曄が本当に信頼できるのは、近しい限られた者だけだ。

「一応確認しますが、あの王女を妃にするつもりはないのですよね？」

「ない。はぁ……朔月宮でのんびりしたい」

「私もお供したいところですが……明晩、佳月宮へいってらっしゃいませ。不本意なのは重々理解していますが賓客ですからね。顔を出さないのは拙いです」

「夜か」

後宮を夜に訪問すれば、事実がどうあれそういう意味に取られる。

何故、側近はそれをよしとするのか。凜花の気持ちを考えてはくれないのかと、紫曄《しよう》は拗《す》ねた目で雪嵐を見る。

「……分かっています。交渉にも影響するかもしれませんが、正直後宮に滞在させた時点で今更です。それに今の紫曄に、昼に訪問する時間がありますか？　顔を出しただけで帰るわけにはいきません」

それでは逆に失礼にあたる。王女を早く琥国に帰すため、何事もなく穏便に済ませたい。となれば、お茶を楽しむ時間くらいは取らなくては。

だが、昼にはそんな時間はない。

「加えて王女は、夜型の生活をしているそうで午後は寝ているとか。どうにも調整のしようがないのです。呑み込んでください」

「……すまない。分かった」

どの道、王女のもとに足を運ばぬという選択はできない。それに雪嵐の言う通り、今更だ。夜を共にしようがしまいが、佳月宮に入れてしまったのだ。事情を知らない多くの者からすれば、すでに王女は月妃と同様だ。

（王女がどういうつもりか、一度質《ただ》す必要もある。なぜ帰国しないのか、彼女の目的がなんなのか。まさか本当に小花園を見に来たわけではあるまいし……）

「はぁー……」

紫曄は苦虫を噛み潰したような顔をして、大きな大きな溜息を吐いた。

◆◆◆

その日の朝。朔月宮に、佳月宮から訪問の知らせが届いた。打診ではない。本日訪問しますという、簡潔な文だった。

「無礼な……！」

麗麗は憤りに震えつつ、朔月宮の主・凛花に恥をかかせてはいけない！　と、大急ぎで迎える準備に取り掛かる。

朔月宮に仕える他の者たちも、麗麗と同じく憤りを覚えていた。後宮の中では妃の位が物を言う。だが挨拶《あいさつ》すら交わしていない仲でこれはない。

しかも王女はまだ月妃ではなく、佳月宮に滞在しているだけのはず。

外の世界では、琥国の王太子である王女のほうが上位かもしれないが、後宮の内においては順位が変わる。ただの客人と皇帝の寵姫《ちょうき》なら、寵姫《ちょうき》のほうが上だ。

とはいえ、その理屈が通用する相手ではないのだが。


数刻後。鉢植《はちう》えの薔薇《ばら》が咲き乱れる朔月宮に、琥珀王女が訪れた。

月祭の夜と同じく、贈られたこの薔薇《ばら》と同じ艶《つや》やかな色をまとっている。大勢の侍女を引き連れ、薔薇《ばら》の中に立つ金髪の王女は、まるでここの主のようだ。

凛花は入り口で出迎え、悠然と微笑む王女に一般的な礼を執る。

（迷ったけど今日はこれでいい。後宮の挨拶《あいさつ》はしない）

ここは後宮だが、王女は月妃ではない。だから凛花は、『月にもたらされた出会いと機会に感謝いたします』という、後宮での初対面の挨拶《あいさつ》をわざと避けた。

（あの挨拶《あいさつ》は、後宮に入る意志のある者がするもの。私が下位の者として、王女にこの挨拶《あいさつ》をしたら面倒なことになるわ）

寵姫《ちょうき》であり、朔月妃である凛花がこの挨拶《あいさつ》をしたなら、琥珀王女を自分より上位の妃として認めたことになってしまう。無礼に取られたとしても、妃として認めないという姿勢は崩してはいけない。

「お待ちしておりました。王太子殿下」

「出迎え感謝する。すまぬな、虞朔妃《ぐさくひ》殿。ワタシはまだ月華後宮の作法に疎い。今日のところは許せ」

そう微笑む王女に向かい、凛花は無言で頭を下げる。

（強《したた》かな方。作法に疎いと言いつつ、私のことを『虞朔妃』と呼んできた）

月妃の呼び方には二通りある。

一つは月妃の位でそのまま呼ぶ、凛花なら『朔月妃』という呼び方。もう一つは、姓と月妃の位を組み合わせた呼び方。王女が口にした『虞朔妃』はこちらだ。

（だけど一般的なのは前者。後者はより個人を特定する、あまりされない呼び方ね）

個人的に親しい間柄になれば、姓ではなく名で呼ぶので、これは少し形式ばった呼び方だ。言い換えれば、『朔月妃』よりも『虞朔妃』のほうが丁寧ではあるが、距離感を感じさせる呼び方でもある。

（わざわざ『虞朔妃』と後者の呼び方をするなんて、この後宮をよく知っている証拠でしょうに）

「王太子殿下。よろしければあちらでお茶をいかがでしょうか」

凛花は顔を上げ微笑んで、庭の四阿《あずまや》へ案内した。ここはいつも紫曄たちと食事や茶を楽しむ、あの庭とは違う。あそこは凛花の私的な場所だし、美しい庭園ではない。

王女を通した場所は、朔月宮で一番整えられている庭だ。朱歌や霜珠を招くために手入れをしていて助かった。

（室内だと格がどうこう、あれこれ配慮《はいりょ》しなきゃいけないことが多すぎるけど、庭ならまあ、王女を上座に置いてもてなせばいいでしょう）

しかし、王女が訪問した目的はなんだろう？　まさか本当に、小花園を見学したいと催促に来たとは思えない。

「王太子殿下のお好みに合えばよろしいのですが」

卓上には美しい秋の菓子が並べられている。大急ぎで用意した席だが、普段から紫曄に差し入れる菓子を作っている厨師《ちゅうし》たちだ。間に合わせには見えない。

「いただこう。その前に、虞朔妃殿。ワタシのことは琥珀と呼んでくださっていい。あ、しかしそなたは闇夜を知っていたな。それでは『琥珀』ではややこしいか」

「闇夜とは……」

（『琥珀』という呼び名がややこしいって、あの琥珀のこと？）

それに堂々と琥珀の話題を出すとは思わなかった。琥珀の話を聞く限り、兄である琥珀と妹王女の間に交流はなかったはず。

王太子として王が下した密命を知っていたのか、それとも自分で調べたのか。それに、凛花が彼のことを知っていると確信している様子なのはなぜだろうか。

（琥珀が琥王に上げた報告を聞いているとして、どこまで何を聞いているのか。それに、仮にそうだとしても、琥珀が私と面識を得たと報告するとは思えない。琥珀は命令を聞くつもりはないと言っていたもの。それとも、まさか二人の琥珀は密かに通じて――）

いいや、それはない。虎の勘だが、黒虎の琥珀に隠し事はあっても、嘘はないと凛花は思う。

凛花は琥珀を知っているとも、知らないとも答えず王女に微笑みを返す。

「おや。アレの名を知らぬか。フフッ。黒琥珀のことよ。アレの呼び名は闇夜。ワタシは月夜《げつや》。虞朔妃殿はワタシを月夜と呼ぶといい」

親しい者には『月夜』の呼び名を許しておるのだ。と王女は笑う。

「闇夜さまというお名前に覚えはございませんが、王太子殿下の特別な呼び名はお美しいのですね。それでは、遠慮なく月夜殿下と……」

――なんて呼び名だ。凛花は微笑みの裏で苦々しく思っていた。

本来、兄の琥珀と妹の琥珀は同じ立場、同じ名を持っている。だというのに、黒虎の琥珀をなんという対照的な名で呼ぶのか。

王女の呼び名『月夜』は、月が輝く夜のこと。対して琥珀の『闇夜』は、月のない暗い夜のことだ。

（琥国では闇夜と呼ばれ……密命を帯びて訪れた他国でだけ、本当の名を名乗れるだなんて）

金虎と黒虎。ただ色が違うだけの同じ虎で、二人は兄妹でもあるのにと、凛花は胸を痛める。

「ところで虞朔妃殿。小花園はいつ案内してもらえるか？」

「お恥ずかしながら、月祭の準備に掛かりきりで、小花園の手入れまで行き届いておらず……いつ頃ならお見せできるかしら？　麗麗」

凛花は控えている麗麗に振った。これは打ち合わせ通りだ。

「小花園の世話係の者たちに確認いたします。お時間をくださいませ」

「月夜殿下。そのような状況ですので、ご容赦《ようしゃ》くださいませ」

はっきりとした言葉は決して返さない。うっかり『今は案内できない』などと言ってしまえば、『ではいつなら案内できるのか』と聞き返されてしまう。

断りもしないが、いつ頃ならという返事もしない。

(だって、王女が小花園を見たい理由が分からないんだもの)

琥珀によれば、琥国の王宮には『虎の秘庭《ひてい》』という薬草園があるようだ。あの満薬草が栽培されている場所なのだから、小花園に見習うところなどないだろう。むしろ凛花が『虎の秘庭《ひてい》』に学ぶべきだ。

「小花園をすぐに見られぬのは残念なこと。機会を待とうか」

王女は気分を害することなく微笑み、ふと何かを思い出したように目をまたたいた。

「そういえば、月祭の夜に面白い神託が出たと耳にした。虞朔妃殿は内容をご存知か？」

ドキリと凛花の心臓が跳ねた。が、まだ一年未満とはいえ、後宮に入ったおかげで表情を繕うことにも慣れた。

「さあ。今回の内容は秘匿《ひとく》されておりますから」

「ではワタシは、今夜、我が宮にいらっしゃる皇帝陛下に聞いてみよう」

ざわりと空気が揺れた。

『今夜いらっしゃる』とはっきり口にした。これはきっと嘘ではない。だが、後宮においてて皇帝が月妃の宮を訪れる意味は、夜を共にするということ。ただのご機嫌伺いならば昼に訪れる。そうじゃないのだと、王女は皆に宣言しているのだ。

（紫曄を信じているけど……気分がいいものではないわね）

じくりと胸が疼《うず》く。

王女は魅力的だし、彼女が妃になるつもりでここにいるのなら、夜の訪れは喜ばしいこと。月妃が寵を求めるのも、皇帝が月妃に触れるのも、おかしなことではないし、悪いことでもない。それでも散々我慢を強いている自覚のある凛花としては、やっぱり不安を感じてしまう。

「虞朔妃殿？　どうかなさったかな」

「いいえ」

その後は、他愛のない会話をいくつか交わし、お茶会はお開きとなった。

「それでは虞朔妃殿。また」

「ごきげんよう。月夜殿下」

王女が『また』の機会を作っていい人物か、近寄らないほうがいいのか、凜花にはまだ分からない。だから曖昧かつ、失礼にはならない言葉を選ぶ。

（できれば虎の話をしたかったけど……）

王女は私が白虎であることを、もちろん知っている。そして月祭の席で、私が彼女を人虎と確信したことも分かっている。本能は嘘を吐けない。

人払いをしてしまえば、人虎について話すことはできた。だが、凜花がそれをしなかったのは、王女を警戒してのことだ。

（小花園に行きたがることだけじゃなく、後宮に滞在する目的もはっきり見えないのよね）

やはり王女も、琥珀と同じく『白虎』を狙っているのか。それなら凜花に近付くのも分かる。後宮に入ったのも、小花園もその口実だ。

しかし、気位の高そうな王女が、他国の後宮に入ったと見せかけることをよしとするだろうか？

どちらにせよ、王女は油断できない相手だと、凛花の本能が告げている。

(神託のことも耳にしているみたいだし……本当に油断できない)

あの神託を王女が知ったらどう思うのか。どう動くのか。

『琥珀の月が、白銀の背に迫る。古き杯を掲げ、月と銀桂花の結実を成せ』

琥国は月の女神を強く信仰している。王太子なら尚更そのはずだ。

(もし、今の解釈が正しかったら――)


〝現皇帝・紫曄は、琥珀王女を皇后《こうごう》とすべし。朔月妃・凛花は先代皇帝の妃となるべきだった。これが月に祝福された妃と世継ぎであり、国の繁栄に繫がる〟


(――王女は、この神託に従うの?)

凛花は王女の背中を見送りながらそう思う。

王女から贈られた薔薇《ばら》が揺れている。この薔薇《ばら》は朔月宮以外にも届けられたそうで、ほのかな香りとはいえ、いずれ後宮を満たしてしまいそうだ。

「そうだ、虞朔妃殿」

王女がくるりと振り向き、薔薇《ばら》を背にして言った。

「この薔薇《ばら》は気に入ってくれたか? 小花園を持っているそなたは鉢植《はちう》えがよいと

思ってな」

「あ……そうだったのですか。お気遣いいただきありがとうございます。ええ。とても素敵な薔薇《ばら》で驚きました。こちらは琥国の品種なのでしょうか」

「ああ。琥国にしか咲いていない。これはワタシの印《しるし》としても使っている薔薇《ばら》でな。十六夜《じゅうろくや》の薔薇《ばら》、過ぎたる薔薇《ばら》とも呼ばれている」

皇帝を月にたとえる月華宮で、十六夜《じゅうろくや》とは穏やかではない。

「そのような名なのですね。後日、育て方を調べてみたいと思います」

「この薔薇《ばら》を植えるなら、大切な薬草からは離したほうがよいぞ。これは強すぎるがゆえ、周囲を滅ぼしてしまう薔薇《ばら》だからなあ」

王女は手に持った扇を下げ、赤い唇で微笑みそう忠告した。

◆

凛花は王女一行を見送り、ほうと息を吐く。

「皆、ご苦労さま。月夜殿下は気分よく過ごされたと思うわ」

意外なことに、王女は用意した菓子をなんの警戒もなく口にした。

以前、琥珀が『傲慢《ごうまん》な王太子』と言っていたので、どうなることかと思っていたが無難にこなせたと思う。凛花はひとまずホッとして、あらためて薔薇《ばら》に目を向けた。

次の問題は、この『十六夜《じゅうろくや》』という名の薔薇《ばら》だ。

「月夜殿下に返礼をしないと」

礼状はその日のうちに送ったが返礼品はまだ。王女の格に相応しいものを用意するには、どうしても時間がかかる。

(でも時間が掛かりすぎても良くないし……)

比較的早く用意できて、王女の格に相応しく、自分の格も落とさないもの。それでいて王女に媚《こ》びすぎず、粗雑な対応にも見えず、侮られない品だ。

「……輝青絹《きせいけん》が無難かな」

贈り物としても絹は無難。だが、ただの絹では、皇帝の寵姫《ちょうき》としては芸がない。しかし、朔月妃・凛花の名と共に、評判になっている輝青絹なら丁度いい。

あれは月魄国でも、まだ皇都《こうと》・天満と雲蛍州にしか出回っていない。それに月光を受け輝く絹は、金虎の王太子にとって有用だ。

「麗麗、さっそく手配を――」

「なぜ凛花さまの大切な輝青絹を贈られるのですか」

麗麗が凛花の言葉を遮り言った。

「何もかもが無礼です。凛花さまを『殿』と呼び、後宮を我が物顔で出歩くあの者に返礼など……！　なぜ、なぜ侮られることを受け入れるのですか」

　両の拳を固く握っている。凛花によく尽くしてくれている麗麗が、抑えきれない憤りに震えていた。侍女の分を守るなら、私情は捨てて凛花に寄り添うべき。

　そう理解しつつ言わずにはいられないと、懸命に選んだ言葉だ。

「麗麗……」

　先ほどまで賑やいでいた場が静まり返っていた。居合わせた他の侍女たちも、唇を固く結び凛花を見つめている。

（ああ。私はまだ月妃の重みを分かっていなかったのね）

　麗麗だけでなく、仕えてくれている皆も同じように悔しく感じていたのか。凛花はそう気付く。

（私だって、紫曄が侮られ、馬鹿にされたら悔しく思う）

　当然だ。自分の大切なものを雑に扱われて喜ぶ人間はいない。

　凛花はふぅと息を吐き、麗麗の震える拳に触れた。

「麗麗。ごめんなさい。でもね、月夜殿下にお返しはします」

　背の高い侍女を見上げて言い、両手で拳を包む。

「すでに侮られているのです」

　凛花の言葉に、麗麗は目を見開いた。

相手は琥国の王太子。人虎の一族として白虎を敬う気持ちがあっても、人である凛花は格下国の、最下位の月妃だ。気位の高い王太子が凛花を『様』と呼ぶわけがない。呼び捨てにされなかっただけましだ。

「強引に押しかけてきた時点で、月魄国を侮り、皇帝を侮り、月妃を侮っているわ」

「しかし凛花さまは寵姫《ちょうき》です！　表の官吏《かんり》や、宦官《かんがん》たちはどう思いましょう？　あの者におもねるような言動は凛花さまの評判に係わります」

心配なのです、と麗麗は包み込まれた拳をまた固く握った。

後宮の端にあるこの朔月宮にも、新たな神託の噂は届いている。神託の内容が発表されていないせいで、毎日様々な憶測が聞こえている。

「だからこそ、私は無礼な振る舞いをしたくないと思うの。お返しひとつできないようじゃ、やはり最下位の朔月妃だ。そのように狭量《きりょう》な妃では寵姫《ちょうき》に相応しくない、と言われてしまうでしょう？」

麗麗は眉をきゅうと寄せ目を伏せる。

「神託はまだ秘匿《ひとく》されています。今後、何がどう転ぶか分からないわ。月夜殿下に反目する妃と思われ警戒されるより、侮られているほうがよくない？」

下位の妃の立場では、侮られ、油断されるくらいのほうがいい。下手に意識されて、上位の王女から無理難題を吹っ掛けられたり、嫌がらせを受けたりするのは避けたい。

（嫌がらせをするような方には思えないけど）

やるとしたら悪戯《いたずら》のほうか？　王太子らしい風格を感じさせたあの王女は、感情で悪戯《いたずら》をしたとしても、嫌がらせは理性で遂行しそうだ。必要ならなんでもしそうな感じがする。

（私は朔月宮の主として必要なことをしよう）

凛花はここへきて、月妃とは皇帝のためだけにいるのではない。後宮で暮らす者たちを統括し、守る役目も担っているのだと胸に刻む。

（あの王女が琥国に帰る前に一度、虎同士ゆっくり話をできればいいのだけど）

凛花は咲き誇る十六夜《じゅうろくや》の薔薇《ばら》を背にそう思った。

◆

日暮れの佳月宮を、紅梅色《こうばいいろ》の一団が訪問した。

揃いの銀簪をつけた侍女を引き連れるのは弦月妃。現在、謹慎中の身であるため、本来なら控えめに訪れるべきなのだが……

（時刻こそ目立たぬ夕方だが、侍女を大勢引き連れた上に揃いの紅梅色《こうばいいろ》とはな）

琥珀王女は冷めた目で一行を見下ろす。

紅梅色《こうばいいろ》が弦月妃の色とは知っているが、謹慎中ならば帯など一部に使い、『弦月妃』の立場ではなく一個人としての訪問だと示すのが利口だろうに。

弦月妃は上から第五位の月妃。王女が滞在する佳月宮は、第二位の佳月妃の宮。それに加え、王女には琥国の王太子の肩書きもある。

（幼いな。あきらかにワタシが上だというのに、『弦月妃』と身分を誇示してくるこの者はどの程度か……）

王女はせめてもの情けだと、扇を口元まで上げ、溢れる溜息を隠してやる。

「何用か。弦董妃《げんとうひ》」

いつまでも挨拶《あいさつ》を口にしない弦月妃に呆れ、王女が口を開く。

訪ねてきたくせに、正式に佳月妃の位を貰ったわけではない者に、現在最上位の弦月妃から口を開く謂れはないという態度。後宮という小さな世界の価値観しか持たない姫か？　と王女の中でまた一つ、弦月妃の評価が落ちた。

（弦董妃の祖父である、宦官長《かんがんちょう》との約束通りにこの場を設けたが……まあいい。ワタシが目的を果たした後、約束を果たすに値する娘なのか見てやろう）

王女と宦官長《かんがんちょう》が交わした交換条件はこうだ。

宦官長《かんがんちょう》は王女が佳月宮に滞在することを認め、その手助けをすること。

それに対する王女からの見返りは、皇帝の寵《ちょう》を得た暁には、弦月妃にも寵《ちょう》を分け与えること。紫曄を独占しないという約束だ。

もし紫曄が王女に寵愛《ちょうあい》を与えたとしたなら、他の月妃にも与えないわけにはいかない。凛花だけを寵愛《ちょうあい》している今とは状況が変わる。他国の姫だけを寵愛《ちょうあい》すれば、宮廷からも国内からも反発が起きる。

それを収めるには、複数の月妃に寵《ちょう》を分け与える必要がある。

（なんの損もない条件だ。ワタシに皇帝を独占する気はないし、他の妃を排除する気もない。目的を果たすことができればそれでいいのだ）

そう。目的のため。そのためには、まだ宦官長《かんがんちょう》の協力が必要だ。王女は溜息の代わりにフッと小さな笑みを零し、温情はもう一度だけだと口を開く。

「弦董妃。ワタシに挨拶《あいさつ》をさせたいのか？」

「いいえ、王太子殿下。わたくし緊張してしまっていたようですわ。本日はご挨拶《あいさつ》と、先日頂いた薔薇《ばら》のお礼をお持ちしました」

その言葉で大勢の侍女が、それぞれに持っていた包みを差し出した。、一瞬で、王女の前は贈り物で埋め尽くされた。

「随分と多いな」

「美しい薔薇《ばら》の返礼ですもの」

王女は弦月妃の微笑みを流し、贈り物の箱を端から眺めていく。侍女が開けようとしたが、スッと手を上げ止めた。

臭ったからだ。

「手前、右から三番目の小振りの箱。それは香《こう》と香炉《こうろ》だな」

「ええ」

「いらぬ。持ち帰れ」

その強い言葉に弦月妃の侍女たちが青ざめた。贈り物を突き返すとは、贈り主を拒否すること。一体、何が気に障ったのかと身を硬くする。

「弦董妃。ワタシを舐めるな」

王女は扇の裏で欠伸《あくび》をし、気怠げに脚を組む。昼寝を早めに切り上げ迎えてやったが、眠気を隠すのも馬鹿らしい。

あの香《こう》には毒が仕込まれている。金虎の嗅覚は誤魔化せない。

(常人は気付かないであろうな。ワタシの鼻でもなんの毒かまでは分からぬ)

だが、毒なのは確実だ。王太子として毒物に慣れる訓練で多くの毒に触れてきた。

一度嗅いだ毒は間違えない。

「喰い殺されたくなければ出直せ。もう一度だけ機会をやろう」

たおやかに微笑む弦月妃に、扇を突き付け言った。

月妃どもと仲良くする気などさらさらないが、後宮で好んで諍いを起こす気もない。

愚かで哀れな下位の者を許し、受け入れてやるのも上位者の務めだ。

だから『毒だな』と明言はしないでおいてやる。

「……なんと。喰い殺すとは穏やかでない言葉」

弦月妃はじとりと王女を見上げる。王女が呆れまじりに片眉を上げると、一人の侍女が前に出て平伏した。筆頭侍女の貞秋《ていしゅう》だ。

「申し訳ございません！　ご高配を賜り感謝いたします」

「よい。弦董妃にも本人なりの矜持《きょうじ》があるのは理解しよう」

「王太子殿下。この件はどうか董宦官長《かんがんちょう》には……」

「わざわざ言う程もない」

だからさっさと帰れ。王女は扇を振って退出を命じた。

――第五位の月妃がアレか。

頭が悪そうには見えなかったが、下位の挨拶《あいさつ》もできない愚か者か？

少々ちぐはぐな印象を抱きつつ、矜持《きょうじ》の高さゆえに愚かな振る舞いをする者もいるなと、王女は経験からそう思い、また欠伸《あくび》をした。

王女は現在、十八歳。弦月妃は十六歳。

琥国という閉ざされた国で育った王女と、董家という宦官《かんがん》の家で、閉ざされた後宮に入るべく育てられた弦月妃。己が閉ざされた世界にいたことを、二人がどこまで自覚しているかは分からないが、王女と弦月妃は意外と似ているかもしれない。

今、ここにもし凛花がいたなら、たぶんそう思う。

ちなみに凛花は二十歳、暁月妃・朱歌は紫曄の一つ上となる二十七歳。妃としては年嵩《としかさ》だ。薄月妃・霜珠は十七歳。

元小国で国の端にある雲蛍州、神月殿、武門の名家と、皆ばらばらの出身。だけど皆、それぞれの価値観に囲まれた場所で育ち、後宮という檻《おり》へ足を踏み入れた。

ここに馴染むのか、出ていくことを望むのか、ここを変えるのか。

皆、どの可能性も持っている個性的な月妃ばかり。

当初はのんびり過ごすことを望んだ凛花は、皇帝・紫曄に望まれた今、どの道を選ぶのか。もし、琥珀王女が月妃の頂点に立ったなら、後宮は琥国風に変わるのだろうか。

夜ごと移ろう月のように、月華後宮も日々移ろっていた。

◆◆◆

「白春《はくしゅん》さま！　何故あのような振る舞いを！　あなたらしくもない……！」

貞秋は弦月妃の筆頭侍女であり、乳兄弟でもある。

白春には誇り高く、美しくあってもらわなくては困るのだ。今、貞秋の心の中に渦巻いているのはそんな気持ちだ。

主として慕っているのとは違う。妹のように想っているなんてことは全くない。昔から白春に仕えてきた貞秋は、主に対して崇拝《すうはい》に近い感情を持っていた。

董家の姫として大切に育てられた白春は、いつでも自分が一番で、自分が正しい、仕える者たちは自分とは違うのだと、線を引き区別をしている。

普通に考えれば仕え難い主だ。

だが貞秋には、そんな白春が輝いて見える。傲慢《ごうまん》で気位の高い白春は、自分がなり得ない、自分にできないことをしてくれる憧れの姫君。

白春は仕えるに値する、見栄えのいい主だ。だから――

（このように愚かでみじめな白春さまは嫌だ）

「何を考えてあのような……」

「これでいいのよ。ふふ。ふふっ」

貞秋の他には人払いをした室に、白春の笑い声がコロロと転がる。

「王女のあの顔！　愚かな振る舞いをすれば、あの女はわたくしを侮る。愚かすぎて、お祖父さまに告げ口する程もないと言ったでしょう？」

くっくと笑う顔は、貞秋が仕えるいつもの白春だ。貞秋は期待を込めて白春を見つめる。

「白春さま、何をお考えで……？」

「王女は『もう一度だけ機会をやろう』と言った。次こそ本当に贈りたかったものを贈るわ」

白春はニタリと笑う。毒を含んだその笑顔を見留めた貞秋は、ああ、これこそ白春さまだ、と安堵し微笑んだ。

◆

その夜。弦月宮に特別な品が届いた。藤色《ふじいろ》が美しい見事な品だ。

藤色は、第二位の月妃・佳月妃の色。佳月宮に滞在する王女に、これほど相応しい品はない。

「貞秋。こちらを佳月宮にお届けして。他の贈り物も一緒に」

「かしこまりました」

筆頭侍女は小振りな箱を抱え、さっそく届ける準備を整えるため退出していった。

「大叔母様《おおおばさま》に文を出して正解だったわ」

星祭後、謹慎になったと嘆く文を送ったのだ。悲しむだけでなく、悔しさもしっかり滲ませておいた。

そして大叔母《おおおば》から託されたのが、あの特別美しい藤色の品だ。あれほど美しい藤色だとは思わなかった。あの品なら確実に王女も気に入る。きっと贈り物を受け入れ、身に着けるだろう。

――アレは、毒だ。

大叔母《おおおば》が嫁《とつ》いだのは、海を領地に持つ地方の大貴族。あの藤色は、その地方にしか生息していない貝から採れた染料《せんりょう》を使っているという。

美しさは武器だ。かつて後宮に入る話もあった大叔母《おおおば》は、同じ一族の女として弦月妃の立場をよく理解している。

「大叔母《おおおば》様が聡明な方で有り難いわ」

『役立てなさい』。その言葉と共に、大叔母《おおおば》は弦月妃に『藤色』を託した。

「ふふふ。お祖父さまも驚くことでしょうね！」

月祭の前。祖父は『近々、新しく高貴な姫が後宮に入る。主上が寵愛《ちょうあい》せざるを得ない姫よ』と言った。『主上と朔月妃の間には、確実に亀裂が入る』そして『寵《ちょう》を更に分け与えさせる』とも言った。

（あれほどの屈辱《くつじょく》はない。それにあの王女、ここを何処だと思っているのか）

ここは月魄国の月華後宮。琥国ではないというのにあの尊大な態度。本当にあれが、朔月妃から皇帝の寵《ちょう》を奪い、いずれ自分にも分け与え、そして望月妃になるというのか。

「不愉快だわ」

（王女に思い知らせてやる。弦月妃・董白春は無能ではないと。それにお祖父さまにも。いつまでも思い通りに動く駒ではないし、代わりの利く人形ではないとも教えてやろう）

「朔月妃の様子も探らせなければいけないわね……」

独り占めしていた皇帝の寵《ちょう》を王女に奪われ、負け犬となるならそれまで。だが朔月妃は、しぶとそうだと弦月妃は思っている。

これまで朔月妃は、弦月妃が予想できない行動を起こしてきた。王女相手とはいえ、今回も大人しくしているとは思えない。何をしでかすかは予想できないが。

「まずは佳月宮の王女。朔月妃はその後ゆっくりやればいいわ」

◆◆◆

弦月宮に、久しぶりに主の笑い声が聞こえる。その裏庭には、鮮やかな十六夜《じゅうろくや》の薔薇《ばら》が打ち捨てられていた。

翌夕刻。佳月宮に、弦月妃からの詫びと挨拶《あいさつ》の品が届いた。

それは他の妃や、表の官吏《かんり》たちから届いた贈り物と一緒に積まれていた。もちろん全て毒物などの検査は済んでいる。

毒物の検査をするのは、月魄国を信用していないからではない。琥国でも当たり前のようにしていることだ。外国から来た妃は人虎を信じていなかったり、琥珀を排除したいと毒を贈ったりすることもある。

それに王女は人虎の王太子だが、琥国の後宮に王子・王女は多い。これから新たな虎が産まれる可能性もある。王太子とは言っても、挿げ替えが利く首なのだ。

「ほお、弦菫妃からも届いたか。随分と早かったたな」

そう言い王女は、欠伸《あくび》をしながら贈り物の山を眺める。佳月妃を意識した藤色が多いことに王女はほくそ笑む。事実上、佳月妃と認めている者が多いようだ。

さて。輝青絹をはじめ、月妃たちからの贈り物はなかなか良かったが、あの弦菫妃はどうか。

王女はくん、くん、と鼻を使う。後宮に運び入れられる前、佳月宮に入れる前と二重の検査がされているが仕上げの毒物検査だ。

珍しく覚えのない香りを感じるが、月魄国は広い。雲蛍州の輝青絹のように、遠い土地の珍しい品も沢山ある。知らぬ香りはそういった品だろう。

(覚えがある毒の臭いはないな。さすがにあの愚か者も懲りたか)

「これは。美しいな」

王女は弦月妃から届いたという藤色の靴を手に取った。キラキラと輝く藤色の生地に、乳白色の真珠《しんじゅ》と黒真珠《くろしんじゅ》、赤い珊瑚《さんご》が縫い付けられている。

内陸国で海のない琥国では、海を感じさせるものは珍しい。そもそも、琥国は基本的に鎖国《さこく》しているし、交易《こうえき》のために開けているのは月魄国へと続く門一つだけ。だから豪華な品を見慣れている王女も、ここまで大粒の真珠《しんじゅ》は見たことがない。

「愚かとしか言えない娘だったが、頭は悪くないらしい」

琥国の人間がどんなものに惹かれるかは知っていたようだ。

それに、まずは佳月妃として振る舞うつもりの王女にとって、藤色の品は役に立つ。しかも贈られたのは靴。これは踏み付けられることを受け入れる。第五位の月妃、弦月妃が王女より下位になることを認めた証だ。

「案外かわいらしい姫であったな」

寝起きの王女は、さっそく裸足の足で靴を履いてみる。歩くたびに大粒の真珠《しんじゅ》が足下で煌《きら》めいている。約束通り、皇帝の寵《ちょう》は分けてやろう。王女はそう思い、足先で輝く真珠《しんじゅ》に目を細めた。王女としても、弦月妃は上手く飼っておきたいのだ。

王女の目的は、佳月妃になることでも、皇后《こうごう》・望月妃になることでもない。

後宮に押し掛けた目的は、遠く白虎の血を持つ、皇帝・紫曄の子を得ることだ。

望むのは、白虎の子。うまく子を産んだとしても、只人《ただびと》か、金虎か白虎か、判明するまでには数年かかる。運良く一人目が白虎であればいいが、そうとは限らない。最悪、黒虎の可能性もある。

「五、六年は皇帝の寵愛《ちょうあい》を頂かなければならぬなあ。いや、下手すれば十年はかかるか」

まあ、父王はまだまだ健在だ。後を継ぐまでまだ時間はある。

しかし、逆に健在だからこその気掛かりもある。父王の、現在の寵姫《ちょうき》が人虎を産んだら面倒なことになる。琥国にも後宮はある。

「早急に白虎を得て、さっさと琥国に帰らなければ」

産んだ子が白虎と判明する頃になれば、自身は皇后《こうごう》・望月妃になっているだろう。となれば、月華後宮を去るのは骨が折れそうだ。

表からの反発は必至。ならば裏側から攻めればいい。そのために董宦官長《かんがんちょう》と手を結んだのだから。

「皇后《こうごう》にするには少々愚かな娘だが、そのくらいのほうが扱いやすくてよいか」

後宮を管理する宦官《かんがん》が認め、推す、次の望月妃がいれば文句など殺せる。後宮が欲しいのは、月妃ではなく皇帝の子だ。

(白虎の子だけでなく、この国に置いていく子を産んでもいい。どうせ白虎を得るために何人か産むのだ。琥国の血ならば無下にはされまい)

王女は目を固く閉じ、心の中で自分に向けてそう呟く。

「まあ！　琥珀殿下ご覧ください。こちらのお品もとてもお美しいですよ」

贈り物の山を仕分けしていた侍女が、王女に小振りの箱を掲げて見せる。

「殿下の金の御髪によくお似合いになりそうね」

「あら。こちらも気が利いているわ。珍しいお品ですよ」

「官吏《かんり》たちからもこれだけ多くの品が贈られるとは、さすが殿下です。殿下が後宮を掌握するのも、すぐでございましょう」

侍女たちが見つけたのは、藤色の花があしらわれた髪飾りと、化粧道具の中にあった爪を彩る爪紅《つまべに》だ。

「これはいいな」

髪飾りも爪紅《つまべに》も、どのような衣装にも合わせられる。豪華な目立つ一品を贈る者が多い中、実用性を考えられる者は利口だ。

記憶に留めておいてやろうと、王女は贈り主の名を確認した。

◆◆◆

今夜も丸い月が明るい。

紫曄は執務室《しつむしつ》から、すっかり昇ってしまった月を見上げ溜息を吐いた。今夜は憂鬱だ。

「主上。雪嵐の言う通り、いい加減に佳月宮へ向かわなくてはならない。あの、あまりお待たせしすぎるのは良くないかと」

「……そうだな。さっさと顔を出してくるか」

まだ子供だというのに兎杜はしっかりしている。紫曄は小さな侍従《じじゅう》に促され重い腰を上げた。

私室へ戻る道すがらは、うんざりの一言に尽きた。

頭を下げ、道を開ける官たちからの視線が煩わしい。通り過ぎた頃にチラと向けられる視線も、背後でひそひそ交わされる声も、まったく気に障る。

聴こえないよう声をひそめているのだろうが、何故かこういう声は聞こえるものだ。

『本当に琥国の王女を佳月妃に迎えたのだろうか』

『さて。佳月宮へ通っておられるとはまだ聞いていないが……』

『朔月宮にも行っておられないと聞いておりますよ』

紫曄は「うるさい」と言ってやりたい気持ちを腹の中に収め、足早に官たちの前を通り過ぎた。紫曄の一言は軽くない。何か言えばそれがまた噂になり尾ひれが付く。これ以上の尾ひれは無用だ。

そして紫曄は、私室で着替えを済ませると、兎杜が差し出した茶を飲み干した。

「にがい」

「老師特製の毒消しですからね！　くれぐれも気を付けるように……と。それから、あの方を妃にするには色々面倒が多すぎますから、その気がないなら手を出すなとも言っておりました。あとこれ、気付け薬です」

「気付け薬？」

掌に収まる小さな容器だ。中身は練り香水のようなものらしい。しかし、毒消しは分かるが気付け？　と紫曄は首を傾げる。

「媚薬《びやく》のような香ですとか、あと誘惑に負けそうな時にも使えと」

「負けるか」

どこまで兎杜が理解しているか分からないが、後宮へ連れて行けなくなる日がくるのは案外早いかもしれないな。紫曄はそう思った。

「主上。ようこそ、お運びくださいました。佳月宮の御方がお待ちでございます」

紫曄を出迎えた宦官《かんがん》は、王女が既に佳月妃になったかのような態度だ。気に入らないその態度に、紫曄は眉を寄せ思わず言う。

「佳月宮に滞在中の、王太子殿下と話すために来ただけだ」

「ほほ。夜に後宮を訪れた方が何をおっしゃいましょう」

「王太子殿下は昼間に寝ている。宮は閉められているので誰であれ昼間は会えない。宦官《お前》がそう言ったのだろうが」

　じろりと上から睨《ね》め付ける。

　彼女は他国の王太子であって月妃ではない。佳月宮が閉められているのに、たかが挨拶《あいさつ》を理由に面会を強要すれば、それはもう月妃の扱いだ。

（昼間に押し掛けようが、大人しく夜訪問しようが、どちらにしても俺にとっては不本意だ）

「理由はどうあれ、佳月宮はご訪問を歓迎いたします。主上」

　宦官《かんがん》は深々と頭を下げ、独特の高い声でそう言うとニタリと笑った。

◆

　紫曄を迎えた王女は、月祭で見せた艶《つや》やかな薔薇《ばら》色の装いではなく、淑やかな藤色をまとっていた。

「お待ちしておりました。皇帝陛下」

扇で口元は見えないが、その金の瞳がニヤリと笑っているのが分かる。

藤色なのは衣装だけではない。金の髪には藤色の花の髪飾りを挿し、裾から覗く靴も藤色。よく見れば、扇の柄に添えられた指先まで藤色に染めている。

(見事なまでに佳月妃の藤色尽くめだな)

紫曄は心の中で溜息を吐く。

王女が佳月妃に迎えるものと勘違いされるのは、王女のこの装いのせいもある。月祭が終わっても帰国する様子を見せず、紫曄に夜訪問するよう仕向けるのも、全てが王女の計算なのだろう。

「今夜は琥国の酒を用意した。ゆっくりしていってほしい。皇帝陛下」

「お気遣いに感謝する。王太子殿下」

紫曄が微笑み答えると、王女は侍女たちを下がらせ奥の室へ紫曄を誘う。内心うんざりだが、王女には帰国してもらわなくては困る。そのためには話す必要がある。

『紫曄。……信用してますけど、王女さまに食べられないでくださいね？』

神月殿の帰り、凛花にそう言われたことを思い出す。

(金虎の王女といっても、まさか食い殺されることはあるまい)

対策はしてきた。万が一、媚薬《びやく》を仕込まれたとしても、凛花に散々おあずけをくらっている紫曄だ。理性には自信がある。

己の後宮で、己の妃に好き勝手して何が悪いのか。そんな立場であるのに、紫曄は凛花の気持ちを優先し、抱き枕にするまでに留めている。

今更、金の虎猫にたぶらかされたりはしない。

「王太子殿下。今夜はあなたと話しにきたのです」

だから奥の臥室《しんしつ》には行かない。紫曄がそう言うと、王女はくすくすと笑いながら席を勧めた。

「ワタシも皇帝陛下と話がしたいと思い、この席にお誘いしたのです」

卓には銀の酒器と柘榴《ざくろ》や葡萄《ぶどう》が並べられている。王女は自ら杯に酒を注ぐと、一口飲んで紫曄にも杯を差し出した。

「毒でも媚薬《びやく》でもございませぬ。まずは一杯どうか」

「頂こう」

少々警戒しながら杯を受け取る。飲んできた毒消しと、毒に触れると曇る銀杯を信用して、紫曄は一口飲む。

「……これは銀桂花酒か？」

「ええ。琥国の特別な銀桂花酒は、美味でありましょう？」

神月殿で飲んだものよりも、甘さ控えめで飲みやすい。だが酒精《しゅせい》が強いのか、飲み込んだ体が熱い気がする。

飲み過ぎてはいけない。紫曄がそう思った時、ふと目の端にキラリと光るものがちらついた。視線を向けると、光っていたのは王女の藤色の衣装に揺れる大きな佩玉《はいぎょく》だった。帯から下げられたそれは、こっくりとした金色をしている。

(随分と立派な……あの色は琥珀か?)

杯を傾ける手を止め思わずじっと見ていると、王女が「おや」と小さく言った。

「果実水をお持ちしましょうか。この酒は慣れぬ方には強いかもしれぬ」

王女は扉の向こうで控える侍女に声をかけるため、そっと立ち上がる。するとまた佩玉《はいぎょく》が揺れ、キラリ、キラリと輝き紫曄の目を引いた。

王女の金髪と、金の瞳と揃えたような琥珀色だ。なぜか目が離せず紫曄がじっと見ていると、王女が笑い声を上げた。

「皇帝陛下。ワタシの体ではなく、佩玉《はいぎょく》に見惚れておいでか?」

「いや。失礼した」

くるりと踵《きびす》を返した王女は、榻《ながいす》に座る紫曄の隣に腰を下ろす。紫曄がぎょっとし、軽くのけ反ると、クスクス笑いながら佩玉《はいぎょく》を持ち上げ見せた。

「どうぞ。ご覧ください」

そう言われたからには見てやろう。紫曄は王女の掌からはみ出すほど大きな琥珀に目を落とす。黄金色に煌《きら》めくそれは、深みを感じさせる不思議な色合いをしている。

「陛下。真ん中に透けて見えるのは桃の種なのです」

「ほお」

たまに虫や植物が入っている琥珀もある。しかし桃の種とは変わっているなと、紫曄はまじまじと覗き込む。

「これは虎を強くする御守りと言われ、代々の琥珀に伝えられているのです」

「……虎、とは」

佩玉《はいぎょく》の琥珀を覗き込んだまま、ちろりと王女の目を見上げた。王女は自らが虎であると打ち明けるつもりなのか、紫曄の反応をうかがっているのか。

「ハハ！　皇帝陛下、今更とぼけなくともよいではないですか。そなたの寵姫《ちょうき》は白虎だ」

フッと鼻で笑い、王女は佩玉《はいぎょく》を引っ込め紫曄に言った。

紫曄はひそかに息を呑む。

琥国が白虎――凜花の存在を知っていることは琥珀から聞いていた。王女もその存在を知った上で訪れたのだろうとは思っていたが、ここまではっきり口にするとは思いもしなかった。

黒虎の琥珀が言う通り、琥国が白虎を神聖視しているのが本当だとしたら、ここで白虎と口にした王女の思惑はなんだ？

それに、紫曄が凜花の正体を知っていると確信している、この様子なのはなぜなのか。

「人が虎であるなど……お伽断《とぎばなし》を話しにきたのですか？　王太子殿下」

そう言うと、王女のまとう空気がガラッと変わった。被っていた猫を捨て去った金虎の威圧感が、紫曄の肌にビリリと突き刺さる。

「アレが白虎ということは、すでに琥王にも報告されておる。とぼけても無駄だ」

「……凜花が白虎だという証拠でもあるのか」

「ハッ。証拠も何も、ワタシも虞朔妃も、お互いが虎だということは一目で分かったわ。それにアレからは同族の匂いがした。ほのかだが芳《かんば》しい匂いだ」

王女はペロと唇を舐める。

（匂い？　虎同士はそんなものを感じるのか？）

だとしたら、黒虎の琥珀も凜花を芳《かんば》しいと感じているのか？

そう思ったら、なんだか腹立たしい思いがした。紫曄はそんな匂いを感じたことはない。凜花を抱き枕にしている時、満たされるような甘さを感じるが嗅覚的なものではない。

「そんなものは証拠とは言えない」

「皇帝陛下。胡家のあなたからも、僅かながら匂いがする」

王女がくん、と鼻を鳴らし紫曄の首元を嗅いだ。いくら客人とはいえ無礼だ。

「よせ」

ドクリと紫曄の心臓が鳴った。何故だ、動悸《どうき》がする。紫曄は涼しい顔の裏で戸惑い、ずりと座面を後ずさる。

「ハハ！　生娘《きむすめ》のようで心が躍ってしまうな」

年下の王女にからかわれたことが腹立たしい？　――違う。

昂った？　――違う。そんな性癖ではない。

（体が熱い。まさか……媚薬《びやく》？）

そんなはずはない。王女も口にした、銀杯に注がれた銀桂花酒しか口にしていない。おかしな香《こう》も焚かれていない。しかし体がおかしい。

紫曄は気怠さを感じ背もたれに体を預け、面白そうに迫る王女を睨む。

「陛下。白虎は美しいか？　ワタシの虎と見比べてもらいたいが……ここで虎化すれば騒ぎになるであろうなあ」

そう言うと、王女は立ち上がりニィと笑う。虎化とは一体なんのことかと言い返さなければ。そう思うが、体が重くて言葉が出てこない。

「フフフ。ワタシの虎は少しだけお見せしよう。皇帝陛下」

するりと上衣《うわぎ》を肩から落とし、帯を緩める。

「やめろ」

脱ぐなと紫曄は言うが、王女に聞く気はないようだ。

(何故だ？　頭は回るが、体が熱くて怠い)

王女はくたりと項垂れるその姿を見留めると、紫曄に背を向け、金の髪を上げた。

「皇帝陛下。いかがか？」

「何が」

顔を上げると、裸の背に彫られた虎がいた。

ほんのりと火照る王女の褐色《かっしょく》の肌に、赤金の見事な虎が浮かび上がっている。満月を背にした虎の構図は、三青楼で見た琥珀の刺青《しせい》と同じだ。

「……金虎。虎とはそのことか」

「なかなかいいであろう？」

王女はくるりと振り向くき、顔をしかめる紫曄を見下し微笑む。揶揄《からか》っているのか、紫曄がどこまで知っているのか試したのか。

王女は上機嫌で銀杯の酒を飲むと、今度は紫曄の隣に膝で乗り上げた。この王女に羞恥心はないのか。紫曄はぷいと顔を背ける。さすがに目のやりどころに困ったのだ。

王女は背中を見せるために上半身をはだけさせている。腰から下はひらひらとした下衣をまとっているが、こちらを向く胸を覆うのは薄い下着一枚だ。

「皇帝陛下は虎がお好きと伺っておったが、お嫌いか？」

ぺたりと座面に両手を突き、首を伸ばして紫曄を覗き込む。

「残念ながら、金虎は好みではないな」

「金虎を知らぬくせに」

ずりりと後ずさる紫曄はもう肘をつき、半分仰向けのような状態だ。一歩、二歩と四つん這いで追い詰める王女の姿は、まるで小動物をいたぶる虎だ。狩りでもない。

(これが金虎か。たかが十八歳の王女の迫力じゃないぞ)

「やめろ。まずは話がしたい」

紫曄は腹に力を入れ、低い声で言った。

王女はその琥珀の瞳を爛々と輝かせ、今にも襲い掛からんと舌なめずりをしている。

これ以上、他国の王女に好き勝手されては堪らない。この後宮の主は、月魄国皇帝・紫曄だ。

「まずは、か。ではその後は？」

だが、クスリと笑う王女に怯む様子は全くない。虎化してしまえば、紫曄など力でどうとでも、好きにできる自信があるからだろう。

普通の月妃だったなら、力は男である紫曄のほうが上。どれだけ迫っても、襲い掛かっても、目的を遂げることはできない。しかし王女は別だ。

（わけの分からない体の異変もあるが、彼女は金虎。変化されたら敵わない）

まさか踏み潰すことはしないと思うが、いつまでも拒めば笑顔を消して、本当の意味で喰らい掛かってくるのではと思ってしまう。

「琥珀王太子殿下。王太子の位を持つあなたが、なぜ我が国の後宮に居座るのか」

「そなたが滞在しろと勧めてくださったから」

「そう仕向けられたのだが」

「フフッ。後宮に入りたがる女の目的は知れているであろう？　――子が欲しい」

王女が身を乗り出し、紫曄の耳元で言った。

甘い囁き声に聞こえるが、その奥にある冷たい響きを紫曄は聞き逃さなかった。そんな甘ったるい話ではないはずだ。

「相手は私でなくてもいいでしょう。琥国で婿《むこ》を取ればいい。国にお帰りください」

「冷たい男だな。先ほどまでは追い詰められた兎のようで愛らしかったのに……しかし、ワタシの子の父親は、そなたにしか務まらぬのだ」

王女はにじり寄ることを一旦やめ、その場に脚を組んで座った。

「陛下のご希望通り少し話をしよう。人虎を崇める琥国において、ワタシが王太子になったのは、金虎だからだ。しかしな、女の人虎は子を産むと、その能力を子に譲り渡してしまう。ワタシは『琥珀』でありながら、『琥珀』ではなくなるのだ」

（子を産むと、虎化しなくなるだと……！）

紫曄は息を呑んだ。まさかこんなところで、凜花がずっと追い求めていた虎化しなくなるための方法を知るとは。しかも、その方法が子を産むことだと？　能力を子に譲り渡すから、虎化しなくなると？

それが真実なら、凜花が恐れていたことが確実に起こってしまう。凜花は、子に同じ苦悩をさせたくないと、虎化しない体を手に入れるまでは、本当の意味で妃にはなれない。そう言っているというのに……

（こんなにも近くに答えがあったとは。だが、これは……凜花に安易には言えん）

「驚いた顔をしておるな。やはり、そなた人虎がお伽噺《とぎばなし》の存在ではないと知っているのであろう？　ほら、瞳が揺れた。それは虞朔妃が、白虎であると知っている顔だ」

目敏い虎だ。これはもう、知らぬ存ぜぬで通すのは無理だろう。

それならば、凜花が白虎であると認めて、王女と腹を割って話したほうが有益だ。

「……ああ。その通りだ、人虎がお伽噺《とぎばなし》でないことも、凜花が白虎であることも知っている」

こうなったら、凜花にひとつでも多く人虎の情報を渡してやりたい。

「こちらからも、あなたに問いたい。なぜ、ただの人になってしまうのに、あなたは子を欲しがるのだ？」

「簡単なことよ。王太子たるワタシに、子を産まぬという選択は許されないからだ。『琥珀』として、次代に虎を継がなくてはならぬ。それに一族の女としても許されぬ。人虎を絶やさぬようにするのが、琥王家の女に課された責務《せきむ》だ」

「……人虎を繋ぐ役目は、もう一人の琥珀では駄目なのか？　それとも、男の人虎の子は虎になるとは限らないのか？　あるいは、黒虎の子は必ず黒虎になるのか？」

「どうだか。黒虎の子に関する記録はない」

ないとはどういうことだ。黒虎は琥国では忌み嫌われている存在だと聞いたが、王族であっても記録もされず、存在することすら許されないというのか。

「黒虎の琥珀――面倒だ。そなたにも我らの名を教えておこう」

王女は「アレは闇夜で、ワタシは月夜」と、それぞれの名を紫曄に告げる。

（なるほど。『琥珀』は称号のようなもので、二人は他に名があったのか）

それにしても、同じ琥珀でありながら、ここまで対照的な名を付けるとは。紫曄もそう、凛花と同じように苦々しく思う。

「子の話だったな。まず、人虎の子が何色になるかは分からぬ。それから闇夜の子が人虎になるかも分からぬ。女の人虎は、子を産むとその能力を譲り渡し、自分は人虎でなくなるが、男の人虎は、子ができてもその子が人虎とは限らないのだ。だが、その代わり、男は人虎の能力を持ったままでいられる。……不公平なことよ」

「それは……」

人虎を崇める国の王太子としては、この王女は不安定な立場なのではないか？

最後にぽつりと呟いた一言に、紫曄はそう思った。

「我が父にも後宮があり、若い妃もいる。父は人虎ではないが虎の血脈を持っている。今いる兄妹の中で人虎はワタシと闇夜だけだが、これから男の人虎が生まれるかもしれない。そうなれば、いずれ金虎でなくなるワタシは不利だ」

王女は自嘲《じちょう》気味に言う。

（同じ人虎の王なら、虎になれない元人虎の女王よりも、ずっと人虎でいられる男王《だんおう》のほうがいいということか）

調べられた範囲で、この王女は王太子としての能力に申し分なかった。

だが、たぶん琥国でも、女は男に従うもの、女は子を産むのが一番の仕事、そういう常識があるのだろう。その上、琥国の王宮では人虎が優先され、尊ばれる。

「しかもあなたには、黒虎の兄、闇夜という伏兵もいるな」

「面倒なことよ」

王女は、はぁとわざとらしく溜息を吐く。

黒虎でも、虎は虎。琥国の宮廷には、虎になれなくなった女王より、黒虎であろうが人虎を戴きたい者もいるのだろう。

（これまでの人虎の女王には、人虎の兄弟はいなかったはずだ。いたら王の座は男のものになっていたはずだから）

女王は、虎になれぬ体になっても、次代の虎を産んだことにより、その地位を『母』として安定させることができた。だが、この王女にはそれでは足りない。

「陛下も知っての通り、闇夜は月魄国にいる。しかも白虎の姫と接触している。……油断ならぬぞ」

そう。あの琥珀は、白虎を連れてこいという王命を受け月魄国へ来た。白虎の凛花に、憧れを超えた感情を持っていることも紫曄は知っている。

（王の命令を遂行する気はないし、凛花を無理やりどうこうする気はないと言っていたが……）

――もし、黒虎の琥珀が白虎を手に入れたら？

王太子の『琥珀』が入れ替わるかもしれない？　それどころか、人の王など蹴落としてしまうのではないか？　いや、そんなことよりも。

（凛花を奪わせたりはしない）

紫曄はじりっと、焦げるような怒りの感情を覚え、生意気にも警告してきた王女をじとりと睨む。

「フフ。しかしワタシの置かれた状況は理解してくれたであろう？　女王となったワタシが、その地位を盤石《ばんじゃく》なものとするには、ただの虎の子ではなく白虎の子が必要。皇帝ならばよく分かるはずだ」

「そうだな」

よく分かる。国の頂点に立つ者として、もしも弱みがあるのなら、それを補うものを持たなければならない。

(俺の場合も──子だ。後継がいなければ国は安定しない)

後継者を産ませ、その利を得ようとする者。次代を自らの手にと、簒奪《さんだつ》を目論む者も出てくるかもしれない。

先代の治世は表向き穏やかだったが、実質は傀儡《くぐつ》に近かった。

(だから穏やかな継承にはならず、俺が予定よりも早く皇帝になった)

先代の下で利益を得ていた者たちの反発はある。まだ大事には至っていないが、今、この王女が後宮に潜り込んでいるのも、そういう背景があるせいだ。

正統な後継者であり、能力もあり、支える人材もあり、理想も人格も劣ったものではない。そんな紫曄でも、皇帝になって三年。

まだこの国を掌握しきってはいない。男であってもだ。

(王女が女の身で人虎の国を治めるには、次代の王として白虎を産むことが必要……)

その理屈は、紫曄には嫌というほど分かる。

「胡家は、白虎を有する虞家と共にこの国を創った。そなたには白虎の血が混じっているはず。皇帝陛下。ワタシに白虎を授けてくださいませぬか」

王女は紫曄に向き直り、斜めにもたれ座る紫曄に圧し掛かる。たっぷりとした金の髪が、紫曄の頬をくすぐった。

「待て、王太子殿下」

琥珀色の瞳に、紫曄が映り込む。王女にはもう揶揄《からか》うような素振りはない。恋情ではないが、真心から迫るだけ。

「同情で構わぬ。琥国の次の王がそなたの子で、何か損があるか？」

損はない。月の女神を奉じる国々の中で琥国は別格だ。歴史ある国としての格がある。

「ワタシが女王になった暁には、預かっているそなたの憂いを絶ってもいい。礼はする」

「それは……」

父親のことだ。たしかに皇帝の立場からすればその存在は憂いだ。紫曄の知らないところで、琥国にどんな情報を漏らしているか分かったものではない。

ドクリ、と再び紫曄の心臓が鳴った。一旦おさまったように思っていた熱もジワリと体内に巡っている。

（だから何なんだこれは。体が熱くて力が入らない）

「まて、何を盛った」

「フフ。虎の秘酒《ひしゅ》は美味であろう？」

王女は銀桂花酒を呷《あお》って唇をペロリと舐める。

そして馬乗りになった紫曄の帯を解き――

「…………おや？」

◆

「まさか虎の秘酒《ひしゅ》が効きすぎて役立たずになるとは」

「最悪だ……」

榻《ながいす》でうつ伏せに寝転び、二つの意味でぐったりしている紫曄の隣で、王女は腕組みをし「ふぅ」と一つ息を吐いた。

「胡家の虎はここまで薄まっていたか。次は加減することとしよう」

「加減ではなく飲ませるな……っ！」

「さて？　そなたがこの秘酒《ひしゅ》に弱いことを知ってしまったのでなあ。誘惑に弱いワタシに約束はできぬ」

しれっと言って王女はクスクス笑う。皇帝にここまで礼を失した態度を取っても、どうせなんのお咎めもない。そう分かっているからだ。

「王太子よ、その『虎の秘酒《ひしゅ》』とはなんだ。危険なものではないのだろうな」

「虎の秘酒《ひしゅ》には様々あるが、これは人虎が閨《ねや》で使う酒だな。食前酒のようなものよ」

「媚薬《びやく》か。ろくでもない……」

（後宮で媚薬《びやく》の使用は禁止されていない。それにもし俺が、佳月宮で媚薬《びやく》を使われたとこぼしたら、惚気《のろけ》と取られるだけだし不本意な結果にしかならない）

しかも王女は格上国の客人。心身に異常をきたす毒なら別だが、この程度の戯れで罰するのは不可能だ。

（せめて意識を失うくらいのことがあれば、後宮から追い出すか、二度と顔を出さなくても構わない程度にはできただろうに……！）

なぜ自分は意識を失えなかったのか。力をなくすなら、局所的ではなく全身にしてくれ。紫曄はなんとも言えない気持ちで溜息を吐き、ごろりと上を向いた。

すると琥珀色の瞳が間近から見下ろしていた。

「役立たずにまだ何か用か？」

「……やはり、そなたからも微かにいい匂いがするな。白虎の姫とはこの匂いを辿り惹かれ合ったのかと思っていたが……」

フンフンと猫のように紫曄の首筋や胸元を嗅ぐ。だが王女は「しかしその体たらくでは、ない話だな」と言い、当てが外れたと笑う。

「先ほども、匂いがどうこうと言っていたな？」

「人虎の本能が感じる匂いだ。そなたにこの匂いが通じるなら、篭絡《ろうらく》もできると踏んでいたのだが」

当てが外れたとはそういう意味か。もし紫曄に匂いが感じられたなら、金虎の迫力と感じたアレが、魅力的な匂いとなって襲い掛かってきたのかもしれないのか。

「虎同士は惹かれ合う。そのほうが濃い血を残せるからであろうな」

（たしかに凛花は、俺の匂いを「いい匂い」と言っていたが……？）

胡家には、今どのくらい虎の血が残っているのか。紫曄はぼんやりと思う。

そんな紫曄の隣では、すっかり毒気の抜けた王女が酒を飲んだり、たまに紫曄を見つめたりとしていた。一応、こちらの様子を見守っているのだろうか。

「陛下。一つ気になっていることがあるのだが」

「なんだ」

「白虎の姫からは、番《つがい》であるそなたの匂いがしなかった。寵姫《ちょうき》であるのになぜ結ばれておらぬのか」

紫曄は思わず押し黙る。虎の嗅覚とはそこまでなのか⁉　という驚きもあったが、どう答えるのが最適か、難しい問いをもらってしまったと。

凛花を本当の意味で寵姫《ちょうき》にできていないのは、凛花が『子に人虎の能力を継いでしまうのでは』と恐れて、その未来を拒んでいるからだ。

実際、凛花が恐れていた未来は、王女が語った事実により現実に起こりうると分かってしまった。

（だが、虎化しないようになる方法を探している凛花にとって、『子に人虎の能力を継ぐ』という恐れている未来こそが、探している答えそのものでもあった）

「ああ、言い難いことだったなら失礼した。……陛下はあまり、好まぬほうか？」

だいぶ薄めた『虎の秘酒《ひしゅ》』でも融通しようか。王女は横たわる紫曄にそんなことを言う。

「そうではない」

王女に知られて拙いのは、凛花が虎化しない体を求めていることだ。

王女は『女の人虎が子を産むと、その能力を譲り渡し、本人は虎化しなくなる』ということを、凛花は知らないと思っているのか、思っていないのか。それは分からない。紫曄が知らなかったことは気付いたと思うが。

（でもそれが凛花の探し求めていることだとは知らないし、思ってもいないだろう）

「今は、虎の子をどう育てたらよいか検討しているところだ」

（それに、凛花が虎化しない体を求めていると知られたら、何をされるか分からない）

琥国が最も敬う対象としている白虎が、それを捨てたがっているのだ。

（義務と立場のために、白虎の子を求める王女の身になってみろ。凛花の思いは愚かな考えそのものだ。自分が持つものの価値を分からぬ凛花に対する感情が、怒りに変わるのではないか？）

最悪、凛花が白虎を捨ててしまう前に琥国に攫《さら》われ、無理やり子を産まされてもおかしくない。紫曄は浮かんだその考えにゾッとする。

（もし俺が王女だったなら――）

いいや、違う。人虎はもう一人いる。

（――俺が黒虎の琥珀だったら、そうする）

凛花こそが己の立場も身分も、何もかもを救ってくれる存在じゃないか。

どうこうする気はないというのは、凛花を白虎として敬い、崇める気持ちがあるからではないか？

凛花がその白虎を捨てようとしていると知ったならば、琥珀も凛花に怒り、彼女を利用しようとするかもしれない。

（そうだ。今はまだ、琥珀は凛花の目的を知らない。凛花がやろうとしていることは、白虎を不要だと捨てること。白虎を求め、崇める者達に反する行為だ）

凛花の目的を知られてはいけない。それは碧に対しても同じだ。最初に凛花が言った通り、碧のことは上手く利用するのが賢いやり方だ。

人は信頼や信心、献身《けんしん》を裏切られたと思った時が、一番怖い。好意はぐるりと反転する。

月華宮で生まれ育った紫曄は、そんな人間をたくさん見てきた。

（煩わしかろうと、琥珀にも碧にも、白虎として崇拝《すうはい》されているほうがまだましだ）

「皇帝陛下よ。深刻な顔をしておるな。たしかに全てを忘れた胡家では、虎の子を育てるのは難儀《なんぎ》しそうだ。虞家には多少の知識がありそうだが……どうだかなあ。王太子の力を使っても、遠い雲蛍州までは調べがつかぬ」

雲蛍州は国の端にある。琥国からは、月魄国中で一番遠い場所だ。それに雲蛍州は程々に栄えているが、人と物が行き交う皇都《こうと》とは違う。琥国の人間が行けば目立つ。

「もう一度、白虎の姫と話す機会が欲しいな。今度は二人きりで、じっくり話したいものよ。……彼女も、自らが人虎であるとは悟られないようにしておったからの」

そんな呟きが聞こえ、紫曄は視線を向けた。もう一度ということは、一度話す時間を持ったということ。王女は凛花に何を言ったのか……

拗《こじ》らせてくれるなよと、紫曄は既に二人の間を拗《こじ》らせる要因になっている王女を苦々しく見上げる。

「ところで……皇帝陛下はまだまだ動けぬご様子。ワタシは散歩にでも出ようか」

「何？」

「侍女に秘酒《ひしゅ》を薄める茶を出させよう。朝までに動けるようになるとよいですなあ。紫曄さま」

王女はフフッと笑うと、立ち上がり窓辺へ足を向けた。

満月を過ぎたとはいえ月はまだ十分丸い。王女は中途半端にまとっていた衣装を脱ぎ捨て、再び背中を晒す。

そして紫曄が見つめる先、瞬きの内に、月明りの中に金虎が現れた。凛花の白虎とは全く違う大きさだ。大人の虎と子供の虎はこれほど違うかと思う程。美しい琥珀色の毛並みに、くっきりの縞模様《しまもよう》。

先程、四つん這いの王女が見せた迫力は、やはり虎のものだったのだと紫曄は思う。

金虎となった王女は、紫曄を振り向きニィッと牙を見せる。そして大きな前脚で大窓を押し開けた。

「待て！　騒ぎにならぬよう願おう。しばらく滞在するつもりなら、特にだ」

さっさと帰ってほしいが、この金虎は自分が納得するまで帰らなそうだ。それに、王女がもつ知識は紫曄と凛花にとって有用なものばかり。

紫曄が「分かったな、王太子殿下」と念を押すと、金虎は頷き外へ駆けていった。

「……はぁ」

楽しそうな尻尾が消えるのを見送って、紫曄は溜息を吐いた。

神月殿の銀桂花酒といい、琥国の秘酒《ひしゅ》といい、人虎の飲み物は合わないらしい。

「これが虎の血が薄いということか……？」

差し込む月明りを見つめる。月と同じ色をした金虎、王女が持っていた琥珀の佩《はい》玉《ぎょく》もあんな色だった。

「代々の琥珀に受け継がれる、御守りか」

代々とはいつからだ？　琥国の建国から？　虎を強くする御守りとは？　あの琥珀は、何人の『琥珀』の手に渡り、何を見てきた？

「月の女神から授かった御守りだったりしてな」

あまりにも美しくて強い虎たち。人虎の起源はどこにあるのか――

紫曄は心地よい酩酊《めいてい》の中で、普段は考えないそんなことを思った。

◆◆◆

金虎に変化した王女は、屋根から月を見上げていた。

（月魄国の月もなかなかいい）

何よりも、広い空が気持ちいい。

琥一族が興した琥国は、月から与えられた小さな国である。高い山々に囲まれており、乾燥した土地が多く、海はない。だが山からの雪解け水のおかげで、草原もあるし川もある。生きていくのに困りはしない。

そんな琥国は、大陸を横断する交易路《こうえきろ》の途中にある。立地に恵まれながらも、人や物の積極的な受け入れはしておらず、はじめてその通過を許したのは、二代前の王の時代だった。

その次の王、先代の時代では限定的に街の門を開き、交易《こうえき》を許した。

今の王はそれを維持している。開く門を増やそうとか、市場を作ろうとかいう計画はない。三代続く人の王の時代は平和で、揺らぎがない。

小さく古い琥国も街も、宮廷内も満ち足りていた。内々で全てが完結している。

（琥国はつまらぬ）

王女は少々くさった気持ちを振り切るように、屋根の上を走り出した。明るい月夜の下には衛士《えじ》の姿が見えている。だが彼らは金虎に気が付かない。高い屋根の上、足音を消し走る獣の姿など、意識して探さなければ見つかるわけがない。

（フフ。間の抜けた衛士《えじ》だ。これが戦上手の月魄国だとはなあ）

月魄国が戦を続けていた時代には、琥国は壁を作り自国に引き籠っていた。琥国もとばっちりの防衛戦を強いられていたので、それは仕方のないことだろう。三代前の、人虎の王の時代までがそうだった。

（だが、いまだ琥国の城壁は高いまま、門も閉ざされたまま）

王女の父でもある当代の王は、只人《ただびと》ではあるが、宮廷からも民衆《みんしゅう》からの支持も固い。平穏であるなら変わる必要はない。そう思う者が多いのだろう。

それに『琥珀』の父であることから、人虎を強く崇める神月殿からも支持を受けている。

（時代は変わり続けているというのに、琥国の神月殿は変わらぬ。今は琥国でも、人虎が実在していると信じている者は少ないだろうに）

「ハッ……ハッ」

金虎の姿で駆けて来たのは、後宮の端、朔月宮を見下ろす無人の屋根。

（白虎の姫は、この後宮で虎の子をどう育てるつもりなのだか。いっそ雲蛍州に里帰りしたほうがやりやすいのではないか？）

琥国の後宮なら人虎の子も育てやすいが。

（ああ。ワタシと一緒に琥国に連れて行くのもよいかもしれぬな。白虎の母を持つ子なら、諸手《もろて》を挙げて迎えよう）

王女はいい考えだとグルゥと鳴き、ひげをそよがせる。

人虎が少なくなったといえども、琥国にはまだ、人虎を育てる環境がある。琥一族が王宮の中で虎の血を繋げてきたからだ。

王族も、民衆《みんしゅう》も、みな人虎の価値を知り、尊んできた。だが、それでも徐々に数が減ってきているのには理由がある。

人虎の女が産んだ子は、男児なら必ず人虎となるが、それも第一子だけなのだ。

女児の場合、人虎であるかは不確定なので、第一子というよりも、人虎になるのは一人の子だけ、と言ったほうが正確かもしれない。『子に能力を譲り渡す』と表現されるのはそのせいだ。そして記録を見る限り、人虎の女児が生まれる確率は少ない。人虎の男が、我が子に虎を継ぐ確率は、もっともっと更に低い。

（次代へと、確実に虎を継げる女の人虎が少なくなれば人虎は減って当然のことよ）

虎化した王女の首には、琥珀の佩玉《はいぎょく》が下げられている。王女は変化しても、これだけは身に着けるようにしている。月の女神から授かった御守りだからだ。

琥国は、月の女神の僕《しもべ》である人虎の国。

ならば人虎が減ってしまったら、その加護《かご》も減ってしまうのではないか？　いつか虎がいなくなったなら、加護《かご》はなくなってしまうのではないか。

高い山と壁と、女神の加護《かご》に護られた琥国は、引き籠ったままではいつか衰退《すいたい》し、破綻してしまうのでは？

（ワタシが王になる頃にそうなってもおかしくない）

もしそうなったなら、人虎はどこへ行けばいいのか。

（琥国を月魄国のような、虎を忘れた国にはしない。ワタシが女王となり白虎をもたらしたら、琥国は確実に、二代続けて人虎の王を戴くこととなる。我が子が王女で、人虎だったなら、その次も必ず虎だ。人虎の時代が続くことになるのだ）

子を産み虎でなくなっても、『白虎』の母ならば、女王として強く在れる。父王を見ていれば、『琥珀』の親が得る恩恵は分かる。

それが『白虎』となれば、どれ程のものか。父王が健在であっても、白虎がいれば蹴落とせる程ではないか？　そう思う。

（――見返してやる）

『人虎の女の価値は、人虎を産めることにある』

どんなに『琥珀』として立派であっても、それがお前の仕事だと父王は言う。宰《さい》相《しょう》も、大臣も、神月殿の月官《げっかん》も、母も乳母《うば》も侍女も、民もだ。

（ワタシは子を産むだけの琥珀ではない。女王として国を開き、父王の時代よりも豊

かにしてみせる。黒虎の兄、闇夜にはできぬ。ワタシがやることだ）

「……グルゥ」

王女はどたん、とその場に寝そべり小さく唸る。

しかし、そんなことを思い描きながら、王女の心には、父王や皆の期待に、『琥珀』としてただ応えたいという気持ちもある。国の安定のため、子が必要だということも理解している。王太子ならば当然の責務《せきむ》だ。

（だが……子に能力を譲り渡してしまったら、『琥珀』であったワタシはどこへ行ってしまうのであろうか）

王女はブルルッと首を振る。こんな、もうとっくに吹っ切ったはずの思考に陥るとは、自分も虎の秘酒《ひしゅ》に酔ったのか？　王女は大きな前足で口元を拭う。

白虎の母となれば、強い『琥珀』のまま王になれる。そう思ったから、月魄国へ、月華後宮へ入ったのだ。

父王に白虎の姫を手に入れろと命令され、月魄国へ潜入した『琥珀』とは違う。

ワタシはワタシだ。王女はそう思うが――

（ワタシの心は、どれが本心なのだろうな）

王女は琥珀色の瞳に月を映し、尻尾を揺らした。

第三章　月妃と虎のための小花園

青空の下。暁月宮ではお茶会が開かれていた。

暁月宮には金桂花が多い。暁月妃の色である金茶色が、金桂花の色と似ているので多く植えられているらしい。

朱歌は「花盛りの金桂花を一人で楽しむのはつまらない、散ってしまう前に共に香りを楽しもう」と、凛花と霜珠を招待した。

「わあ……！　満開ですね！」

「すごくいい香りですわ……！」

凛花と霜珠は、踏み入れた庭の鮮やかな色とその圧倒的な香りに感嘆の声を上げた。

第七位の月妃の宮である暁月宮、第八位の薄月宮、第九位の朔月宮は近くに位置している。薄月宮と朔月宮に届いていた香りは、この金桂花の庭からだったのかと、凛花と霜珠は思う。

「今が一番美しいんだ。散る頃になると、屋根があっても庭でのお茶会は難しいからね。今がギリギリかな」

霜珠は首を傾げるが、凛花は「ああ」と笑って頷く。

「散り出すと、雪のように降ってきますものね」

「そう。地面まで金桂花色になって美しいのだけどね。お茶会にはあまり向かないんだよ」

ひらひら舞い散る花が茶器にまで落ちてしまう。一つ、二つならいいが、これだけ多くの木があればそれでは済まない。

「金桂花茶は美味しいが、落ちた花ではね。今日は花と香りを楽しんでいってくれ」

朱歌が用意した席に並んでいる菓子は、後宮ではあまり見ないものだ。厨師《ちゅうし》も神月殿から連れてきたそうで、暁月宮は後宮にありながら神月殿の色が濃い。

「意外と美味しいだろう？　夏なら桃。秋はこの無花果《いちじく》が多いな」

「あら、無花果《いちじく》！　わたくし後宮では食べ控えていたので嬉しいです」

霜珠がそう言うと、無花果餅《いちじくパイ》を侍女が皿に取り分ける。

「後宮では『無花果《いちじく》』の字から、『子宝に恵まれない』と縁起《えんぎ》が悪いと避けられるのだったな。子宝に関係のない神月殿では気にしていなかったが……。凛花さま、もし気になるのであればご遠慮なさらずに」

「いいえ。私も無花果《いちじく》は好きですし、嬉しいです」

どうりで秋なのに食卓に並ばないと思っていた。そういえば小花園でも見かけていない。後宮の外では、無花果《いちじく》は多くの実をつけることから、『子宝に恵まれる』と言われ縁起《えんぎ》がいいものとされているのに。

後宮という場の性質上、子宝に関することには、迷信と言われようとも神経質になるのは分かるが。

「神月殿の菓子は素朴なものが多いが、ちょっとした遊びもあるんだ。切り分けた餅に巴旦杏《アーモンド》が入っていたら幸運だとか、ひとこと占いが書かれた紙を仕込むとかね」

「まあ。面白そう。今日のお菓子にも何か入っておりますの？」

霜珠が期待した瞳で菓子を見つめる。すると暁月宮の侍女がほんの少し眉を下げた。

残念ながら、今日は占い遊びの仕込みはないらしい。

「そうだ。私が占いをしようか！　こう見えて私は占いが得意なんだ。本当は月夜がいいのだが……」

そう言って朱歌はふと顔を上げ、金桂花を見てぽんと手を叩いた。

「月の代わりは金桂花にしよう。君、水盆《すいぼん》を用意してくれないか？」

四阿《あずまや》の外に、水を張った大きく平たい鉢が用意された。傍らには笊《ざる》に盛られた金桂花の花も用意されている。

（水盆《すいぼん》……神月殿の奥宮にもあった）

それに雲蛍州の『奥宮』にもある。『月の代わりは金桂花にしよう』と言っていたし、きっと水鏡に映る月で占うのが神月殿流なのだろう。

（朱歌さまは私に下された神託を出した月官《げっかん》。どんな占いをされるのか……）

遊びで済めばいい。凜花は少々怖さを感じているが、隣の霜珠は興味深そうに目を輝かせている。

「さて。まずは下馴らしにこの後宮を占ってみようか」

にこりと微笑み凜花を見る。そして朱歌は、金桂花の山から花をひと掬いすると、風に任せて水盆《すいぼん》に降らせた。ふわりと風に乗った小さな花は、小さな波紋を立て水盆《すいぼん》に黄色の花筏《はないかだ》を作っていく。

「まあ！　美しい占いですのね、朱歌さま」

「ええ。本来は水鏡に映った月の影や星、雲の様子なんかで視るものなのです。でもほら、今は昼間だから見立てで占ってみようかと」

控えていた侍女が、朱歌に紙と筆を渡す。朱歌は水面に浮かぶ金桂花の花や、沈んでいる花の形を手早く素描《そびょう》し、風向きや水面に映る雲なども描き入れていく。

「この金桂花は皇帝――月の象徴とも言える。……さあ、できた。戯れではあるが、青空の水盆《すいぼん》を夜空に見立てて占うよ」

霜珠はわくわくと占い結果を待っている。朱歌は戯れだと言うが、この後宮には娯《ご》楽《らく》も戯れも少ない。それに薄月宮の『戯れ』といえば武術の鍛錬だろう。凛花の傍に控える麗麗も、たまに薄月宮に行っている。

(金桂花の花占いのほうが心躍るのも分かるわね)

そう思い、凛花も微笑み水盆《すいぼん》を覗き込んだ時。ぽちゃん、と青空の水鏡に、実のついた枝が落ちてきた。萎れた小さな白い花も付いている。

「えっ」

空を見上げると、鳥が飛んで行くのが見えた。陽の光を受けた羽が黄金色に見える。この枝は、どうやらあの鳥の落とし物らしい。

「――これは、銀桂花か」

新たにできた波紋を図に描き込む朱歌が呟いた。すぐに銀桂花だと分かった朱歌は、さすが元高位月官《げっかん》だ。凛花が知る限り、月華宮や皇都《こうと》には銀桂花の木はない。銀桂花があるのは神月殿の奥宮だけだ。

「朱歌さま……」

「これは、なかなか面白い占い結果が出てしまったね。まるで『月祭の夜の神託』だよ」

朱歌が苦笑いで言った。

楽しい占いの場になればと、華やかな金桂花の水盆《すいぼん》を用意してくれただろうに、茶会の戯れには相応しくない結果が出てしまったようだ。

（黄金色の鳥が落とした銀桂花なんて……意味深すぎる）

老師から聞いた神仙《しんせん》の話に、『太陽の鳥』という、西王母《せいおうぼ》の使いの話があった。その鳥は金色なのだという。

「霜珠さま。凛花さま。どうやら私の占いの腕は落ちていないようです。この銀桂花の枝が落ちてくる前、水盆《すいぼん》に描かれていた『後宮』は悪くない雰囲気でした」

朱歌は墨《すみ》も鮮やかな素描《そびょう》を二人に見せる。

「私が降らせた花は五つの塊になり、その三つが風によって集まった。反対側には二つの塊が浮き沈みし、小さな塊が下に沈んだ。これは我々、月妃でしょう。真ん中あたりの金桂花が凛花さまで、更に風に乗り、そこに落ちてきた香り高い金桂花は紫曄さま。波紋は立っていたけど花筏《はないかだ》は沈まず。周囲の花が中央を支え、集い、波風から守っている。集まる花の形も美しく、良《りょう》。しかし――」

指差したのは、不意に落ちてきた銀桂花の枝だ。

今や水盆《すいぼん》は、枝が落ちてきた衝撃と、その時できた波紋のせいで、まとまっていた金桂花の花筏《はないかだ》が散らばってしまっている。

「実は、私は新たに出た神託の文言を聞いていています。解釈までは聞いていないが、大体想像は付く。――この銀桂花の枝には、実がついている」

凛花の心臓がどきりと跳ねた。

新たな神託の文言は、『琥珀の月が、白銀の背に迫る。古き杯を掲げ、月と銀桂花の結実を成せ』というもの。

(後宮を表す水盆《すいぼん》に落ちてきた銀桂花。大きく揺らし波紋を起こしたけど、実をもたらした)

神月殿の解釈が正解だと言っているような水盆《すいぼん》だ。

「銀桂花は月妃を表すもの。銀桂花の実は皇帝の子だと思うが……。突然、飛び込んできた妃といえば……」

佳月宮の琥珀王女が浮かぶ。言葉を濁すのは、眉根を寄せ、水盆《すいぼん》を見つめる凛花を慮ってか。朱歌は「う～ん」と首を捻り、水盆《すいぼん》からまだ何か読み取ろうとしている。

「あの、わたくしは神託について噂しか知りません。佳月宮の王太子殿下のことも、よく知りません。占いも初めてですわ。でも、この銀桂花の枝は本当に佳月宮の方を表すのでしょうか？　銀桂花といえば月妃……なのですね？　それは神月殿では常識なのでしょうか」

霜珠がきょとんとした顔で言った。たしかに麗麗も銀桂花を知らなかった。

月魄国の多くの人間は、銀桂花を知らないし、月妃を象徴するとは思っていない。

月妃の花といえば、星祭を彩った天星花《てんせいか》だ。

「わたくしが見ると、銀桂花……銀は凛花さまのお色ですわ。突然、飛び込んできたところも、金桂花が象徴する主上の御心に、凛花さまが飛び込んでいかれたように見えましたわ」

霜珠がふふっと笑う。そしてサアッと風が吹き、凛花たちの頭上から金桂花の花が降り、舞った。それは凛花の髪を飾り、占いの水鏡にも着水する。

「ああ！　いい風だな」

「まあ。凛花さまの銀の髪には、金桂花のお色も似合いますのね」

ふと水盆《すいぼん》を見ると、水盆《すいぼん》はいつの間にか金桂花の花で埋まり、銀桂花の枝がその中央に浮かんでいた。

「これはもう吉兆《きっちょう》だよ。我らは神託を受け取ってしまったのではないか？」

「え？」

朱歌が天を指差し言った。いつの間にか空は雲一つない秋晴れの青空。澄んだ空色は、凛花の瞳の色によく似ている。

「だってほら、水盆《すいぼん》の金桂花が満月のように見えないか？　そして中央には銀桂花。神月殿風でも、霜珠さま風の解釈でも、これは凛花さまじゃないかな」

「そうですわね。今の凛花さまのお姿は、金桂花に祝福されているようですもの」

そう言われてみれば、うふふ、と笑う霜珠の髪にも、朱歌の髪にも金桂花は留まっていない。凛花だけが月の色をした金桂花に飾られている。

——解釈は一つではない。

新たな神託の解釈は、神月殿内でもまだ定まっていない。それに神月殿の解釈だけが正解とも限らない。霜珠の言葉も、朱歌の金桂花占いも。

水盆《すいぼん》に目を向ければ、陽の光りを受けた水面がキラキラ輝いている。

これが吉兆《きっちょう》でなくてなんであろうか。

「新たな神託の噂が流れ、月祭以降、凛花さまを望月妃に推す流れが変わったのは私も感じているよ。でも、凛花さま。この元月官《げっかん》・朱歌が受け取った神託を信じてくださいませんか?」

朱歌は赤金色の髪を陽に輝かせ、凛花に水盆《すいぼん》から摘まみ上げた銀桂花の枝を差し出す。

「はい。朱歌さま」

「……けれど凛花さま。後宮への乱入者には注意だよ。この銀桂花の枝の解釈も、一つではないからね」

「はい」

その通りだ。占いを都合よく解釈することが悪いわけではないが、警告をわざと見逃すのは愚かだ。

（この銀桂花は、私であって月夜殿下でもある）

金桂花の花に抱かれる銀桂花の花を見て、凛花はなんとなく、紫曄に会いたいなと思った。

（次はいつ会えるかな）

後宮はまだ、波紋に揺れている最中だ。

◆

その後は、薄月宮の侍女の願いで霜珠の恋占いをした。

霜珠はどうやら、大きな可能性を秘めた男性から、密かに想いを寄せられているらしい。

「今はまだ、彼も恋も小さな蕾のようだけど、霜珠さまは覚悟したほうがよさそうだ。はは、これはすごいな」

朱歌は風で大揺れに揺れ、キラキラと光る水面を見て面白そうに笑う。小さな彼は、並み居る障害も、恋敵も、一つ一つ乗り越え霜珠を迎えに来るらしい。

今は小さな蕾でも、成長すれば大きな花を咲かせるものだ。霜珠のもとに到着する頃は、きっと大輪の花になっているよ。朱歌は水鏡を読んで言う。

「まあ。そのような方がわたくしを想ってくださるなら、わたくしも立派であらねばなりませんわね。あ、朱歌さま、その方は筋肉を愛する方ではございませんよね⁉　わたくし我が家の男のように、大きくて強引な方は嫌ですの」

凛花と朱歌は顔を見合わせてフハッと笑う。

「大丈夫だよ、霜珠さま。どちらかといえば小さな方のようだし、頭のいい柔軟《じゅうなん》な方のような気もするからね。強引に押し切ることはないと思う。相性も良さそうだよ」

霜珠は、まだ見ぬ『小さな蕾』に出会うことを楽しみに、弱い自分を変えていきますわ！　と意気込んだ。

◆◆◆

そして、それぞれの侍女たちも交流を持ち、情報交換も済ました頃、金桂花占いの会はお開きとなった。

「ふう。戯れの占いというには、いささか力を使いすぎたかな」

朱歌は赤金色《あかがねいろ》の髪を煌《きら》めかせ、冷めた茶をすすり呟く。

高位月官《げっかん》たちは、月の巫《かんなぎ》である。神託を受け取る力を持ち、月に祈りを届けることができるという。

朱歌の場合は、占いにその真価を発揮する。いい占い結果が出れば凛花を励ますことができるし、悪い占いが出たなら、注意を促すことができる。

だから久しぶりに月官《げっかん》の力を使ってしまった。結果は予想以上にいいものだったし、霜珠の恋占いも面白かった。

『小さな蕾』は今頃きっと、紫曄の傍で兎のように跳ねまわり仕事をしているだろう。

「神月殿にいる時は、恋占いなどしなかったなあ」

月官《げっかん》は男女ともに純潔《じゅんけつ》が条件だ。朱歌の侍女で元月官衛士《げっかんえじ》たちは全員女性だが、彼女たちのための恋占いをしたことはない。

「……麗麗を占ってみようか」

なんとなくそう思い、朱歌は水鏡を覗き込む。

いつの間にか空は曇り空。風も強くなってきている。波立つ水面は荒々しくて、一つだけ浮かんだ金桂花の花を激しく揺らしている。

「おや。嵐と恋慕《れんぼ》の兆し……。嵐か」

月華宮で嵐といえば、雪嵐と晴嵐。幼馴染の双子だ。

朱歌が読む限り、この恋はまだ片恋い。この水面を見るに、恋慕《れんぼ》を寄せているのは嵐のほうだ。花に近付こう、囲い込もうと懸命に揺らしている。だが花は、波に揺れても沈む様子はない。強い花だ。

「はは！　麗麗らしい」

簡単に恋で自分を見失うような女ではない。それに、彼女はまだ恋を知らない。

(今は凛花さまという主に恋をしているようなものだしな)

強い思いで侍女に志願した麗麗は、嵐に揺らされても容易には落ちないだろう。

麗麗は真っ直ぐな、いい月官衛士《げっかんえじ》だった。男にも負けない怪力の持ち主だが、可愛いところもある。

さて。かつての護衛衛士《えじ》、麗麗のお相手はどちらの嵐だろう？　朱歌は思いを巡らせ水盆《すいぼん》を覗く。曇り空が映る水鏡は真っ白だ。

「なるほど」

朱歌の目には、その白が雪のように見えた。

◆◆◆

「書庫へ行くのも久しぶりね」

「はい。なかなか老師のお時間が取れなかったそうです」

月祭から週がひと巡りを過ぎた。

もう少しすれば月は細くなり、凛花の虎の能力も弱くなる。

（ぎりぎりだったわね）

書庫へ通じるこの渡り廊下は、凛花にとって重要な情報収集の場でもある。

幸運にも書庫が後宮に近かったこともあり、凛花は特別に出入りを許されているが、本来は立ち入れない後宮の外だ。

（だから、ここには表の官吏《かんり》や下働きもいる）

表の者たちにとって、凛花は滅多に見ることのない後宮の月妃だ。思わぬ姿にぽろりと本音を零したり、後宮にまつわる噂話をしてしまったりする。ここは凛花が後宮内では見聞きすることのできない、もう一つの月華宮が覗き見できる貴重な場だ。

表の官吏《かんり》たちは、この廊下で美しく装った凛花を見留めると、目を伏せ礼を執る。が、凛花がすっかり通り過ぎ、小さな後ろ姿になった頃ひそひそと囁かれる声がある。

『昨夜、主上が佳月宮に行かれたそうだな』

『らしいですな。朔月妃さまはご存知なのか』

『さてね。のんきに読書とは。相手にならないと思っているのか』

『あちらは琥国の王太子だぞ？』

『だから。地方の姫と、歴史ある琥国の姫とでは格が違いすぎる』

『ああ。朔月妃さまが大人しく身を引いてくだされればいいが』

『皇后《こうごう》もお世継ぎも早いほうがいい』

曲がり角で凜花は聴覚の集中を解く。

（表にもだいぶ後宮の情報が流れているのね）

会話まで聞き取るにはこの辺りが限界だ。もう少しゆっくり歩くべきだったが、思わず早足になってしまい失敗した。

（昨夜は王女のところに行ったのね）

泊まったのか、帰ったのか。気になるが、さすがに彼らもそこまでは知らないようだった。

（皆、そういう下世話な話が好きみたいだから、知っていたら絶対に話していたはずだもの）

凜花本人が何度もそういう会話を盗み聞いている。まさか聞かれていると思っていないから、男同士つい話してしまうのだろうが。

（紫曄を信じているけど……）

あの官たちの言う通りだ。皇后《こうごう》も世継ぎも早いほうがいい。後宮の役割を考えれば当然のこと。

（月妃の役割を果たさない私を、紫曄がいつまで待てるか……）

気持ちだけではどうにもならない。皇帝・紫曄と凛花に残された時間はどれくらいあるのだろう。

凛花はフゥと小さな溜息を吐く。

「凛花さま。あの者たちの目を潰して参りましょうか」

「麗麗ったら。気持ちだけで十分よ」

元月官衛士《げっかんえじ》だからか麗麗は鋭い。凛花のように声までは聞こえないが、その気配や視線には聡い。彼らの意味深で不躾な視線に麗麗は気付いていた。

「凛花さま。何かと騒がしいですが、無礼者たちからは私がお守りします。何もお気になさらずに」

「ええ。ありがとう」

最近、麗麗は明らかにピリピリしている。前にも増して、侍女というより護衛のようになっているのは、やはり王女の存在のせいだ。

(私の不安が伝わっているのよね)

書庫に到着すると、麗麗は黄老師に取り次ぎを頼む。しかし老師はまだ太傅《たいふ》としての仕事中だという。

「今日は貸し切りとはいかなかったようですね」

中庭に近い目立たぬ場所へと移動する際中、いつもなら目にしない官吏《かんり》の姿があった。普段、凛花が書庫へ来る時間は、老師と兎杜以外の人物の立ち入りは禁止されている。

だが今は何かと騒がしい。彼らは上役に申し付けられた資料を探しているようだ。過去の琥国のこと、これまでの関わり方、交渉、後宮の客人への対応。調べることは山ほどある。

「老師がお越しになるまでは、書庫もまだ開かれたままでしょうね。静かになるまで少し待ちましょう」

凛花は書架の陰になっている卓を見つけ、しばらくここで待つことにした。

「麗麗、薔薇《ばら》にかんする本を探してきてくれない？　私がうろつくと皆の仕事を邪魔しちゃうから」

「かしこまりました。すぐに戻ります！」

麗麗は愛用の矛《ほこ》を席に立て掛けると、あたりを付けた書架へ向かった。

「ふぅ」

（兎杜もいないなんて、きっと紫曄に付いていて忙しいんでしょうね）

書庫は静かだ。しかし数人の下級官吏《かんり》がいるのは確か。また心を乱す噂話を聞く気にはなれず、凛花は虎の聴覚を一時封じて、中庭を眺めることにした。と、その時。

「あああ、あったぁ……！」

「なんでこんな場所にあるんだよ、この本……！」

　凛花のすぐ近く、書架の陰からひそめた話し声が聞こえた。

（声は二人……まだ見習い？）

　なんだか頼りなく若い声にそう思う。彼らが自分を見つけたら、必要以上に驚かせてしまいそうだ。声を上げでもしたら、麗麗が跳び蹴りくらいはしかねない。

　凛花は耳を澄まし彼らの位置を把握しつつ、移動しようとそっと席を立つ。

「そもそも神託の解釈なんか、もうどうでもいいだろうにさあ」

『神託』の声に凛花の足が止まった。これは聞いておいたほうがいいのか、聞かないほうがいいのか。

「本当だよ。星祭の朔月妃さまはお綺麗だったけど、皇后《こうごう》はもう王女さまに決まりだろ？」

「皆が言ってるよ。主上は佳月宮に通っているそうだし」

　その会話に、凛花は目を見開いた。

（現時点での解釈は伏せられているのに、解釈に沿うような噂話が流れている……？）

　紫曄の佳月宮通いから推測された噂なのか、それとも誰かが意図的に流している噂なのか。凛花はほんの少し軋みを覚える胸を押さえ、耳を澄ます。

見習いらしい二人はよっぽど鬱憤《うっぷん》が溜まっていたらしく、ひそひそと噂話が続く。

「いいなあ、主上。あんな綺麗な方ばかり」

「そうか？　僕は御免だね。皇帝は忙しすぎるよ。夜まで後宮で働くんだぞ？」

「ああ……。たしかに」

そこで凛花はハッと顔を上げた。少し早足な足音が近付いてくる。これは麗麗だ。


「凛花さま！　こちらだったのですね。お待たせいたしました」

「ありがとう。麗麗」

凛花は中庭に移動していた。

足音に気付かずお喋りを続けていた、あの書架の二人を跳び蹴りから守ったわけではない。凛花自身があれ以上の噂話を聞きたくなかったからだ。

（麗麗があの二人を見咎めたなら、きっと洗い浚《ざら》い知っていることを話させるもの）

凛花は手元に置かれた薔薇《ばら》の本を開く。王女に贈られた薔薇《ばら》の育て方を調べようと、目当ての頁《ページ》を探す。ぺらぺら捲り、見覚えのある薔薇《ばら》の絵にやっと当たった。

『十六夜《じゅうろくや》。別名を既望月薔薇《きぼうづきばら》』

「……既望《きぼう》」

既望《きぼう》とは、ためらう、躊躇する、という意味だ。

十六夜《じゅうろくや》の既望月《きぼうづき》は、満月である十五夜《じゅうごや》を一日過ぎた月で、十五夜《じゅうごや》よりも遅い時間に顔を出す。その様子から、満月の十五夜《じゅうごや》を立てる謙虚な月とも言われているが――

（あの王女のお気に入りの薔薇《ばら》なら、意味は逆でしょうね）

月は皇帝を意味する。十五夜《じゅうごや》の満月を越えた、一つ多い十六夜《じゅうろくや》。既望月《きぼうづき》の薔薇《ばら》を印に使う王女は、自分は皇帝よりも輝く者だと言っているのではないか。彼女と対峙した凛花はそう思う。

黒虎の琥珀によれば、月魄国と琥国は元は同族。琥家から分かれたのが月魄国皇家の胡家だ。虎であることを誇りに思っている王女から見たら、虎になれない分家の皇帝など格下。十五夜《じゅうごや》は敬う対象ではない。

（それなら、同じく分かれた虞家の血を持ち、白虎である私はどう思われているんだろう）

もしも凛花が琥国で生まれていたら、金虎の王女と同じか、それ以上の責任を背負っていただろう。

だが、月魄国の雲蛍州に生まれた凛花は、神託の妃として後宮に入り、与えられた地位は最下位の朔月妃。小花園で土いじりをする日々は、雲蛍州で『薬草姫』と呼ばれていた頃と大して変わっていない。

琥国では尊ばれ、頂点に立つべき『白虎』であるのに情けない。自らの責任を放棄している。王女はそんなふうに思っているのではないか？

（でも、『白虎』として見られるのは、あまり嬉しくないしちょっと重い）

おかしな崇拝《すうはい》をする碧も、なぜか庇護《ひご》するような黒虎の琥珀も、後宮で敵として立ちはだかった王女も、皆が凛花を通して『白虎』を見ている。

似たような視線を向けられてきただろう、『琥珀』の月夜と闇夜もこんな気持ちなのだろうか。それに『皇帝』である紫曄も、似たような思いを抱えているのではないか？

（早くまた抱き枕になりたいな……）

凛花は十六夜《じゅうろくや》の薔薇《ばら》の頁《ページ》を閉じて、心の中で呟いた。

◆

「いやいや、お待たせしてすまぬな。凛花殿」

「あっ、いいえ。こちらこそ——老師⁉　それは……？」

老師の声にハッとし、顔を上げた凛花は挨拶《あいさつ》途中で思わずそう言ってしまった。

老師が丸々とした土撥鼠《マーモット》を入れた籠《かご》を持っていたからだ。土撥鼠《マーモット》は兎や猫くらいの大きさをした、齧歯目《げっしもく》の動物だ。見た目は大きめの鼠《ねずみ》で、山や草原に生息している。

「なかなか可愛い奴なんじゃよ」

「あの、朔月妃さまは土撥鼠《マーモット》がお嫌いでしたでしょうか？　大丈夫ですか？」

包みを持ち後ろに続いていた兎杜が、不安げな顔で見上げた。

「え、ええ。別に土撥鼠《マーモット》くらい大丈夫よ」

畑仕事をしていれば、小さな鼠《ねずみ》や土竜《もぐら》に遭遇することもある。皇都《こうと》育ちの月妃だったら怖がりそうだが、自然豊かな雲蛍州育ちの凛花には見慣れた動物だ。

「医局に寄ってから、こ奴らを取りに戻っていたら遅くなってしまってなあ。ああ、麗麗。あとでゆっくり遊んで構わんから、まずは茶をくれんか？」

「失礼しました！　只今お持ちいたします」

しゃがみ込み、土撥鼠《マーモット》の籠《かご》を覗いていた麗麗が少し赤い顔で走っていった。

麗麗は皇都《こうと》育ち。土撥鼠《マーモット》を間近で見る機会などなかったようで、愛らしい姿に興味を引かれたようだ。

「さて。ここからはいつも通り書庫を貸し切りにしておる。特に今日は、部外者に聞かせられぬ話もあるしの」

老師がチラリと目線を送ったのは、用意した茶の給仕をしている麗麗だ。

凛花が老師と話す時間、麗々はいつも鍛錬をしに中庭に行く。気を利かせて席を外してくれていたともいえるのだが。

いつもなら、お茶を飲むのはひとしきり話をした後。

だが今日は、老師は先に茶を所望した。

(麗麗にはまだ小花園の『隠し庭』のことを話していない……)

老師は「さて。どうする？」と凛花を窺っている。そろそろ麗麗に聞かせていいのではないか？　それともまだ秘密にしておくのか？　と。

凛花は給仕を続ける麗麗を窺い見る。その顔は少し強張り、早く給仕を終わらせようと焦っているように見えた。

(老師の『部外者に聞かせられぬ話』が、自分がいては話せないことだと察しているのね)

向かい側に座る兎杜はにこりと微笑み、老師は茶をひと口すすって言う。

「凛花殿にお任せしますぞ」

小花園の隠し庭や、特殊な薬草に関する事柄には、麗麗を触れさせないようにしていた。特殊な薬草については、明明《めいめい》が拉致《らち》された事件を鑑みて、危険に晒さないよう敢えて知らせないことで守っていたつもりだ。

(でも麗麗は、私を支えてくれる一番の侍女。いつまでも隠すのは無理があるし、それに、麗麗に対して申し訳ない気持ちもある)

今の状況は麗麗の面子《めんつ》にもかかわる。目上である老師はいい。だが兎杜は、皇帝の侍従《じじゅう》といっても身分は見習いだ。

この現状は、凛花に真摯《しんし》に仕えている麗麗を傷付けているはずだ。

凛花は少しだけ考えて、老師と兎杜に頷きを返す。

「麗麗。今日はあなたもこちらに座ってくれる？　小花園の秘密をあなたにも話してもいい？」

「はい！　もちろんです！」

麗麗は満面の笑みで答えた。

老師と兎杜は小花園の秘密を知っている。けれど、虎化については知らないままだ。

神月殿の碧と琥珀は、虎化については知っていても、凛花が虎化しない体を求めていることは話してない。

（全てを明かさなくてもいい。話せることと、まだ話せないことがある）

凛花は共に卓に着く、老師、兎杜、麗々を見回し思う。

虎化についてはまだ、この三人に話す決心がつかない。信じてもらえるとは思えないし、まだ話さなくても支障はない。だからまずは一つ。

（私も麗麗を信頼している証として、話せることは話してみよう）

「さて。今日はまず、こちらの土撥鼠《マーモット》を見てもらおうかの」

老師は籠《かご》を一つ、卓上に載せた。土撥鼠《マーモット》は鼠《ねずみ》にしては大型で、兎や小柄な猫くらいの大きさをしている。

「おや。怪我をしています。可哀想に……」

麗麗が眉を下げて籠《かご》を覗く。凛花も見てみると、後ろ足に深い傷があった。後ろ足に力が入らないようで、蹲っている姿が痛々しい。

「罠に引っ掛かってしまったようでな。丁度いいので引き取ってきたんじゃよ」

丁度いい？　と首を傾げると、老師が小さな壺《つぼ》を取り出した。蓋を摘まみ上げると、軟膏《なんこう》が入っているのが見えた。

（少し変わった香り……？　でも、これ傷薬ね）

雲蛍州で傷薬作りにも携わっていた凛花は、匂いからそう判断した。医局に寄っていたと言っていたし、これも医局のものだろうか。

（皇宮の医局で使用する傷薬……何が入っているのか知りたい……！）

あとでこっそり嗅ごう。嗅げば薬草の種類や、おおよその分量は分かる。知っている薬草だけで作られていればいいのだが。

「兎杜。土撥鼠《マーモット》に傷薬を塗って見せなさい」

「はい！　それでは麗麗、ちょっとこの子を押さえていてくれませんか？」

「分かった」

何故ここで土撥鼠《マーモット》の治療をするのだろう？　凛花はそう疑問に思い、麗麗は痛ましげな顔で籠《かご》に入れたままの土撥鼠《マーモット》を掴まえている。

そして兎杜は、軟膏《なんこう》を土撥鼠《マーモット》の傷口にたっぷりと塗りつけた。

「少し見ていてください。麗麗、もう少し押さえていて」

麗麗が頷く。土撥鼠《マーモット》は、「キッ！　キキュッ！」と薬がしみるのか鳴き声を上げている。だが少しすると、「キュ？」と穏やかな声を漏らした。

「もうよさそうですね。麗麗、抱き上げられますか？」

「えっ、いいのですか⁉」

頬を上気させた麗麗がそうっと抱え上げると、土撥鼠《マーモット》は麗麗の腕の中でぴょこりと立ち上がった。凛花と麗麗は驚き、軟膏《なんこう》が塗られた後ろ足を見つめる。

「よく見てください」

兎杜がべったりと付いた軟膏《なんこう》をへらで削ぎ取ると、そこにあったはずの傷がなくなっていた。穴と言っていい程の傷だったのに、何もない。残っているのは、周囲の毛についた血の跡だけだ。

「怪我が治ったのですか……？」

「どういうこと⁉」

顔を上げ振り向くと、老師が満足げなニンマリ顔をしている。

「思い付きで実験してみたんじゃがな。これが一番分かりやすかったので、まず見せてみたのよ。表面が塞がっただけじゃが凄かろう？」

「凄いです。老師、これは一体？」

老師は持ってきた包みから、二つの満薬草を取り出し並べた。

「こちらは三青楼で採取された満薬草。こちらは小花園で見つけた満薬草。これらをな、医局の傷薬に混ぜたのよ。そうしたら、あのようにとんでもない傷薬ができてしもうた」

あっはは！　と老師は笑う。

「朔月妃さまが『満薬草らしきものを使った風邪薬はよく効くらしい』と月官《げっかん》からの話をしておりましたので、遊び心で作ってみたのです。そしたらよく効くどころじゃなくて……！」

「でも、よく気付きましたね？　まさか、わざと傷つけて実験したりは……」

「してません！　晴嵐さまにお願いして、厩舎《きゅうしゃ》に連れて行ってもらったりはしましたけど」

なんでも脚に怪我をして、処分するしかない馬がいたらしい。晴嵐は『楽にしてやるしかできない。それならダメ元で新しい薬を試せばいい』と許可をくれたという。

「それでな、他にも試してみたんじゃよ」

老師はいくつかの薬包《やくほう》と書き付け、別の軟膏壺《なんこうつぼ》を卓に並べた。

「風邪薬、二日酔いの薬、熱さましの薬と、これは手荒れ用の軟膏《なんこう》じゃ。結論として、満薬草を混ぜた薬は、どれも高い効果を見せた。だが目に見えて効果が高いのは軟膏《なんこう》よ。がさがさでしわしわだった爺の手が……ほれ」

「わ、綺麗ですね」

「すべすべではないですか！　老師！」

「一晩でこうなったわ」

いきなり人体で試すのはどうかと思うが、この結果は非常に面白い。手荒れ用軟膏《なんこう》だけでなく、美容液や、火傷《やけど》や傷痕にも効く可能性があるのでは？

（これは大発見じゃない？　私も研究したい……！）

凜花は目を輝かせ、老師と兎杜がまとめた書き付けに目を走らせた。

現状では、服用するものより、塗り薬のほうが高い効果が出ている。だが、まだ研究し始めだ。決めつけるのはよくない。

（薬にするまでの加工で違いが出ているのかも……？）

「凜花殿。これは面白い薬草ですぞ。既存の薬に混ぜることでその効果を高める。相乗効果が出る。まさに伝説の満薬草というべき薬草じゃ」

「はい！　素晴らしい薬草です！」

満薬草とよく似た薬草、百薬草《ひゃくやくそう》の性質を高めたような薬草だ。その効果は異常だが。

老師と凛花は同じく目を輝かせ、頬を上気させている。伝説上の薬草が存在していただけでも興奮するのに、それに加えこのような効果まであったのだ。薬学と神仙《しんせん》を研究している老師と、『薬草姫』凛花の興奮が収まらないのも当然だろう。

「はい！　曽祖父さま、朔月妃さま、薬については一旦そこまでです。こちらをご覧ください！　小花園をきっちり調べました。これが最新の分付図《ぶんぷず》です。小花園全体と、こちらは隠し庭になります」

兎杜がばささっと絵図を広げた。以前、弦月妃から譲り受けた植栽図《しょくさいず》より、細かく正確に描かれている。

「明明たち小花園組が頑張ってくれたのです。調査の結果、隠し庭の一角と、隠し庭に近い小花園内にも、満薬草は多く生えておりました」

この辺りです、と兎杜は絵図の一角を指し示す。そこは百薬草の区画だ。

「こちらには生えてなかったの？」

凛花が指差したのは百薬草の隣の区画だ。

「ありませんでした。何故か百薬草の中からだけ見つかるのです」

天星花の生垣《いけがき》で隔てられた、隠し庭の外側には様々な薬草が植えられている。陽当たりや土、水分の条件はほぼ同じ。

なのに何故、百薬草の区画にだけ満薬草が生えていたのだろうか。

「言われてみれば気になりますね？　そこも今後調べていきたいと思います。現在の状況ですが、小花園側に生えていた満薬草を日陰と日向に分けて植え、水分量を変えるなど、違う条件で育てる実験をしてもらっております」

凛花があまり顔を出せていなくても、調査も整備も随分進んでいたようだ。

「あとは神月殿の碧殿とも情報交換をしたいのだがなあ。こちらへお招きするか、あちらへ訪問するか……」

「老師、両方にしましょうよ！　僕あちらの隠し庭も見てみたいです」

「それもそうじゃな。そうじゃなあ！」

曽祖父と曽孫が楽しそうに顔を突き合わせ、どんどんと話を進めていっている。これは月華宮で碧と顔を合わせる日が来てしまいそうだ。

碧が面倒な言動はしないよう、きつく申し付けなければと凛花は思う。

しかしその扱いは、碧を喜ばせるだけのものだと凛花はまだ気付いていなかった。

◆

凛花と老師は、満薬草の調合方法について議論を交わしていた。

凛花は雲蛍州で薬の製造にも係わっていた『薬草姫』だ。老師が試してみた方法は、現実的に商売として成り立つものなのか、それとも手間が掛かりすぎているのか。

そんな話をしていると、麗麗と土撥鼠《マーモット》を見ていた兎杜が「聞きたいと思っていたことを思い出しました！」と凛花にひとつ質問をした。

「朔月妃さまは、雲蛍州で満薬草を見掛けたこと、ございませんでしたか？」

意外な質問だった。まさか伝説の薬草が、あちこちで簡単に見つかるはずがない。

凛花は首を横に振る。

「そうですか……。じゃあ僕の仮説は弱いかなあ」

「仮説って、どんな？」

「はい。満薬草は見た目も効果も、百薬草によく似ているではないですか。大量の百薬草が群生する場で、一部が変化して生えた……ということはないかな？　と思ったんです。小花園でも、なぜか百薬草の区画からしか見つからなかったですし。朔月妃さま、老師、お話の邪魔をしました！」

えへへ、と兎杜は照れ笑いをすると、土撥鼠《マーモット》の籠《かご》へ戻っていった。

「凛花殿。爺の仮説も聞いてみぬか？　爺はな、単純に百薬草の中が育ちやすいのではないかと思っておる。元から満薬草は、満薬草であったのか、百薬草が満薬草になったのかは分からんが、百薬草に力を借りて育っているように見えた。だから隠し庭にも百薬草が植えられていたのでは？　と思うんじゃよ」

たしかに小花園でも三青楼でも、満薬草は百薬草の中にあった。神月殿でも、もしかしたらそうかもしれない。

「たしかに……それは面白い仮説ですね」

百薬草はありふれた薬草だ。どこにでも育つし、増えやすい。逆に、今見つかっている満薬草は限られた場所にしかなく、少数。満薬草が育つには百薬草の手助けが必要で、だからこそあまり多くないのではないか。凛花はそんなふうにも思う。

「……そう考えると、兎杜の仮説も調査してみたいですね」

「そうじゃな。雲蛍州は我が国一番の薬草の産地よ。世話の仕方も一流じゃろ。品質のよい満薬草が、百薬草に混ざっているかもしれないのお」

「はい」

それに、雲蛍州は琥国の流れを汲んでいる。

今のところ満薬草が見つかっている場所は、この月華宮と神月殿、そして三青楼。かつて琥国と繋がりのあった者が出入りしていた場所ばかりだ。雲蛍州にも、満薬草があってもおかしくない。

「……一度、雲蛍州に行って調査してみたいですね」

「それができればのお」

雲蛍州はちと遠い。老師はそう言い笑う。

凛花が行くこともまず不可能だ。通常、月妃が実家に里帰りするのは後宮を去る時。それに、琥国の王女という不穏の芽がある今、凛花が後宮を離れるという選択はできない。

(お父様には、古文書《こもんじょ》について聞きたいことが幾つもある。お母様にも、人虎の私をどう産み育てたのか聞いてみたい。私が知らなかっただけで、特殊な薬草を育てている場所もあるかもしれない)

雲蛍州は古くからの薬草の産地。人虎の一族が育てる薬草だ。この月華後宮にいると、そこに意味がないとは思えない。

「ところで凛花殿。ひとつ確認しておきたいことがある。あなたは満薬草を秘匿《ひとく》されるか？　それとも公表しますかな？」

公表する場合、どこまでの範囲に公表するのか。皇帝にだけ？　後宮まで？　それとも月華宮の医局でのみ、取り扱いを許すのか。

「この奇跡のような薬草を、朔月妃としてどう扱うつもりか考えておるかの？」

凛花はハッとし、老師の鋭い視線に息を呑んだ。

(まだ……そこまで考えていなかった)

というか、虎化の謎を追いかけた結果、小花園の隠し庭の謎を知り、ただその答えを追っているだけでしかなかったのだ。凛花個人としてやっていたことであって、朔月妃としてどうするかという発想がなかった。

「どうかの。凜花殿」

（これは黄太傅としての問いであり、私が望月妃に相応しいかの見極めかもしれない）

満薬草を秘匿《ひとく》すれば、『雲蛍州の薬草姫』だけが使える奇跡の薬として、後宮での立場を強固なものにできる。朔月妃に留まったままでも、寵姫《ちょうき》としての立場を安定させられるだろう。

皇后《こうごう》・望月妃になるのなら、満薬草を公表し、広めたほうが地位を確実なものにできる。凜花だけでなく、皇帝の手柄にも、国のためにもなる。

だがもう一方で、皇后《こうごう》となっても公表はせず、宮廷の均衡《きんこう》を取る道具にすることもできる。

（独占して『強力な薬』として個々に恩を売り、紫曄と私の力にし、雲蛍州に富をもたらすことだってできる）

満薬草だけではない。隠し庭の薬草はどれも貴重なものばかり。この件には碧の協力も受けているし、やりようによっては神月殿とも協力し、富を分配することもできる。皇后《こうごう》・望月妃にとって、神月殿の後押しは心強いはずだ。

「老師。よく考えたいと思います」

「んむ。答えはしばし待とう。焦って結論を出してはいかんぞ」

素直に考えれば、公表して広めたほうが皆のためになる。薬草や薬に携わる者として、気持ちの上ではそうしたいと凜花は思う。

だが、後宮で暮らす者として、強固な後ろ盾がない凜花には武器も必要だ。『雲蛍州の薬草姫』にとって、これほど分かりやすく、相応しい武器は満薬草以外にない。

「主上にもご相談の上、結論を出したいと思います。あの、ところで老師。主上は最近こちらへいらっしゃっておりますか？」

このところ朔月宮への訪れがなく、紫曄と朝食を共にできていない。また眠れていないのではないか、食事が疎かになっているのではないかと心配なのだ。

琥国の件で忙しいことは理解しているが……と、凜花は兎杜に視線を向けた。

「え？　えっと、主上は……」

土撥鼠《マーモット》の籠《かご》を抱えすっくと立ち上がり、兎杜は口ごもりながら言葉を続ける。

「その、佳月宮からのお招きが連日あり……断るのも難しく……。今は書庫や朔月宮で朝食を摂るのは少々難しい状況で……」

でも、主上も朔月宮に行きたいとおっしゃってました！　と兎杜は付け加える。

「あの王太子殿下は、肉食獣が狩りをするように周到でなあ。主上も均衡《きんこう》を取るのに苦戦しておるようじゃ」

凛花は『肉食獣』の言葉にギクリとし、ぎこちない笑みを二人に返した。

そろそろ書庫の貸し切り刻限だ。

凛花が本を借りるために書架を見ていると、麗麗の声が聞こえてきた。

「兎杜。土撥鼠《マーモット》を頼みます。痛いことはしないでやってくださいね！」

「心配いりませんよ、麗麗。ちゃーんとお世話係がいますから」

「兎杜がお世話するのではないのですか!?　信用できない……」

「大丈夫です。医局のきちんとした人物ですし、実験に使っているので大切にと伝えてありますから」

「実験……！」

やはり痛いことをされるのではないか。せっかく後ろ足の傷が治ったのに……と、麗麗は籠《かご》に指を入れ撫でている。

（あら……意外な一面ね）

優しく真面目な麗麗だが、こんなふうに感情を見せるのは珍しい。生き物が好きだったのかと、凛花は今更ながら知った。

「麗麗。この土撥鼠《マーモット》は、満薬草を混ぜた傷薬の被験体です。しばらく経過の観察が必要ですし、毎日の健康診断もします。安心してください」

分かりました。と頷いた麗麗は、名残惜しそうに土撥鼠《マーモット》を撫でていた。

「麗麗。土撥鼠《マーモット》が気に入ったの？」

書庫を出て、後宮へ戻る道すがら聞いてみた。斜め後ろの麗麗は、矛《ほこ》を抱えほんのり頬を赤くさせている。

「はい。お恥ずかしい……。でも、とても愛らしいです。それにあの酷い傷が治ってよかったなと……」

「そうね。土撥鼠《マーモット》って畑ではちょっと困った子なんだけど、私も可愛いと思ったわ」

薬草や花、実、木の根まで齧られることがあるのだ。土地を借りているのは人間のほうなので、少しのお裾分けなら構わないが大食漢は困る。

凛花は、かつて世話をしてた薬草畑を懐かしく思い出す。

「愛らしい土撥鼠《マーモット》も、場所が変われば厄介者になるのですね。では小花園には絶対に入れてはなりませんね」

「ふふっ、そうね。でも、小花園でのびのび遊ぶ土撥鼠《マーモット》は可愛いでしょうね」

「はい。小花園の皆も喜びそうですが、薬草を守るために、入れてはなりませんね」

そう返す麗々は、土撥鼠《マーモット》のことを考えているのか、少しそわそわしている。

「……あの、凛花さま？　満薬草を凛花さまの傷薬に混ぜたら、きっと、もっと強力な傷薬ができますね」

「麗麗……」

振り向くと、麗麗は柔らかな笑顔を浮かべていた。

「私は見習いの訓練時代に、凛花さまの傷薬に助けられましたから。あの素晴らしい薬がもっと良いものになり、皆の傷を治してくれたら嬉しく思います」

昔、凛花の傷薬で傷を治し、挫けず訓練を続けたから今の麗麗がある。凛花の侍女に志願したのも、凛花の傷薬がきっかけだ。

麗麗の言葉は、凛花の心にすうっと染み入り奥まで届く。老師からの問いを聞いていたわけではないだろうに、その言葉がもう答えのような気がした。屈託のない笑顔と感謝の言葉こそ、『薬草姫』たる凛花にとっては最高の報酬だ。

「そうね。私も嬉しい……。ありがとう、麗麗」

いつも支えてくれるお礼ではないけれど、朔月宮で土撥鼠《マーモット》を飼えないか宦官《かんがん》に相談してみよう。生物の観察なら凛花にも心得はある。

まずは老師と兎杜の許可を得なければ。

（ちょっと距離のある宦官《かんがん》とも、これを機に話をできるようになればいいのだけど）

朔月宮には女だけでなく、宦官《かんがん》もいるのだ。

◆

麗麗は深紫色《こきむらさきいろ》の髪紐で、凛花の髪をきゅっと結ぶ。

この髪紐は、紫曄が虎猫の凛花に首輪として与えたものだ。この紫色は皇帝の色。

髪紐とはいえ気軽に使える品ではないので、普段は小箱にしまってある。

だが現在の状況を考えて、今日は敢えてこの髪紐を使った。凛花の銀の髪に、深《こき》紫色《むらさきいろ》はよく映える。

「さあ、できましたよ。凛花さま」

「ありがとう。麗麗」

鏡に映る凛花の装いは、衣装も髪も装飾少なめのさっぱりしたもの。今日はこれから小花園に、植えたばかりの薔薇《ばら》の様子を見に行く予定だ。

小花園に行くには並ぶ宮の間を通り、御花園を抜けていく必要がある。御花園は広い庭園だ。道中は必ず人目に触れることとなる。

ならば紫曄の紫色を身に着け、『朔月妃は変わらず大切にされている』と見せておきましょう！

そう、麗麗から提案された作戦だ。麗々もだいぶ後宮の女官《にょかん》らしくなってきたものだ。凛花は微笑み、頼りになる侍女と共に朔月宮を出た。

麗麗はいつものように日除けの笠《かさ》を持ち、小花園の皆に出す差し入れも持っている。相変わらず器用に積み上げ片手で持ち、もう一方の手は開けてある。不測の事態に対応するためだとか。

「凛花さま、お足元にお気を付けください。積もった花が滑ります」

「ふふっ。麗々もね」

御花園は金桂花が満開を過ぎ、地面を黄金色に染めていた。赤や黄色に色付いた樹木も多く、花が少なくとも賑やかな庭だ。

（誰か散歩でもしているのしら。人の気配がする）

月妃ではなく女官《にょかん》たちということもある。ここは皇帝と月妃のための庭園だが、紫曄は後宮の皆に開放している。と言っても、身分が低い者ほど気後れしてしまうので、結局、月妃の侍女が下見として散策する程度だ。

（今日は余計な噂話を聞きたい気分ではないし……）

凛花はそう思い、脇の小路に足を向けた。が、その手前で声を掛けられてしまった。

「おや。虞朔妃殿ではないか」

「月夜殿下。ごきげんよう」

王女は今日も藤色を身に着けていた。侍女が大きな日除け傘を差しているがそれも藤色。あれは佳月宮の備品だろう。

「天気がよすぎるな。虞朔妃殿は散歩か？」

王女は日傘が作る影の中で、小さな欠伸《あくび》を噛み殺して言う。

その眠そうな様子を、麗麗が冷ややかな目で見ているのが伝わってくる。王女のほうが身分は上だが無礼な態度だ。そこに含まれた意味も含めて。

「私は小花園へ向かう途中です。月夜殿下はお散歩ですか？」

「ああ。昼過ぎまで寝ていると侍女たちがうるさくてな。たまには陽を浴びろと追い出されてしまった」

フフ、と笑う王女は扇を持つ爪まで藤色だ。なんという徹底ぶりか。

（佳月妃になったという発表はない。なのに藤色ばかりまとうなんて、王太子なのに本当にどういうつもりなの？）

凛花は早くこの場を辞したいと思いつつ、小花園へ続く散策路は王女たち一行に塞がれている。

小路は凛花の後ろ側。ここで切り上げ、背中を向けるのはあまりにも失礼だ。

「そういえば、ワタシの薔薇《ばら》を小花園に植えたそうな。嬉しいぞ、虞朔妃殿……――ふぁ」

王女の口から、堪えきれなかった欠伸《あくび》が出た。

「失礼。許してくれ、虞朔妃殿。あまり眠っておらぬのでな。……なあ？　あの方はなかなか甘えん坊なのだな。虞朔妃殿も苦労したのでは？」

王女は扇の陰で、凛花にそんな内緒話を仕掛けてきた。

これは当て擦りか挑発か？　金虎の王女はこんな下らないことをする方？

「いいえ。苦労などございません」

凛花は王女に微笑みを向け返す。だが下らないと思いつつ、やはりイラッとはしてしまう。

（甘えん坊って……紫曄、何をしてるの⁉）

あの皇帝は、ああ見えてたしかに甘えん坊なところがある。実は、凛花が密かに好きなところだ。

（もし本当に、そんな部分まで王女に見せているなら……）

ツキリと胸が痛む。会えていないのはもちろんのこと、文《ふみ》すらも交わせていない。つい不安になってしまうのはそのせいだと凛花は思う。

「ああ、昼間は気怠くてかなわぬ。ワタシはそろそろ佳月宮へ戻ろう」

そう言うと、王女は大きな傘の侍女を伴い、凛花に道を譲った。

「それではな、虞朔妃殿。次はぜひ、月でも眺めながらそなたと語らいたい」

「ええ。機会がございましたら」

当たり障りのない言葉で微笑む。王女には聞いてみたいこともあるが、その腹が読めないうちは危険だ。準備なく金虎と対峙する愚か者はいない。

(でも『月でも眺めながら』ってどういう意味？　虎になって月見をしようというの？　それとも『月』は紫曄のことを言っている……？)

「つれない返事をするな、虞朔妃殿。ぜひ機会を約束してほしい。そなたには聞いてみたいことがあってな」

「私でお答えできることでしたら」

「では、今聞いてもよいな。そなた、朔月妃の地位で満足しておるのか？」

後ろに控える麗麗から、ビリリとした気配が伝わってきた。これは怒っている。

「私は、主上にお仕えしたく思っております」

「違う。そういう意味ではない。そなたは本来、仕える者ではないはずだ、白銀の姫よ」

王女は何故か声に憤りを滲ませて、気分を害したと言うように、プイッと凛花に背を向けた。

その時、腰から下げられた佩玉《はいぎょく》がキラリと光を反射した。

(黄金色のあれは……琥珀？)

王女が持つ名と、同じ名の宝玉だ。

（随分と立派なものね）

妙に気を引かれたが、凜花はただ見つめるだけで、王女を見送った。

◆

「老師！　いらっしゃっていたのですね！」

「おお。凜花殿。少し時間ができたのでな」

小花園にいた思わぬ人の姿に凜花が駆け寄る。秋とはいえ、青空の下は日差しが強い。老師は明明たちと揃いの笠《かさ》を被り、薬草摘みに精を出していた。

「天気がよすぎて、早く摘まないと花が咲いてしまうと言うのでな」

手伝っておったわ。老師は笑い、立ち上がるとぐーっと腰を伸ばした。これは随分とお疲れのようだ。

「麗麗、皆にお茶を。少し早いけど休憩してもらいましょう」

老師を休憩用の四阿《あずまや》に座らせて、凜花は井戸へ向かった。地下水を汲み上げているここの水は、一年を通して水温が安定していて冷たい。

（顔と足を拭ってもらおう）

凜花は袖をまくり上げ水を汲む。すると思いもよらぬ足音が聞こえ、パッと後ろを振り向いた。

「気付かれてしまったか」

「紫……主上！」

『紫曄』と名で呼びかけたが、後ろに兎杜がいるのが見えて、慌てて言い直す。だけど、どうしてここに紫曄が⁉

驚き見上げていると、紫曄は腕を広げ凛花を抱きしめた。

「ん！　あの、主上……？」

「はぁ。凛花の匂いがする」

首筋に顔をうずめ、すーっと息を吸う。

「ちょっ……と、くすぐったいです……！」

「我慢しろ。俺はいま凛花の補給中だ。はー……」

「主上、待っ……もう……！」

身を捩る凛花に気を良くしたのか、紫曄は匂いを嗅ぐだけでなく、首筋に唇を落とす。

「ちょ、や……っ！」

覆い被さるように抱きつかれては重いし苦しい。それに背中や腰を抱く腕が強すぎる。いい加減に一度離れて！　と、凛花は紫曄の胸を押すが、縮こまった腕では満足に意思を伝えることができない。

「主上！　ちょっとやりすぎです、朔月妃さまが困ってらっしゃいます！」

兎杜だ。その真っ当な言葉に、遠くのほうからも声が飛んできた。

「これ！　主上。おいたはいけませんぞ！」

そんな老師の言葉に兎杜がぷぷっと笑い、紫曄は「うるさい！　ほっといてくれ老師！」と大人げない声を上げた。

「まったく、兎杜の前で何をしてくれるのですか！　主上」

「兎杜の前くらい別に構わんだろう」

「構います！」

ねえ？　と、凛花が少し赤い頬で兎杜を振り向くと、兎杜は「僕はどっちでもいいです！」とにっこり笑う。

「兎杜……⁉」

紫曄がちょこちょこ悪戯《いたずら》を見せることで、兎杜から恥じらいが無くなってしまった。なんてことだ！　と凛花は紫曄をじろりと睨む。

「主上。恥ずかしい思いをさせた罰です」

持ってください！　と、凛花は汲んだ井戸水を紫曄に持たせる。というか、汲むのも紫曄と兎杜がやってしまったのだが。

「そんなに恥ずかしかったのか？　俺は抱擁しただけだが？」

「……もう。こういうのは朔月宮でだけにしてください！」

凛花は一つに結った髪を前に持ってきて、紫曄が付けた首筋の痕を隠す。

「それは抱き枕にしてくれというおねだりか？」

「……そうですよ」

ニヤリと揶揄《からか》いまじりで言われた言葉に、凛花は小声でそう返す。

予告もなしで会いに来てくれたのも、会うなり抱きしめてくれたのも嬉しかった。

月祭後からしばらく、面白くはない噂話や、真意が分からない王女の言葉ばかり聞いていた。暁月宮でのお茶会は慰めになったが、本当に欲しいものとは違う。

「私だって、主上にお会いしたかった」

もう一つ、気持ちを言葉にして隣を見上げた。

すると兎杜がタタッと紫曄の側に寄り、水桶を受け取ると、紫曄は凛花をまた抱きしめた。

四阿《あずまや》の皆に冷たい水を届けると、老師がニヤニヤと笑い、麗麗はにこにこと笑っていた。

明明をはじめとした宮女たちは、紫曄に水を運ばせてしまったことに恐縮し固まっていたが、紫曄が気にするなと言うと、恐る恐る水を使う。

「いやいや。主上も凛花殿も、なんの心配もいらんかったな」

「はい！　凛花さま、あちらにお二人の席を用意しておきました」

「主上、お茶を飲むくらいのお時間でしたらございます。朔月妃さまとゆっくりなさってください」

老師に麗麗、兎杜にそう言われ、凛花は照れ臭く思いながら、紫曄と二人で少し離れた四阿《あずまや》に向かう。

皆のいる休憩所から少し離れているので、会話の内容までは届かない。

「あの……主上」

「二人きりだぞ？」

「紫曄。来てくださって嬉しいです」

俯き加減で紫曄の肩にすりっと頬を寄せる。銀の髪から覗く耳は、たぶん赤くなっている。

「……今日は随分と甘い虎猫だな」

紫曄は呟き、凛花を抱きしめる。一瞬間が空いたのは、こんなふうに甘える凛花が珍しく、本当に驚いたのだと思う。

「私だって寂しく思うんです」

すり、すり、と紫曄の胸に顔をすり付ける。人の姿だというのに、甘え方がまるっきり虎猫だ。

「朔月宮でお前を抱いて眠りたい」

はぁ……と苦しいものを吐き出すような溜息を落とし、紫曄はそんなことを言う。甘いお誘いにしか聞こえない言葉だが、それだけでないことは顔を見れば分かる。

「……眠れていないのですか？」

「まあな。…………違うぞ⁉」

じとりとした凛花の視線に気付いた紫曄が慌てて否定する。

「甘えん坊だと、王太子殿下がおっしゃっていましたよ」

「あの女……。違う。そういう意味ではない。何もない。あるわけがない」

否定の言葉を重ねる紫曄の必死さに、凛花は思わずふふっと笑ってしまう。

分かっているのだ。紫曄が王女に手を出すわけがないと。

今の中途半端な状態で情を交わせば、すべてが王女の思うままになってしまう。とはいえ、いくつかの夜をすごしていると聞けば、不安は不安として心に澱む。だからちょっと、言ってみたかっただけだ。

「でも、王太子殿下と険悪なわけではなさそうで、ちょっと安心しました。齧られちゃってないかなと心配していたんですよ」

「…………実は、未遂《みすい》だがちょっと襲われかけた」

「齧られるどころか、食べられそうになってるじゃないですか」

凛花は頬を撫でていた紫曄の手をぺちりと叩く。今もし虎だったなら、爪が出ているところだ。

「いや、引っ掛かれただけだぞ。それに有益なことも聞き出せている。齧られた甲斐があるというものだ」

「何か、人虎について聞けたのですか？」

それなら齧られくらい安いもの。きっと凛花よりも琥珀よりも、王女は人虎や琥家、胡家、虞家の一族についてもよく知っているはずだ。

「……まあ、色々と聞けてはいる」

歯切れの悪い答えに凛花は首を傾げるが、皇帝の立場では言えることと言えないこともあるだろう。

「ここでは話せぬが、次に朔月宮へ行った夜に話そう。お前に深く係わることだ。ゆっくり話したい」

紫曄は抱きしめていた腕を緩め、凛花を見つめて言う。

「それから、輝月宮の書庫を色々と調べている」

「寝不足の原因はそれですか」

あれこれ忙しいのに、そんなことまでしていたのかと、ついつい言葉が尖ってしまう。輝月宮の書庫には紫曄しか入れないので、資料を探すにも、調べるにも紫曄一人でやらなくてはならない。

「これぱかりは仕方がない。琥国と交渉中の者たちに頼まれてのことだ。琥国のことを知らなければ、有利な交渉ができないからな」

そういえば先日、書庫が混み合っていた。どうやら資料をひっくり返し調べているのは、紫曄だけではないらしい。

「これまで琥国から来た妃がどれくらいいたのか、その妃は寵姫《ちょうき》だったたか、望月妃だった者はいるのか。それから逆に、月魄国から琥国へ嫁《とつ》いだ公主《こうしゅ》はどのくらいいるのか。上がってくる資料は後宮のものが多いのだ」

その者たちに関連して、何か皇帝だけに伝わっている秘密や、密約などがないかと紫曄は探っているらしい。

「お忙しいですね……」

「そうだな。だが、こうして凛花とゆっくりする時間があればまだ頑張れる」

紫曄はこてりと凛花の肩に頭を預ける。

その瞳は今にも閉じてしまいそうで、とにかく眠そうだ。寝不足というよりも、忙しさのせいでまた不眠ぎみに思える。

（何かよく眠れる薬湯《やくとう》とか……食事も疎かになってそうだから、お菓子の差し入れを増やしてもいいかな）

朔月宮と輝月宮の厨師長《ちゅうしちょう》に相談してみよう。厨房は、紫曄の体を気遣う仲間なのだ。

「……なあ。あれは薔薇《ばら》か？　随分と鮮やかだな」

小花園には珍しい、と新しく作った門《アーチ》を紫曄が指差した。骨組みだけの門《アーチ》には王女の薔薇《ばら》が絡み、ぐんぐん伸びている最中だ。もし上手く根付いたら、門《アーチ》や生垣《いけがき》を増やしてもいいと思っている。

「王太子殿下がくださった薔薇《ばら》です。月妃の皆に贈られたんですよ。お近づきの印に、と」

「お近づき？　あの王太子が言うと不穏だな」

「ふふ。月祭後に朔月宮に戻ったら、あの方によく似た、あの艶《つや》やかな薔薇《ばら》で宮が埋め尽くされていました。王太子殿下が自分の印として使っている、『十六夜《じゅうろくや》』という品種らしいです」

苗で贈ったのは凛花だけで、朱歌と霜珠には切り花だったらしい。

強引なことをするわりに、それぞれに歓迎される形を選んではいるのだなと、凛花は王女を少し見直した。

「どこまでもあの女らしいな……。しかし大丈夫なのか？　琥国の、しかもあの女が持ち込んだ薔薇《ばら》など植えて」

「はい。問題ありません。老師にも見てもらいましたが、毒も何もないですし、綺麗ですし。ただ、だいぶ質のいい薔薇《ばら》です。血筋がいいというか……」

原種に近い薔薇《ばら》のようで、琥国に昔からある野ばらを、より華やかに、艶《つや》やかにしたものだろうと老師は言っていた。

そのように、琥国――人虎の国で愛でられてきた大切な薔薇《ばら》を、他でもない凛花に分け与えたのはどんな気持ちからだろうか。

「あの方には『月夜』という名もあるそうです。琥珀殿は『闇夜』と呼ばれていると」

「……ああ。俺も聞いた」

同じ虎でありながら、その色で区別されていることを凛花は不憫《ふびん》に思う。

もしも白虎が蔑《さげす》まれ、黒虎が尊ばれていたら。そして、もし凛花が琥国に生まれていたら。黒虎の琥珀が受けている待遇は、凛花のものだったのだ。

「ああ、そういえば王太子の背にも刺青《しせい》があったぞ。琥珀と同じ図柄だった」

「……へえ」

見たのか。と、凛花は肩から紫曄の頭を剥がし、再び紫曄をじとりと見上げた。

「三青楼での琥珀と同じだ！　背中を見せられただけだし、ちょっと罵られただけだ……！」

　思っていたよりも紫曄が魘られていた。

　凛花の中にいる虎猫が、つい嫉妬《しっと》の爪を出してしまう。

「紫曄」

　そっと顎と頬に指を添え、間近から見上げる。

「早く月夜に会いに来て。紫曄」

　早くあなたの抱き枕になりたい。

　凛花はそう言うと、紫曄の唇をぺろりと舐め、頬に口づけた。寂しいと訴える虎猫の独占欲だ。

「……本当に、困った虎猫だな」

　紫曄は愛しさのままに凛花を抱きしめる。

「凛花。明日、琥国との話し合いに顔を出してくる。やっと琥珀宮の者を引っ張り出せた。古株らしいから、うまくいけば王太子を連れ帰ってくれるかもしれん」

「あの王太子殿下に首輪をつけられる人物ということですか？」

　そんな豪胆な者がいるのか？　と凛花が首を傾げると、紫曄は笑って凛花の髪を撫でた。指に絡めるのは、己の紫色だ。

「虎に首輪をつけた人間がここにもいるだろう？」

「ふふ」

立派な金虎でも、黒虎でもなく、可愛らしい白い虎猫だが。凛花は機嫌よさげに首を伸ばし、口づけをねだるが——

「そろそろお時間ですよー！　主上——！」

無情にも、兎杜から声が掛かってしまった。紫曄は名残惜しそうに唇を重ね、「分かった」と返事をして立ち上がる。休息の時間は終わりだ。

◆

紫曄の後ろ姿を、老師と共に見送り凛花が呟く。

「主上は本当にお忙しいのですね」

「側近たちもなあ。あの王太子は本当に面倒事よ。ことは我が国の後宮どうこうという問題ではない。外交問題になりかけとる」

「そうですか……」

後宮の外はそれほど騒がしくなっているのか。

しかし王太子は望んで後宮に滞在している。新たな神託もある。そして、凛花にも神託が下されている。

「神月殿は何も言ってこないのでしょうか」

「言ってきておる。その辺りは爺たちの出番よ。主上の役目は、揺れずにご意思を固め、『王太子を月妃にしない』と明言していただくこと。どこで顔を出すかも重要じゃな」

紫曄が出向くと決めた会合は明日。酒宴《しゅえん》も兼ねているのだろう。

さすが古き月の僕《しもべ》の国よと持ち上げられた琥国側が、上機嫌のままに王太子を引き取っていってくれればいいが……。

「さて。そろそろ爺の休憩も終わりじゃ。明日に備えて準備があるのでな」

「老師もご同行されるのですか？　それは……明日は重要な話し合いなのですね」

何かできたらいいのに。凛花はそう思う。

だが後宮の中からできることは限られている。

「老師。何もお手伝いできず、申し訳ない気持ちです」

そう言うと、老師は「あっはは」と笑う。

「凛花殿にしかできないことをしておるよ。あの主上の顔を引き出せる最高の月妃じゃ」

老師はそう言い、ふっふふと含み笑いを漏らす。

「今日はな、本当は雪嵐も小花園へ来たがっていたのよ。じゃがなあ～明日の補佐役である雪嵐には一刻の余裕もなくてなあ」

(雪嵐さまが? 晴嵐さまが来たがるなら分かる気もするけど……?)

夏の日に、水路の整備という名の水遊びをしていた姿が浮かぶ。

「凛花殿。あとで麗麗に、双嵐房《そうらんぼう》へ差し入れを持って行かせてやってくれぬか?」

「はい! たくさん持たせましょう」

頷く凛花の言葉に、老師も皺を深めて微笑んだ。

◆◆◆

輝月宮を、月が静かに照らしている。

紫曄は窓から月を見上げ、菓子を摘まみ溜息を吐いた。凛花から差し入れられた菓子はこれで最後だ。休憩も終わりにしなければ。仕事を終え私室に戻ったはいいが、まだ輝月宮の書庫で見つけた資料を精査しなければならない。

「はぁ」

僅かに開けた窓からは、金桂花の香りが届く。が、期待するあの虎猫の姿はない。

「いつかのように、あそこから入ってくればいいのになあ」

あの窓は、迷子になった虎猫の凛花が飛び込んできた窓だ。忙しくて朔月宮に向かえない日が続く時、開けておくのがいつの間にか習慣になっている。

来いとは言えないが、ひっそり待っているなんて。なんと女々しい皇帝かと思うが、もし暇な夜に、散歩に出た虎猫が忍んで来てくれたら嬉しいじゃないか。

そんなことを思って、今日も窓は開けている。

紫曄は二度目の溜息は呑み込んで、手元にあった紙に一筆滑らせる。

これは今、紫曄が食べた菓子が包まれていた紙だ。わざわざ一つずつ包んであったのは、仕事中摘まむのに手が汚れぬようとの気遣いだろう。凛花らしいことだ。

『ごちそうさま。首輪のついた猫が恋しい。あの窓はいつでも開けてある』

紫曄はクスリと笑う。

凛花と紫曄以外には、意味の分からない言葉だ。

「……」

今の素直な望みを書いたら、なんだか気持ちがすっきりした。

そしてふと思い立ち、紫曄は紙を小さく折り畳むと、菓子が入っていた陶器《とうき》の器にぽいと投げ入れた。

この差し入れは、いつも麗麗から紫曄の侍従《じじゅう》に手渡され届く。空になった器も同じ経路を辿り、麗麗が朔月宮に持ち帰る。

武具を持てば豪快なくせに、侍女仕事では細やかな気遣いを見せる麗麗のことだ。

そのまま厨房に渡すとは思えない。布包みをとき、中身をあらためてから渡すはずだ。

（麗麗ならあの文面を見ても構わないだろう）

凛花が、だ。

『猫』は紫曄だけが呼ぶ、朔月妃・凛花の愛称と思われ、月華宮中に知られている。

（何を見られようと俺は気にしないが、凛花はきっとそうではない）

紫曄は幼い頃から常に注目され、人に囲まれ過ごしてきた。だから見られることに慣れている。

それに見られて困ること、嫌なことは外に出さないという癖が付いている。決して見られたくない物事は、全て自分の内に収めておけばいいだけ。意外と簡単だ。

「さて。気付くか、気付かず捨てられるか」

紫曄は菓子入れの蓋を閉める。

紫曄が小さな望みをしたためた紙を入れた器には、同じ包み紙がいくつも入っている。くしゃくしゃに丸めたもの、紫曄がしたように折り畳んだもの、開いたままのもの。どれも普通に見ればただの塵《ごみ》だ。

『ごちそうさま。首輪のついた猫が恋しい。あの窓はいつでも開けてある』

元々、伝える気のない言葉。

もし麗麗が紫曄の小さな文に気付いて主に渡してくれたなら、凛花はどんな顔をするだろう。運に任せた、ささやかな悪戯《いたずら》だ。

凛花は麗麗に見られたと羞恥で顔を覆うか、唇を噛みしめるか。それとも、あの文面に頬を染めてくれるだろうか。次の差し入れに返事が付いてくるだろうか？　そんなふうに思い頬を緩めていると、ふと人の気配がして視線を扉に向けた。

「――紫曄。こんな時間に申し訳ないのですが、探していた資料が見つかったのでお届けに」

「そうか。悪いな、雪嵐」

紫曄は扉を開け、雪嵐から資料を受け取ると、代わりに菓子入れの包みを手渡した。

「雪嵐。すまんがこれを返しておいてくれないか」

「ああ、朔月妃さまからの差し入れですね。では双嵐房《あちら》のものと一緒に、明日お返ししましょう」

◆

「それでは主上。雪嵐さま、晴嵐さま。申し訳ございませんがお先に失礼いたします」

小さな兎杜が、少し疲れた顔でぺこりと頭を下げた。

月華宮では多くの官が働いているが、日が落ちても執務に励む部署は多くない。各所、繁忙期《はんぼうき》は別として普段は朝から夕方まで、決められた勤務時間を遵守《じゅんしゅ》する。

灯りに使う油もただではないし、効率重視だと、紫曄が即位してすぐに徹底させたことの一つだ。実は先代皇帝の時代に、後宮に費やされた予算が多すぎたので、その穴埋めの意味もあったりするのだが。

「まっすぐ帰るんだぞ、兎杜」

「ご苦労様です。兎杜。助かりました」

「お疲れ。だけどな、もっと早く上がっていいんだぞ？　兎杜」

三人、それぞれの言葉を返すが、どれもまだ子供である兎杜を気遣っている。

どれだけ頭が良く、精神的にも大人に近付いていようとも兎杜の体はまだ九歳。体力は子供だ。紫曄のように隈《くま》が滲む顔にしてはいけない。

老師にも、『経験はいくらでも積ませてくれて構わんが、無茶はさせぬように』と言われている。なんでもできるし、なんでもやりたい兎杜は、大人が止めなければなんでもやってしまう。好奇心の強さも、負けず嫌いなところも子供らしい。

「皆様もほどほどで切り上げてくださいね。では、老師たちを呼んで参ります！　失礼いたします」

◆◆◆

双嵐房《そうらんぼう》から退出した兎杜が廊下へ出ると、侍従《じじゅう》仲間の一人が片手に書物の山を、もう片方の手に見慣れた薄淡い水色の包みを持っていることに気が付いた。

あれは白藍色《しらあいいろ》。朔月妃の色であり、いつも凛花から届けられる差し入れの包みだ。

大小二つの包みは重たそうに見える。

「あの、よかったらその包み、僕が返しておきましょうか？」

「兎杜か。君はもう上がりだろう？　悪いよ」

彼はそう言うが、前が見えないほどの大荷物を見てしまえば、兎杜はその気遣いを受け入れるわけにはいかない。兎杜は子供ということで一足先に帰宅させてもらえるが、この同僚《どうりょう》にはまだ仕事が残っている。

それに万が一、白藍色《しらあいいろ》の包みを落としでもしたら大変だ。

「いいえ、気にしないでください。僕も書庫へ寄るお使いがあるので、朔月宮までひとっ走り行ってきます！」

大人の男である同僚《どうりょう》は後宮に入れない。門で取り次ぎを頼み、麗麗が来るのを待たなくてはならない。

だけど兎杜ならば、朔月宮に直接出向き麗麗に手渡しで返却できる。

「しかし……いいのかい？」

「はい！　あなたが取り次ぎ待ちの間に休憩をしようと思っていたのでなければ、僕に返却を任せてください」

同僚《どうりょう》はフハッと笑い、「助かるよ」と言って兎杜に包みを託した。


兎杜は「お使いです」と言って後宮の門をくぐり、早足で朔月宮へ向かう。

兎杜が通る道は、壁に挟まれた狭い裏道だ。日没以降に朔月宮を訪ねる際には、正式なお役目でない限り、以前のように裏口から入ることにしている。

なんとなくだが、夜に男の自分が、堂々と凜花のもとを訪問するのはいかがなものかと、そう思い始めているからだ。

皆はまだ子供だと言うが、兎杜自身はそろそろ一人前として扱ってほしいと思っている。心に想う人もできたし！　と、曽祖父にそう言ったら「アッハハ！」と笑われてしまったが。

一人前になり、麗麗や凜花と直接話す機会が減るのは少し寂しい。

曽祖父には、来年十歳を迎えたら考えようと言われている。今、兎杜はぐんぐん背が伸びているし、そろそろ声変わりだってしてもおかしくない。声が低くなったら、もう大人の仲間入りだ。

「うん。それまでは子供特権でお役に立とう」

さて。麗麗はどこにいるかな？　やはり朔月妃さまのもとだろうか。

兎杜は顔見知りの宮女に声を掛け、取り次ぎを頼んだ。すると麗麗は、凛花と共にまだ小花園にいるという。

「困ったな……」

菓子の器は皇帝に出せるほど高価なものだ。下働きの宮女に預けたら、緊張で顔色を悪くさせてしまうだろう。それは不憫《ふびん》だ。

「よし。直接厨房へ行こうかな」

厨師《ちゅうし》とも顔見知りなので問題はない。菓子のやり取りは頻繁で、兎杜もご相伴《しょうばん》にあずかっている。朔月宮の菓子はとても美味しくて、密かな楽しみだ。

（お礼とご馳走さまを言いたいし、主上も双嵐の二人も喜んでいると伝えたら喜ぶよね）

兎杜は早歩きで厨房へ向かった。

「失礼します。兎杜です。菓子入れの返却に参りました」

「兎杜さま！　ああ、直接お持ちいただいてしまって申し訳ない。ありがとうございます」

「いいえ。あ、一応確認していただけますか？　傷など付けてはいないと思います

が……」

もし器に欠けなどがあった場合、ここで確認しておかなければ、厨師《ちゅうし》の彼が粗相を

したことになってしまう。

包みをとき、蓋も開けてよく確認する。もちろん問題はない。

「ご確認ありがとうございます。兎杜さま」

「いいえ。……ん？　ちょっと待ってください」

兎杜が菓子入れの中に手を伸ばした。

厨師《ちゅうし》よりも背が低く、卓上の器に顔が近い兎杜だけが、それに気が付いた。

「なんだか墨《すみ》の匂いが……あ、この綺麗に畳んであるやつだ」

「おや。もしかして休憩中のご思案を書き付けたものでしょうか」

「そうかもしれません。雪嵐さまあたりがやりそうだなあ。ちょっと確認しますね」

そして、兎杜が紙を広げると――

『ごちそうさま。首輪のついた猫が恋しい。あの窓はいつでも開けてある』

「これは……主上ですね」

「えっ！」

畏れ多い……！　と目を見開いた厨師《ちゅうし》に、兎杜は少し赤い顔でその文面を見せる。

このなんとも言えない、恥ずかしいというか気まずいというか、くすぐったいというか、羨ましいというか。なんと言っていいのか分からない気持ちを、一人で抱えるのがちょっと馬鹿らしかったので、だ。

「お、おっと……これはこれは……」

「まったく……あの方らしいです」

きっと麗麗が見つけると思って忍ばせたのだろう。もし麗麗が気付いたなら、こっそり凛花に渡すはず。もし運悪く気付かなくとも、そのまま屑籠《くずかご》に入れられるだけ。誰の目にも触れず、こんな言葉が贈られたという事実もなかったことになるだけ。

紫曄がほんの少し残念に思うだけで、誰も損をすることはない。

「兎杜さま。主上はどうしてこんな屑紙に書いたのでしょう？　私はまったく気が付きませんでした」

兎杜さまが一緒に中をあらためてくださって助かった……！　厨師《ちゅうし》は、ほぅと胸をなでおろして言う。

それもそうだ。一介の厨師《ちゅうし》が皇帝の手跡《しゅせき》が入ったものを捨てるなど、畏れ多いを通り越して恐怖の事件だ。

「主上は、たぶん朔月妃さまにお気を遣わせたくないのでしょう」

「お気を？」

「会いたいだとか、このような言葉をまっすぐ伝えてしまえば、朔月妃さまはいつでもお越しくださいとおっしゃるでしょう？」

「それは、そうでしょう。はい。寵姫《ちょうき》様なのですから……」

それの何がいけないのだろう？　厨師《ちゅうし》は不思議そうな顔で兎杜を見つめる。

後宮は、皇帝がひと時の安らぎや楽しみを得る場所だ。もちろん後宮の妃への気遣いは必要ではある。上手くやるのも皇帝の手腕だ。

だが、最近の紫曄は忙しいし、問題を抱えている。会いたいと言っても、凛花を待たせても、朔月宮へは行けないのだ。

紫曄が向かうのは、今は佳月宮。艶《つや》やかな金色の髪を持つ、王女が待っている場所だ。

「主上はきっと、朔月妃さまに健やかでいてほしいのですよ。今夜は来るかもしれないと、眠い目を擦り待たせたくない。だからこんな紙屑に……。でも、まあ、こんな恋文を忍ばせてらっしゃるので、なんとも言えませんけどね」

「ああ。なるほど」

紫曄が思うのは、そんな当たり前のことだったのか。厨師《ちゅうし》は新鮮な驚きを得たようで、あらためて頬を赤くさせた。

「主上……本当に朔月妃さまにべた惚れなんですねぇ」

「あはは！　本当にそうなんですよね」

「これは不敬かもしれませんが……主上がそのように妃を愛する方で、私はちょっと嬉しいです」

「ええ、僕もそう思います！」

ふふふ、と笑い合っていると、パッタ、パタパタ。覚えのある足音が、こちらに向かってきているのが聞こえてきた。

兎杜は扉からひょっこり顔を出し、ああ、やっぱり！　と笑顔をこぼす。

「麗麗！　おかえりなさい」

「おや、兎杜。来ていたのですか」

「はい器をお返しに。ですが僕、ちょっといいものも運んできちゃったみたいです」

「いいもの？」

麗麗が野草や薬草の入った籠《かご》をドサッと置くと、兎杜は駆け寄り、包み紙の恋文を手渡す。

「これは？　――すぐに凛花さまにお見せしなければっ！　ああ、兎杜。主上は菓子をどのくらい召し上がっておられましたか？　特にお気に召した菓子はあったでしょうか。それと凛花さまが、お気を遣わせたくないと御文を控えてるのですが……主上に御文を差し上げてもよろしいと思いますか？」

麗麗は屈んで兎杜に目線を合わせ一気に訊ねる。

「えっと、主上はよく召し上がっておりました。どの菓子も美味しいとおっしゃっておりましたが、あまり油っぽくないもののほうがいいかもしれません。あと、御文を頂けたらとてもお喜びになると思います。お気を遣わせるも何も……ふふ！　きっと朔月妃さまを恋しくお思いになるでしょうけど、朔月妃さまのお言葉は、主上にとって何よりの励みになると思います！」

「なるほど。では明日の菓子はさっぱりしたものをお願いする。兎杜、感謝します！」

兎杜をギュッと抱きしめ立ち上がると、麗麗は「ああ、凛花さまがお喜びになる顔が見える……！」そう言って、月妃の侍女とは思えない歩幅で廊下を早歩きしていった。


「……いやあ、朔月妃さまは愛されてますねぇ。ね、兎杜さま」

「本当ですね！　いいなあ」

僕もあの方に想われてみたい。ううん、主上と朔月妃さまのように、お互いに想い合えたらいいな。

そう思い、兎杜は胸に広がる甘い痛みを感じ微笑んだ。

第四章　月華宮の虎

凛花は紙切れの文を眺めふっと笑うと、大切なものを入れてある小箱にそうっとしまう。もう一つ、その小箱に入っているものは深紫色《こきむらさきいろ》の髪紐だ。

「凛花さま。御文が届きました」

「えっ！」

紫曄からか？　そう思い振り返ると麗麗は苦々しい顔をしていた。そして手元には十六夜《じゅうろくや》の薔薇《ばら》。その花を添えた文を送るのは彼女しかいない。

「月夜殿下からね」

「はい。佳月宮へのご招待です。しかし主上がお留守の時にわざわざ……」

後宮には、今夜も紫曄の訪れはないと既に連絡がきている。

紫曄は小花園で会った後、琥国との会談へ向かった。交渉が長引いているのか、日を跨いだ本日もまだ戻っていないようだ。

「私を佳月宮に？　『月を眺めながらお食事でも』か」

紫曄からの文以外は、凛花の手に届く前に中身をあらためるもの。

「良くない予感がいたします。主上が不在のいま、月華宮で王太子殿下に意見できる者はおりません」

「そうね……」

凛花は文を手にしばし考え込む。

文におかしな細工《さいく》はないし、内容的にも問題ない。月妃同士ならあり得るお誘いだし、滞在中の王女がこの機会に友誼《ゆうぎ》を結ぼうとするのも、おかしなことではない。

(麗麗が心配するのも分かるけど、いい機会かもしれない)

王女の言動には最初から疑問だらけだ。何を考えて月祭へ押し掛け、月魄国に滞在するのか、なぜ王太子の身分で佳月妃のような振る舞いをするのか。本当に紫曄の妃になりたいと思っているのか。

(まさかどこかで一目惚れしたとか、そういう方とも思えない)

そうなると、後宮に入る目的は紫曄の子だろうか。

(……王女が望んでいるのは、やはり白虎か)

琥珀から聞いた、琥家と胡家、虞家の話が本当なら、白虎の血筋は今、月魄国にしかない。国を出た胡家は、しばらく虞家と月魄国を束ねていた。

(胡家――紫曄にも白虎の血は混じっているはずよね)

だから王女は、琥国にはない白虎の血を求め、なんとしても白虎を得るために？

（でも、あの方は王太子で、次の王に確定しているのにここまで強行する……？）

自分の身を犠牲にして、子を得るためにここまでするだろうか。それに、白虎の子が生まれるかは分からないというのに。

（確実に白虎が欲しいのなら、私を琥国に連れて行けばいいのに）

それをしないのは何故？

（――私では、王女にとって利益にならないからか）

これは、凛花にはまだ見えていない理由があると考えて間違いないだろう。琥国の国内、宮廷で何かが起こっているのでは？

「凛花さま。お返事はいかがいたしましょう」

「……招待をお受けします。すぐにそうお返事して」

「心配です。私もお供しますが、武器の携帯は許されません」

と言うが麗麗の衣装には、武器になるものが仕込まれているのを凛花は知っている。頼りになる侍女だ。とはいえ、今回はそんな心配はないと思う。

「大丈夫よ、麗麗。あの方は頭のいい方。後宮入りの追い風となるような神託まで出ている今、私を害するなんて愚かなことをするとは思えないわ」

そろそろ月が細くなり始めている。もし何かが起きるなら、虎化できるうちのほうがいい。不本意ではあるが、小さな虎猫の姿は王女にとって意外なものだろうし、隙をついて逃げるにも有利。

（私も一度、虎同士で話してみたいと思っていたし）

皇帝の寵姫という立場上、凛花から招待するのは憚《はばか》られる上に、身分の差もある。

（人虎について何か知れたら……）

琥国は人虎の国だ。王女ならきっと色々と知っている。

とはいえ、凛花が乞《こ》うても人虎について教えてくれるかは分からないし、その前に、王女が凛花のことをどこまで知っているのかも確かめたい。

（密命を帯びて潜入していた琥珀が全て知ってたのだもの。王太子である王女もきっと知っている）

そもそも、白銀の虎という神託を下された凛花が、虞家の者で銀髪青眼《ぎんぱつせいがん》とくれば……人虎の国である琥国側は、ほぼ確信しているだろう。凛花が白虎だと。

（駆け引きにも、振り回されるのにもそろそろ飽きたわ）

金虎の懐に、飛び込んでみよう。

◆

「よく来てくれた。虞朔妃殿」

「お招きいただき、ありがとうございます。月夜殿下」

凜花を迎えた王女は、相変わらず藤色の装いをしていた。髪飾りは藤色の花をあしらったもの。見事な細工《さいく》が目を引くものだ。足下の靴も同様、こちらはキラキラ輝く布地も美しく、あしらわれている珊瑚《さんご》もなかなかだ。

「今夜は琥国の特別な酒を用意した」

料理と共に酒器が用意された。銀の杯に酒を注ぎ、まずは王女の侍女が毒味として一口飲んで見せる。続いて麗麗も一口飲むが、特に気になる点はなく、王女と凜花にも同じ酒が注がれた。

「この酒はな、『虎の秘酒《ひしゅ》』という。お口に合えばいいが」

クスリと笑う王女の言葉に、凜花は思わず酒を噴き出しそうになったが、なんとか飲み込んだ。

（なんて名前のお酒なの⁉　でもこれ……）

「すごく美味しいですね。芳《かんば》しくて、しつこくない」

銀桂花酒だと思うが、他にも何か入っているようだ。その何かのおかげで、こんなに口当たりが変わるのか。

「気に入ったのなら遠慮せずに楽しんでほしい。これはそなたにこそ相応しいものであるしな、そうであろう？」

麗麗が背後で警戒する中、卓にはどんどんと料理が運ばれてきた。王女は厨師《ちゅうし》も同行していたようで、出てくる料理は琥国風の味だ。凛花には珍しいものばかりで、いつしか酒と共に食も進んでいった。

「虞朔妃殿よ。ここの後宮は随分と寂しい様子であるな。妃が少なすぎて退屈ではないか？」

「いいえ。このくらいのほうが私は気が楽です」

「ほお。随分と自信のないことを申すな。月妃が増えては寵姫《ちょうき》の座が危ういと？」

ハハ、と王女が笑う。

「そのようなことは――」

「しかし、それも事実よ。皇帝陛下は連日こちらで過ごしておられる。昨日と今日はお留守らしく人恋しくてな。そなたを呼んでしまった」

笑みを深める王女の、赤い唇が艶《つや》やかに弧《こ》を描く。

その言葉はただの張りぼてだと分かっていても、凛花が知らない二人の時間があるのは確か。気分のいいものではない。

「虞朔妃殿も、最近はよく休めているであろう？　気が楽なのではないか？　たまには休まねば、互いに身が持たぬな」

「ふふ。そうでございますね。私は小花園の世話もしており、体力には自信がございますが……あら。月夜殿下はたしかに少々お疲れのようですね」

嫌味っぽいことを返してやろう。そう思った凜花だったが、王女の顔色が冴えないことに気が付いた。褐色《かっしょく》の肌をしている王女の顔色は、凜花には少々判別し辛い。だが鮮やかな赤い唇と、眦《まなじり》の赤がなんだか浮いて見える。

「お加減が優れないのではございませんか？　あ、お酒は控えたほうが……そうだ、薬湯《やくとう》をお持ちしましょうか」

「……ハッハハハ！　虞朔妃殿は優しいな。嫌味を言うワタシを心配してくれるのか？　さすが白銀の姫だ」

凜花は一瞬ギクリとする。『白銀の姫』とは、『白虎の姫』の言い換えだろう。先ほどまでの発言からも、王女が凜花のことを知っているのは確実だ。『白銀の姫』なら神託の文言になぞらえていると思われる。

麗麗もいるこの場では、ありがたい気遣いだ。

「薬湯《やくとう》は不要だ。言ったであろう？　これは『虎の秘酒《ひしゅ》』だと。琥珀であるワタシには薬のようなもの。それにこれもある」

王女は腰から下げた琥珀の佩玉《はいぎょく》を凜花に見せた。とろりと輝く深い琥珀色は、やはり妙に凜花の目を引く。

「ワタシの御守りだ。『琥珀』を強くしてくれると言われている」

「そうでございますか。ですが、環境が変わると体調を崩しやすくなります。……お気を付けくださいませ」

本当は『寝不足もいけません』とも言いたかったが、その言葉はまだ自分を傷付けるので、言わないでおいた。評判の薬草姫も聖人君子《せいじんくんし》ではないのだ。

「なあ、虞朔妃殿。こちらからは月がよく見える。残念ながら満月ではないが美しいぞ」

王女は立ち上がり窓辺へ行くと、そう凛花を誘う。

たしかに雲のない夜空に浮かぶ月は美しいが、王女の言う通り、満月には遠く月見をするような月ではない。麗麗は訝しみ、凛花をそっと制している。

が、『月』は凛花と王女にとって特別なもの。

(何か虎同士の話がしたいのかも)

それは是非聞きたい。王女も虎同士の会話を望んでいるように思える。

麗々はまだ警戒しているが、この王女は、自分が滞在する佳月宮で凛花を害するようなことはしないと思う。やるならもっと周到に、誰も気付かないうちに排除するか、正々堂々と屈服《くっぷく》させるのではないだろうか。

それに王女は、良くも悪くも人虎であることを誇っているように感じる。

かった）

（だって、私が人虎だという噂を流したり、紫曄や麗々たちを人質にして公衆《こうしゅう》の面前で虎化を強要したり、人虎であることを脅しに使うこともできたのに、それをしなかった）

凛花は麗麗に大丈夫だと微笑みかけると、王女の隣から月を見上げた。

「虞朔妃殿。一度宮へ戻り、虎化して小花園を案内してくれぬか」

こそっと耳元で囁かれる。なるほど、この内容はあちらの席では話せない。

「小花園を案内するのは構いませんが、なぜ虎でなくてはならないのですか」

「フフ、やっと虎同士の話をする気になってくれたか。実は少々試してみたいことがあるのだ。それには人虎が二人以上必要でな。今夜を逃せばまたしばらく機会がない。どうかこの頼みをきいてほしい」

おや、と凛花は思った。常に上位者として話していた王女が、初めて『頼みをきいてほしい』と凛花に願い出ている。

（でも万が一、衛士《えじ》に見つかったら大変な騒ぎになってしまう。王女は衛士《えじ》が少ない散歩に適した道なんて分からないだろうし……）

「虎化するのは危険ではありませんか？　衛士《えじ》もおります」

「ん？　虞朔妃殿は夜の散歩をしていないのか？　ワタシは連日散歩をしておる。衛《え》士《じ》くらい避ければ問題はない。……まさか、虎化を禁じられているのか？」

「いえ、禁じられてはおりません。ですが、騒ぎになれば大変なことになりますから」

あの大騒動はまだ記憶に新しい。人が暮らす場で虎化する危険性は身に染みている。

「そうか。それがそなたの意志なら何も言わぬ。だが虎は自由かつ、誇り高いもの。人の言うことをきくなど、虎らしくない」

フッと鼻で笑い、王女はこうも付け足す。

「それに皇帝陛下も、膝で眠る猫よりも、御し難い虎のほうがお好みのように思ったが？」

（それは私が猫で、自分は立派な虎だって言ってるのよね？）

凛花の愛称からであろうが、馬鹿にされては凛花の中にいる白虎も黙っていない。

王女に言われるまでもなく虎は誇り高い。

こんなふうに馬鹿にされては、気高い白虎の本能が刺激されてしまう。

「……では、殿下のお願いをきく代わりに、私のお願いもきいていただけませんでしょうか。私は人虎のことが知りたいのです。琥国の人虎のことを教えてください」

凛花は自身が人虎であるのに、人虎のことをほとんど知らない。他愛のないことでも構わない。ひとつでも多く、自分のことが知りたい。

「承知した。望むことを話そう。それでは、後ほど小花園で——」

◆

「――よし」

扉に張り付き、耳を澄ませる凛花は寝衣姿。

佳月宮から戻った凛花は、疲れたので早めに休むと告げ、湯浴みも諸々の手入れも程々に、早々に臥室《しんしつ》に入った。

そして今。不寝番の気配はするが麗麗はいない。

『私が早く休む日くらい麗麗も早く休んで。休息を取るのも仕事よ』と言った甲斐があった。

(ちょっと罪悪感があるけど……麗麗が不寝番に付いていたら、抜け出すのは難しいもの)

これまで何度か夜の散歩に出たことはあるが、今は状況が少々違う。麗麗にとって王女は警戒対象だ。何があっても凛花を守ろうと、これまで以上に感覚を研ぎ澄ませているのが分かる。

(ごめんね、麗麗。今夜だけは許して)

凛花は少しでも人虎のことを知りたい。知らなければこの先、判断すらできないことが起こるかもしれない。

「さて。急いで準備しなきゃ」

凜花は庭畑での作業時に着ている、簡素な衣装を風呂敷《ふろしき》に包む。他の衣装は女官が管理しているが、作業着だけは臥室《しんしつ》で保管していた。早朝の起き抜けに水をやりたいと凜花が希望していたからだ。

「まさかこんな時に役立つとは思わなかったわ」

虎化して抜け出し、小花園で話をするなら着替えがなくては困る。

そして凜花は念の為にと、首に紫曄から貰った深紫色《こきむらさきいろ》の髪紐を結ぶ。だいぶ緩くだ。

「よし。これでもしも衛士《えじ》に見つかっても、『主上の飼い猫』と見てもらえるはず」

後宮に来たばかりの頃に比べたら、凜花の虎猫姿は大きくなっている。だが、まだ大型の猫で通用する大きさだ。

「……。間抜けな猫じゃないけど、念には念をよ！」

王女の言う通り白虎は誇り高い。どうやら凜花の中の虎は、金虎の王女に馬鹿にされたことを根に持っているらしい。どうにも王女への対抗意識というか、苛々というか、妙に気が高ぶっている。

（満月でもないのに不思議ね）

凛花は窓を開け、寝衣を脱ぎ捨てる。作業着を入れた風呂敷《ふろしき》を背負い、「変わりたい」と心に思い月を見上げる。そして——

首に深紫色《こきむらさきいろ》の髪紐を結び、風呂敷《ふろしき》包みを担いだ白い虎猫が、月夜に飛び出して行った。

◆

小花園へ向かうと、あの薔薇《ばら》で作った門《アーチ》の辺りに虎の影が見えた。

鼻先を上げ薔薇《ばら》の香りを楽しんでいるようだが、凛花はその立派な体躯《たいく》と、美しい縞模様《しまもよう》に一瞬見惚れてしまう。

（あれが金虎……！　すごい！　変化前の王女と同じく艶《つや》やかで、琥珀と同じくらい大きく立派な虎だ）

タタタッと駆け寄ると、凛花の足音に気付いた金虎の王女がこちらを向いた。

『待ちわびたぞ、白虎姫。よく来てくれた』

「ガゥ、グルルゥ。ガォウ」という虎の鳴き声と同時に、そんな声が聞こえた。

（えっ⁉　今、喋った……⁉）

凛花は驚きでその場にぴたりと立ち止まる。そして、こてん？　と首を傾げ、気のせいか？　と王女を見つめた。

『白虎の姫であろう？』

王女は虎猫凛花の何倍もある体で、固まる凛花に近付きくんくんと匂いを嗅ぐ。

『やはり虞朔妃殿であるな？　ただの猫のようでもあるが……』

『猫じゃありません！　虎です！』

「ガウッ！　ガウゥ！」と思わず吠えてしまった。こんななりでも白虎だ。せめて虎猫と言ってほしい！

すると金虎の王女が、鋭い牙がある口をぐわと開けた。

まずい。つい身分を忘れて言い返してしまったが、怒りに触れたか……⁉　そう、虎猫の凛花が肩をすくめ身構えると、予想外の声が降ってきた。

『やはり話ができるか！』

『え？』

ガウガウ、グァウ！　王女は嬉しそうに話し続ける。

『高祖父《こうそふ》の日記にあった通りだ！　いつか虎同士で話をしてみたいと思っていたが、夢が叶ったぞ。白虎姫！』

「がぁう？」

高祖父《こうそふ》といえば曾祖父の父親のことだ。だいぶ前の世代になる。

（いつかって……今、琥国には王女以外に人虎はいないの？）

黒虎の琥珀はいないものとされていて、兄妹とはいえ面識はほぼないと聞いている。

（琥国には、思っていたよりも人虎が少ない……？）

二人は話しながら小花園を歩く。凛花は大きな金虎を見上げ、王女は小さな白い虎猫を見下ろしてだ。

（こうして見ると、王女は琥珀よりもひと回り小柄な虎ね。男女の体格差が出るのかな）

自分はいまだ虎猫だが。

凛花は今、必死になって金虎の王女に小花園を案内している状況にある。凛花と王女は歩幅が違いすぎて、金虎がゆったり一歩を踏み出す間に虎猫は、トットットッ、と三歩必要だ。それに王女がたまに、匂いを嗅ぎたいと畑の中に入ると、凛花の背丈では草に埋もれてしまい案内にならない。

『しかし、愛らしいな。虞朔妃殿』

くっくっと喉を鳴らし王女が凛花を見下ろしている。それは小さな体躯《たいく》に対してだけでなく、風呂敷《ふろしき》包みを背負った姿も指しているのだろう。

王女の目線から見ると、大きな風呂敷《ふろしき》包みを背負った太く短い脚の持ち主が、包みを左右に揺らしてトコトコ一生懸命歩いているのだ。愛らしいとしか言いようがない。

『月夜殿下は立派なお姿ですね』

そう言うと、王女は機嫌良さそうにヒゲをそよがせ尻尾を高く上げた。首には凛花と同じく、首輪のようにあの琥珀の佩玉《はいぎょく》をつけている。

そのうちに、二人は隠し庭までやってきた。

『こちらは隠し庭と呼んでいる場所です』

凛花はそう言うと、木戸をひょいっと飛び越えてみせる。

『隠し庭か……。我が国にも〝虎の秘庭《ひてい》〟いう、似たような場所がある。特殊な薬草を集めた場でな。ここよりもっと広いが』

琥珀の言っていた、満薬草を栽培している薬草園だろうか。

『その薬草園には、月夜殿下もよく行かれるのですか？　特殊な薬草とはどのようなものが……？』

なんでもいい、人虎に関して聞きたい。凛花は歩きながら王女の話に耳を傾ける。

『秘庭《ひてい》にはたまに行くくらいだ。ああ、この満薬草はよく使うな』

『ご存知なのですね』

『もちろん。使い勝手のいい薬草であるからな』

王女から「グルルゥ」という喉の鳴る音が聞こえた。見上げてみてもその顔は見えないが、小花園の案内に満足している様子でホッとする。このまま気分よく色々話してくれたら……

『種類は少ないが、秘庭《ひてい》の主要なものは大体揃っておるな。どれも人虎にも、人にも有効な薬草ばかり。大切に育てるがよい』

『そうなのですね。実は……私どもにはまだこれらの薬草についての知識がなく困っております』

『なに？　胡家はここの記録も失っているのか？　いいや、だとしても、そなたの故郷にはあるのではないか？　薬草姫よ』

『雲蛍州に……ですか？』

なぜ？　月華宮の隠された薬草園の記録が、どうして遠く離れた雲蛍州にあると？

『もともと〝虎の秘庭《ひてい》〟を作ったのは、虞家だ。かつて琥国の月官《げっかん》でもあった虞家の白虎が、特別に作った場所だと伝え聞いておる』

（虞家が……！　それに琥国の月官《げっかん》だった白虎って、どういうこと？）

ああそうか、と凜花は少し考えて納得した。

（今の琥国は人虎が少ないから、それだけで王太子や王になるけど、大昔はたくさんいたんだ）

もちろん、特別だと言われ尊ばれている白虎も同じなのだろう。白虎も決して一人ではない。同時期に二人、三人といた時代もあったのかもしれない。

驚きの顔で見上げていた凛花に、王女はぽつりと言う。

『本当に、虞家も忘れてしまっているのだな……。そもそも白虎が尊ばれている所以《ゆえん》は、月の女神からお言葉を賜ることができる、特別な月官《げっかん》だったからなのであるぞ』

『そうだったのですか』

（ああ。だから雲蛍州には星祭の古い祝い歌が伝わっていたり、月祭では何故か皇都《こうと》と違い、銀桂花を象徴としていたりするの？）

それが古い古い琥国の伝統だったとしたら、古に琥国の月官《げっかん》であった虞家が知っていて、伝え継いできていてもおかしくない。

（月官《げっかん》か……）

凛花は月を見上げる。今夜の月は欠けつつある細い月だ。

月官装束《げっかんしょうぞく》は白が基本。虞家には白虎がいる。

（月官《げっかん》の白い装束《しょうぞく》と、白虎の月官《げっかん》……どちらが先だったのだろう）

そんなことを思い、凛花は隣の金虎を見上げる。

この細い月には、そう長いこと虎化していられる力はない。じき人に戻る刻限がくる。

『月夜殿下。小花園はこれで全てです。そろそろ戻りましょう』

『もう散歩を仕舞いにするのか？　まだ大丈夫だ。虞朔妃殿もそのように感じておらぬか？』

　そう言われてみれば、感覚的にはまだ変化していられる気がしている。

『フフ。今夜はワタシのこれがある。共におるそなたにも影響を及ぼしているのであろう』

　王女はブルと首を振り、あの琥珀の佩玉《はいぎょく》を凛花に見せる。

『虎を強くする御守り』と言っていたが、変化の時間を長くするような、そんな効果のあるものなのか、と凛花は空色の目を丸くした。

　とはいえ、隠し庭には毒草も多い。二人は小花園の表側へ引き返すと、薔薇《ばら》を眺められる休憩所の縁台に腰を下ろした。

『虞朔妃は虞家の跡取り娘であったと聞いた』

『ええ。よくご存知なのですね』

　琥珀から琥国に届けられた情報か？　それとも後宮に入るために王女が独自に調べたのか。

『後宮に入るのは不本意ではなかったのか？　跡取りとして多くの努力をしてきただろうに』

　琥珀色の瞳が凛花を見つめる。

　なんとなくだが、凛花は今、初めて王女の本音に触れたような気がした。

（ああ、そうか。私と王女は似た立場の、似た者同士だったのか）

王女は琥国の王になるため努力をしてきた人だ。規模こそ違うが、凛花も同じく雲蛍州をよく治めることを目標にしてきた。しかし神託が下された。凛花はそれまで雲蛍州で積み重ねてきたことを全て捨て、後宮へ入った。

（私は虎化の謎を解くという目標もあったし、紫曄が小花園をくれた。自由にやりたいことをできている）

それに、紫曄に出会えた。神託がなければ一生顔を見ることも、声を交わすこともなかった人だ。だから今は不本意ではないが……

『殿下も後宮にいることを不本意と、そのように思われているのですか？』

（王女と私は、こういう出会いでなければ友人になれたかもしれない。でも、王女の目的は――）

『あなたは白虎の子を望み、ここへ来たのでしょう？』

王女は目だけで見下ろしフンと笑う。

『その通り。白虎は王であり、月の巫《かんなぎ》。天命を授かる完璧な虎。ワタシが女王たるためには、白虎が必要なのだ』

不本意だと心を曲げてでも、王女は白虎を得たいと言う。自らの印に、十五夜《じゅうごや》を越えた、十六夜《じゅうろくや》の薔薇《ばら》を使う者が。

『白虎とは、そこまでのものでしょうか。……私はただ、この力を継いでしまうのが恐ろしい』

凛花はぽつりと言葉を漏らす。これが凛花の本音だ。

見下ろしていた琥珀色の瞳が凛花の顔を覗き込む。鋭い瞳を丸くして、僅かに首を傾げ何故か凛花の匂いを確かめている。

『そなた、子を望んでおらぬのか？』

後宮にいながら何を言っているのか。そう言われるのも無理もない。凛花は居心地の悪さに瞳を逸らし、俯き答える。

『今は……まだ。白虎の子は不憫《ふびん》です』

（虎化を制御できるようになったら、その時にはと思うけど……）

『なるほど。そなたが小花園にこだわるのは子を産まぬためか。これまで小花園を使ってきた妃のように、他を廃するために薬草を使う者には見えず思案しておった』

ふぅと、王女は重い溜息を吐き言葉を続ける。

『やっと得心した。――己に宿る虎を殺すつもりだったか』

ハッ！　と笑い王女は立ち上がる。

『殺すなんて！』

『白虎を封じたいのであろう？　それとも虎の子はいらぬか。まったく……ないものねだりとはこのことよ』
話はもう終わりだと、王女は尻尾でパン！　と床板を叩き薔薇《ばら》の門《アーチ》をくぐっていった。
『月夜殿下！』
凛花も後を追う。ここで別れ朔月宮へ戻ってもよかったが、最後に苦しげに呟いた
言葉が気になった。
（ないものねだりって……、だって私は琥国の白虎じゃない。ああ、でもだけど）
王女の怒りも分かる気がする。似た立場の娘として話をした後だからだ。王女は自
分を曲げてまで、白虎の子を得られる可能性に賭け、この後宮に飛び込んできた。
それも全て金虎の王太子『琥珀』としての、義務感と責任感に駆られてのこと。そ
の気持ちは凛花にも分かる。
きっとそれは紫曄にも痛いほど分かることだ。
『殿下！　待って！』
追いかけて、追いかけて、佳月宮に飛び込んだ金虎の背中が溶け、虎の刺青《しせい》が羽織
で隠れたところでやっと追いついた。
露台《ろだい》に面した大窓はまだ開けられている。追いかけてきている凛花を、王女はまだ
拒んでいない。

凛花は何かもう少しだけ、一言だけでも王女と言葉を交わしたかった。

（謝罪するのは違う。でも、無神経な言葉を言ってしまったとも思う）

あんなふうに傷付いた顔をさせるつもりはなかった。金虎と白虎。似た者同士として、友人にはなれなくとも――

『月夜殿下！　私……』

王女がじっと凛花を見つめている。

（あ、そうか。王女はもう人に戻っているから、虎化した私の言葉は伝わらないのか）

凛花も急いで虎化を解こうとする。が、人に戻れない。

（えっ、なんで？）

「アハハ！　こうなれば白虎も、ただの愛らしい猫よ」

ハッと王女を見上げた。真っ赤な唇が、牙を剥いたように歪められている。

「ガウ！　ガゥガゥ！」

『殿下！　どういうことですか！』

「しーっ。吠えるな。皇帝陛下に騒ぎは起こすなと言われておるではないか？　皇帝の愛猫よ」

そうだ。佳月宮の近くには多くの衛士《えじ》がいる。凛花はぴたりと口を閉じ、何か知っている口振りの王女を見つめる。

「しばらく自由な猫の暮らしを楽しむといい。どうしても人に戻りたくなったらワタシを頼れ。白虎の子をワタシにもたらしてくれると約束すれば、お前を人に戻してやろう。虞家の白虎姫」

そう言うと、王女は微笑み大窓を閉ざした。

『待って！』

（どうして⁉　なんで戻れないの⁉）

いつもなら戻りたいと思ったら人に戻れる。それに虎化していられる刻限も体が感じ取る。今日の細い月ならば、もうとっくに虎化の限界を迎えているはずだ。王女の御守りとやらの効力があったとしても、王女は既に戻っている。おかしい。

（王女は一体、何をしたの……⁉）

どうしたらいいのか分からないまま、凜花は風呂敷《ふろしき》包みを担ぎ、ひとまず朔月宮まで戻ることにした。

とぼとぼ歩く先を照らす月明かりは頼りない。けれど今の凜花にはこの薄暗さが味方になった。明るい月夜に白い体は目立つが、今夜の月は、佳月宮を囲む大勢の衛士《えじ》から守ってくれた。

そして佳月宮の大窓からは、遠ざかっていくその姿を王女が見つめていた。

「……行ったか」

夜闇の中を駆けていく小さな姿に、王女は目を閉じる。

「ワタシは『白虎』が手に入ればそれでいい」

首から下げたままの琥珀の佩玉《はいぎょく》を握り、囁き声でそう言葉にした。

◆

朔月宮に戻ると、凛花は目立たぬ裏手に潜むことにした。庭畑のある凛花の庭では、麗麗に気付かれてしまうかもしれない。麗麗は驚くほど気配に敏感だから。

（ここなら宮女にも見つからないでしょ）

建物と壁の隙間にできた小さな空間を見つけ、低い庭木と草を掻き分け潜り込む。

風呂敷《ふろしき》包みが引っ掛りそうになったが、これを落とすわけにはいかない。

（これだけ見つかったら、裸で誘拐されたと思われちゃうわ）

それは避けたい。凛花はもぞもぞと草を掻き分け、なんとか落ち着けそうな空間に腰を下ろした。

（大丈夫。日が昇ればきっと人に戻れる。きっと……）

季節は秋。朝夕は冷える。

虎の凛花はもぞもぞと体を動かして、茂る草の中で丸くなった。

◆◆◆

朝のいつもの時刻。麗麗は凛花の臥室《しんしつ》に向かってひと声を掛ける。

「おはようございます。凛花さま。朝のお支度の時刻でございます」

しばらく待つが、今日はいつものように返事がない。

(珍しいな。ぐっすりお休みになられているのか?)

今日もいい天気だ。こんな日の凛花は、日が昇りきる前にと、庭畑で水遣りをしていることが多い。だが庭を再度確認してもその姿はない。

「凛花さま。失礼いたします」

麗麗はもう一度声を掛け入室する。

すると窓が開けられたままになっており、おや? と思った。朝夕は冷えるこの時期に、窓を開けっぱなしにするなんて……と、床に落ちている布に気が付いた。

あれは凛花の寝衣ではないか?

麗麗は瞬時に牀榻《しょうとう》へ視線を向けた。帳《とばり》が開いており、牀《しんだい》に凛花の姿がない。

「凛花さま！」

ゾワッと肌が粟立った。まさか。凛花がいない？　室内を見回し、落ちていた衣を手に取り確かめる。やはり凛花の寝衣だ。

麗麗から血の気が引いた。

「……冷たい」

ということは、寝衣が脱ぎ捨てられてから時間が経っているということ。麗麗は寝衣をその場に置き、「凛花さま、凛花さま」と声を掛けながら、衝立の裏や隣室を確認する。しかし凛花はいない。そして踵《きびす》を返して庭へ出る。

「凛花さま！」

朝の冷たく澄んだ空気に、麗麗の声だけが響く。返事はなく、まだ賑やかとは言い難い庭のどこにも凛花の姿はない。庭畑や庭木の陰まで確認してみても、気配を探ってみても、凛花は見つからない。

思わず「凛花さま‼」と大声を出しそうになったが、麗麗はすんでのところで声を呑み込んだ。

（凛花さまの不在を知られてはいけない。落ち着け、落ち着け）

麗麗は口を固く結んだまま臥室《しんしつ》に戻り、窓を閉めて牀榻《しょうとう》の帳《とばり》も閉じる。それから残された寝衣をもう一度手に取った。

何か手掛かりはないか、麗麗は月官衛士《げっかんえじ》の訓練を思い出し、そうっと寝衣を広げた。すると、ひらりと下着が落ちた。

ギョッとし慌てて拾い上げ、牀榻《しょうとう》に駆け寄り中を確かめる。

(牀《しんだい》に乱れはない)

この場で凛花の身に何かがあったわけではない。敷布は皺ひとつなく、寝衣も下着にも、破れや汚れもない。

(大丈夫。少なくともこの場では殺されてもいない)

「――大丈夫」

麗麗は震える両手を握り締め、揺れる声でそう呟き己を鼓舞《こぶ》する。

(やるべきことをやれ。凛花さまを守らなくては)

すぅと深呼吸をすると、麗麗は寝衣と下着を牀榻《しょうとう》の中に隠し、何事もなかったかのように臥室《しんしつ》を後にした。

そのまま侍女たちを集め、凛花は体調不良で休んでいることを伝えた。宮女たちにもそのように伝え、臥室《しんしつ》には誰も近寄らぬようにと言い渡す。

「心配はありません。凛花さまは『薬草姫』です。すでにご自身でお作りになった薬を服用されましたし、数日で良くなるでしょう。それからお世話は私が一人で承ります。皆にうつしては申し訳ないからと、凛花さまのご希望です」

そう言うと皆、心配そうな顔を見せたが「体調が優れぬ時にまで、臣下を気遣うとは朔月妃さまらしい」と苦笑しながら頷いた。

（これで人払いはできた）

「それと誰か、厨房に『凛花さまの朝食はいらない』と伝えておいて。それでは、私は凛花さまの様子を見てきます」

そう告げると来た道を戻っていく。臥室《しんしつ》の近くまで来た頃、麗麗は周囲を見回し誰もいないことを確認すると、一気に塀を乗り越え書庫へと向かった。

（黄老師か兎杜を通じて主上にお知らせ願おう）

それなら凛花の不在はしばらく表沙汰にならない。ひとまず二、三日の時間稼ぎが重要だ。臥室《しんしつ》の状況から考えるに、凛花は攫われた可能性が高い。自ら裸で出ていく人間などいない。

（後宮からはそう簡単に外へは出られない。きっと凛花さまは後宮のどこかにいる）

それに怪しいと思う相手がいる。佳月宮の王女だ。昨晩、急に凛花を招待したことからして怪しい。迂闊《うかつ》な言動はできないが。

（もし勘違いだった場合、凛花さまの立場を危うくさせるだけだ）

どうか無事でいてほしい。

――朔月妃・凛花に仕えると決めた時、麗麗は後宮について猛勉強をした。侍女仕事のこと、年中行事、決まり事、それから後宮独自の迷信や怪談、表沙汰にはなっていない事件まで調べた。

後宮の月妃や女官には、若くして亡くなる者が少なくない。もちろん出産時の不幸もある。だがそれ以上に、変死が多い。

（早く見つけなければ）

麗麗はぐっと拳を握り込む。両手はもう震えていない。心も決まった。

絶対に凛花を取り戻す。どんな事があっても、どんな状態になっていようと凛花を助ける。支える。

そう決めた麗麗は、ひと気のない裏道を走り書庫へと急いだ。

◆

書庫では無事、老師に会えた。紫曄への報告も頼むことができた。しかし紫曄は、まだ琥国との交渉が長引いているらしい。戻るのは夕方以降。直接話すことができるのは戻ってきてからで、取り急ぎ凛花が行方不明だということを、簡単な文《ふみ》で知らせることになった。

（もし凛花さまの行方不明が琥国の交渉団絡みだった場合、早馬を飛ばすのは危険だ。

主上に知れたと見た交渉団が、何を言い出すか分からない）

例えば凛花を人質にして、無理難題を吹っ掛けてくることも考えられる。凛花の身と引き換えにされたなら、紫曄はどんな条件でも呑んでしまいかねない。

「主上がお戻りになるまで、私はできることをしなければ」

まずは佳月宮を探ろうと思う。怪しいと思うところから一つずつ可能性を潰し凛花を捜す。これは後宮で自由に動ける麗麗にしかできないことだ。

麗麗は厨房へ行き、紫曄たちの差し入れ用の菓子を包むと佳月宮へ向かった。その途中、弦月宮の前を通り掛かった。ふと衛士《えじ》が立つ門に目を向けると、銀簪の侍女に囲まれた弦月妃が庭に出ていた。

（大人しく謹慎を続けているようだな）

相変わらず衣装は豪奢だし、侍女たちも大勢引き連れている。だが麗麗の目に映った弦月妃は、以前よりも暗い目をしているように見えた。

（長引く謹慎が堪えている？　それとも少し大人になられたか）

弦月妃の謹慎は、星祭での凛花への嫌がらせが原因だ。といっても、事はそれだけに留まらない。星祭を台無しにしかけたのだ。謹慎の期間が長い分だけ、その罪も重いと気付き反省していると思いたい。

（しかし、妙に落ち着いているのが気になるな）

弦月妃のことなど何も分からないが、一時《いっとき》と比べて瞳に生気が宿っている気がする。暗くとも、目は死んでいない。

（何事も起こらなければいいが……）

麗麗は陰を帯びる弦月妃に、なんだか得体のしれない不安を感じた。

◆

「王太子殿下。昨晩はお招きありがとうございました。主よりお礼をお持ちいたしました」

麗麗を迎えた王女は、気怠そうに榻《ながいす》に寝そべっていた。少し顔色が悪く見えるが寝不足か？

「フフ、礼か。受け取っておこう。ところで、虞朔妃殿のご様子はいかがか？」

それはどういう意味だ？　麗麗は頭を下げたまま思考を巡らせる。

「……特にお変わりございません」

「そうか。昨晩少し飲ませすぎたかと心配だったのでな。またの機会を楽しみにしていると虞朔妃殿に伝えておくれ」

「ありがたいお言葉でございます」

麗麗は「フッ」と笑う王女の声を聞きながら、藤色の靴を見つめそう答えた。

王女の前を辞した麗麗は、案内の侍女を追い越しかねない勢いで佳月宮を後にした。

（あの王女、飲ませすぎただと？　昨晩の凛花さまは酔ってなどいなかった！）

少々ご機嫌になっていた程度だ。なのに王女のあの言葉に、フッという忍び笑い。

（何かを知っている。凛花さまを拐《かど》かしたのは、あの女だ）

根拠はないが、麗麗の勘がそう確信している。

（しかし……、一点に限っては王女が黒幕なのは安心材料だ）

その理由はもちろん、寝衣と下着が残されていたあの失踪状況だ。

王女に随行し、佳月宮に入ったのは女だけだ。王太子といえども、国境を越える際には改めがあるから確かだ。それにあの宮には、王女が拒否したので宦官《かんがん》すらいない。

大前提として後宮に男はいないものだが、少し前に追放された眉月妃《びげつひ》の例もある。男を引き込む痴《し》れ者もいるのだ。

「よかった……凛花さま」

麗々は呟き、ほんの少しだけホッと胸をなで下ろした。

朔月宮に戻ると、ちょうど兎杜が来たところだった。紫曄からの文を持ってきたようだ。

「麗麗。主上からお見舞いの御文です。朔月妃さまに読んで差し上げてください」

兎杜から文《ふみ》を受け取ると、麗麗はいつも通り中身を確認する手順で文《ふみ》を開く。

『凛花はこちらでも捜す。決して騒がず、不在を悟られぬように頼む』

簡潔な文章だが、それだけ紫曄が心配しているのだと伝わる。それに麗麗はここまでの対応が間違っていなかったのだとホッとした。

「主上も心配なさっておりました。朔月妃さまのお加減はいかがですか？　麗麗」

「ええ。昨晩は王太子殿下に佳月宮へご招待を受けまして、夜風に当たったことでお風邪を召したようです」

「そうですか。僕もお早い快癒《かいゆ》をお祈り申し上げます」

兎杜は心得たと頷く。王太子が怪しいと伝えることができ、麗麗はもう一つホッとした。

いま凛花は風邪で寝込んでいるという設定だ。紫曄からも頼まれた通り、凛花の不在を決して漏らしてはならない。

後宮に押し掛け、神託の後押しまで得た王女がいるこの時期に、寵姫《ちょうき》が行方不明なのは拙い。凛花にとっては不利でしかない。

（王女が何を企んでるにせよ、一点の瑕疵《かし》もなく、凛花さまを取り戻してやる……！）

◆◆◆

その頃、虎の凜花は小花園の隠し庭にいた。

日が昇った頃、多くの人が出歩き始める前に移動してきたのだ。

昨夜、朔月宮の裏手で丸くなり朝を待っていたが、いつの間にか眠ってしまっていた。寒さでふと目を覚ますと、辺りが明るくなり始めていることに気が付いた。

(日の出だ！　いい加減に戻れるでしょう！)

虎化は月の力を借りたもの。日が出る時間となれば月の力は弱まるはずだ。

凜花は頭を下げて体を振り、担いでいた風呂敷《ふろしき》包みを落とす。

そして口を使い上衣《うわぎ》を引っ張り出した。壁の隙間から顔を出して、人がいないことを確かめると上衣《うわぎ》を被った。

(これで人に戻っても大丈夫！)

わくわくしながら昇りゆく太陽を見つめ、「戻れ、戻れ」と心の中で繰り返す。

――が。空がすっかり明るくなっても、凜花は虎のまま。頭から上衣《うわぎ》を被った姿は、悪戯《いたずら》をしている愛らしい虎猫にしか見えない。

(も、戻れない……!?　嘘でしょ!?)

呆然と空を見上げたまま固まっていると、近くから人声が聞こえてきた。どうやらひと気の少ないここは、朝の支度に駆け回る宮女たちが近道として使っているようだった。

（まずい）

凛花は急いで壁の隙間に駆け込み、じっと人が通り過ぎるのを待つ。その間、どうしよう、どうしよう、と心の中で繰り返しながら、頭の中では自分がどうするべきかを必死で考えた。

（……ひとまずここを離れよう）

ずっとこの狭い場所にいるのは無理がある。

それに日が高くなればなるほど人目は増える。早朝の今ならまだ、働き出しているのは下働きのみ。移動するなら今しかない。

凛花は短い前脚と口を使って器用に風呂敷《ふろしき》包みを担ぎ直すと、耳と鼻で気配を探り、宮女たちが通り過ぎた瞬間を狙って隙間から飛び出した。

（小花園ならしばらく人は来ない！）

凛花は一直線に小花園へ走り、誰も来ない隠し庭に潜んだ。

——そして現在。

虎猫の凛花は毒草を避け、満薬草の区画で丸くなっていた。もしここに鏡があったなら、『虎ってこんなしょんぼり顔するんだ』と思うような顔をしている。

（お腹空いた……）

昨晩、佳月宮で食事をしたが、緊張と警戒をしつつだったのであまり食べなかった。いつもなら朝の支度を終え、そろそろ朝餉《あさげ》の時刻。凛花は、くぅと鳴るお腹を抱えよたりと立ち上がる。

（そこの池の水、飲んで平気かな……）

祠の手前にあるあの池だ。覗き込むと池の水は澄んでおり、首に結んだ、紫曄からもらった深紫色《こきむらさきいろ》の紐まで映って見える。

（水草が揺れている）

品種は謎ではあるが、水草が生息できるなら悪い水ではないと思う。ここの池は水路と繋がっていて流れもあるし、水路の水は飲むことができる湧き水。井戸水もこの水だ。

（たぶん大丈夫）

凛花は恐る恐る顔を近付け、おかしな匂いがしないことも確かめチロリと舌を伸ばした。

（…………あら？　すっごく美味しい！）

空腹のせいか、それとも虎の姿だからか、冷たい水がやけに甘く美味しく感じる。

（ふぅ。喉が潤ったらちょっと元気が出てきたかも）

凛花は天星花の生垣《いけがき》から顔を出し、小花園の様子を窺った。明明たちはまだ来ていないようだ。

（よし。ごはんを探そう！）

隠し庭の植物は毒を持っているものだらけだが、小花園は別だ。薬用に栽培している中にも食べられるものがあるし、自生している植物や、実のなる木も多い。

人の気配に注意しながら小花園を歩く。そして、まず見つけたのは紫珠《しじゅ》の実だ。低木になる実なので、今の凛花でも背伸びをすれば届く。

（紫色の実がなるものは大切にされているのよね）

薬としての紫珠《しじゅ》は、根や葉を止血や解毒に使う。紫色のこの実は、かすかな甘みがあるというが……

（あんまり美味しくないかな……。でも腹の足しにはなる）

凛花は目立たない程度に食べると、次なる心当たりの場所へと向かう。

次に見つけたのは、小さな赤い実が鈴なりになった茱萸《ぐみ》の木だ。これは雲蛍州の山にもあり、凛花は子供の頃におやつとして食べたこともある。

（懐かしいなあ）

こちらは背伸びでは届かない。凛花は幹に爪を立て蝉のようにくっつくと、手で枝を引き寄せ、赤い実にぱくついた。

（うん、うん！　甘酸っぱくて美味しい！）

久しぶりに食べた懐かしい味は、凜花の気持ちをじわじわと上向かせてくれる。元気が出てきたと、凜花は木に張り付いたまま周辺を見回してみた。

（あ、柘榴《ざくろ》！　美味しそうなのがなってる！）

なんだか段々と楽しくなってきてしまった。凜花は尻尾を高く上げ、草原をたったか駆けていく。

これは凜花がのんきなのか、虎化した体に意識が引っ張られているのか。どちらなのかは分からないが、落ち込み飲まず食わずで蹲っているよりはいい。いざという時に逃げるにも、この後どうするか考えるにも食べなければ頭も働かない。

柘榴《ざくろ》の木の下までくると、柘榴《ざくろ》の実は思っていたよりも高い位置になっていた。

（でも、いける）

狙い目の柘榴《ざくろ》を見上げ心中でそう呟いた凜花は、幹に手を掛け、脚で蹴り、あっという間に駆け上った。

目の前には美味しそうに膨らんだ赤い柘榴《ざくろ》がいくつもなっている。艶《つや》やかな実がついる枝を選ぶと、凜花は太い前脚で「バシッ」と枝ごと叩き落した。

柘榴《ざくろ》は子宝に恵まれるという縁起物《えんぎもの》。それに茱萸《ぐみ》も柘榴《ざくろ》も美容に良く、柘榴《ざくろ》は栄養価も高い。どちらも後宮で喜ばれる果実だ。

（ああ、小花園があってよかった！　明明たちが一生懸命手入れしてくれているおかげで美味しい実も食べれるし、最高……！）

凛花はトーンと木から飛び降りると、さっそく前脚と口で柘榴《ざくろ》の皮を剥き、中に詰まった小さな粒をはぐはぐ食べた。

（そうだ。少し持っておこうかな）

再び風呂敷《ふろしき》包みを地面に落とすと、包みの隙間から柘榴《ざくろ》をひとつ、ふたつ、みっつと押し込んでいく。これでおやつと夕食もひとまず確保できた。

凛花は少し重くなった風呂敷《ふろしき》を担ぎ直して、また隠し庭へと走って戻った。

池の水で口の周りを洗い、前脚でぐしぐし拭う。濡れた手を舐めるのは少し抵抗もあったが、虎の本能なのか「まあいいか」と、ぺろぺろ舐めてついでに顔まで洗ってしまった。

（ふう。お腹いっぱい）

凛花は陽当たりがよく、草がふかふかに茂った場所を選んで腰を下ろす。空腹も満たされ気持ちも落ち着いた。

だけど、どれだけ太陽を見上げても、日光を浴びても虎猫の体は変わらない。日光浴のおかげでいい匂いになっただけだ。

（それにしても……どうして人に戻れないんだろう）

首を伸ばし向こうに見える朔月宮を見つめる。耳を澄ませば、後宮に住む者の声もかすかに聞こえてくる。

（騒ぎになっていないところを見ると、麗麗がうまくやってくれているみたいね）

よかった。麗麗にはきっと心配を掛けてしまっているだろうが……と、そこで凛花はハタと気付いた。

己が担いでいる風呂敷《ふろしき》包みには作業着が入っている。王女と話すなら人に戻る必要があると思ったからだ。

変化する前に着替えを用意し、着ていた寝衣を窓際で脱ぎ捨て――

（私、下着も脱ぎ捨てたままなんじゃない⁉）

やってしまった……！　と凛花はもふもふの手で頭を抱えた。着替えの衣を用意することまでは気が付いたが、下着のことはすっかり忘れてしまっていた。

（それじゃあ麗麗は、私が全裸にされて攫われたと思うじゃない……！）

なんてことだ。月妃が失踪したというだけも重大事件だというのに、全裸で行方不明。嫌な想像をしてしまって当然の状況だ。

（……。どうしよう。紫曄にも報告はいっているはずよね……？）

その状況での失踪を聞いた紫曄なら、凛花は虎化してどこかへ行ったのでは？　と思うだろう。朔月宮に戻らないのは、囚われているか、帰れない事情があるのだとも思ってくれるはず。

だが麗麗や他の者は違う。

（ああ。余計な心配を掛けてしまった！）

凛花は自己嫌悪と、全裸失踪という、ぶつけ所のない羞恥に思わず地面を掻いてしまう。

しかも早く朔月宮に戻らなければ、いつか凛花の不在は外に漏れる。様々な噂も流れるだろう。もし『朔月妃は全裸で失踪した』という噂が流れてしまったら、月妃としては致命的だ。

何もなくても、何かがあった可能性や噂があるだけで、皇帝の妃には相応しくない。寵姫《ちょうき》や望月妃になどもってのほか。

（早く人に戻って朔月宮に帰らなくちゃ）

そう思う凛花は、昨晩、王女が言った言葉を思い出す。

『どうしても人に戻りたくなったらワタシを頼れ。白虎の子をワタシにもたらしてくれると約束すれば、お前を人に戻してやろう』

（あれはどういう意味だったのか……）

虎化が解けないのは王女が何かしたということ？　王女は私を人に戻せるの？

（でも、もしそうなら、王女は虎化を制御できるってこと？）

ブワッと全身が粟立った。

それは、凛花が求めているものなのでは？　虎化を長引かせることができるなら、その逆、虎化しなくすることもできるのではないか？

（もう一度、月夜殿下と話す必要がある）

だけどそれは今じゃない。虎化を解いてくれと泣きつくのは悪手だ。人に戻す条件として、王女は『白虎の子をもたらしてくれると約束すれば』と言っていた。

具体的にどういうことなのかは分からない。だがそれは、王女に弱みを握られ、彼女の言いなりになる約束でもある。そんなことはできない。

（まずは紫曄に会いに行こう）

この姿でどこまでの意思疎通ができるか不安だが、凛花が頼り、相談できるのは紫曄しかいない。

（ひとまずここに潜んで、夜になったら紫曄の輝月宮に行こう……！）

今夜、王女から招待があったとしても、きっと紫曄は後宮には行かない。

（きっと、私が来るかもと待ってくれている）

◆

すっかり日が落ち、心地よかった草の上も今は冷え切っている。

朝収穫しておいた柘榴《ざくろ》を一つ食べると、凛花は風呂敷《ふろしき》包みをしっかり担ぎ直す。首に結んだ紐が緩んでいないか確認して、すっくと立ち上がる。

（いざ、輝月宮へ……！）

昨晩の紫曄は、まだ交渉先から帰ってきていなかった。だがそう何日も皇帝が月華宮を空けるとは思えない。今日はきっと帰ってきている。

（もしまだ帰っていなかったら、また小花園に戻ってくればいい）

凛花は首元で揺れる深紫色《こきむらさきいろ》の紐を、そっと前脚で押さえる。

万が一、衛士《えじ》に見つかった時のためにと着けてきてよかった。紫曄しか使えないこの紫色は、人に戻れず、不安で仕方がない凛花の御守りになっていた。

後宮は、そこかしこから夕餉のいい匂いが漂ってきていた。凛花は匂いに心惹かれつつ、できるだけ目立たぬ小さな路地を行く。途中、こっそり朔月宮を覗いてみた。特に変わった様子はなく、いつも通り穏やかな雰囲気だった。

虎猫の凛花は麗麗のおかげだと、生垣《いけがき》に首をつっこんだままぺこりと頭を下げる。

（でもいつまでも誤魔化すことはできない。なんとか早く戻るから、それまでよろしくね、麗麗……！）

心の中でそう言って、凛花は後ろ髪を引かれる思いで朔月宮から離れた。

後宮は広く、人も多い。何度か宮女と鉢合わせになってしまいそうにもなった。この時刻はまだ人が多い。夜が更けるまでは用心しなければ。凛花はそう気を引き締め、輝月宮を目指した。

路地とも言えない隙間を進み、屋根の上を走り、木をつたってやっと輝月宮に辿り着いた。方向感覚に自信のない凛花だが、目的地が見えていれば迷うことはない。塀を乗り越え、屋根を歩くという近道ができる虎猫で助かった。

だが問題はここから。凛花が探すのは、後宮に入った初日に迷い込んだ紫曄の私室だ。

つい先日、菓子入れから出てきたという紫曄からの文《ふみ》には、『首輪のついた猫が恋しい。あの窓はいつでも開けてある』と書いてあった。

あの窓といえば、皇帝の私室とは知らず飛び込んだあの窓しかない。

（どこだろう……）

凛花はきょろきょろと辺りを見回し、見覚えのある建物を探す。が、正直分からない。

(匂いで辿れないかな)

凛花は夜空に浮かぶ細い月を見上げる。

(遠くの匂いは分からなくても、近くなればたぶん分かる)

この月齢でも虎に変化している今ならば、そのくらいの能力はある。凛花は目を閉じ注意深く匂いを嗅ぐ。すると金桂花の香りに混ざり、紫曄がまとう香《こう》の匂いに気が付いた。それともう一つ。凛花だけが感じる紫曄のいい匂いまでする。

(なんだかいつもより鼻が利くような……?)

どうにも腑に落ちないが、まあいい。あの窓までの道筋は見えた。凛花は匂いに導かれ、金桂花が作った絨毯《じゅうたん》の上をとっとこ歩いていった。


(見つけた、ここだ!)

紫曄の匂いが一番濃い。それに見覚えのある窓が、たしかに開いている。

凛花は喜びのままに窓へ飛び乗ると、そのままスルリと室内に入り込んだ。

あの最初の夜以来、初めて訪れたが何も変わっていない。あの夜眠ってしまった榻《ながいす》も、背に掛けっぱなしの紫曄の上衣《うわぎ》も同じ。変わったのは、凛花が紫曄の匂いに安らぎを覚えるようになったことくらいだ。

（やっと屋根のある場所に来られた……）

草や土とは違う足裏の感触。室内は少し冷えているが、吹きっさらしの外と比べたら暖かい。凜花はホッとして、ほとんど無意識で榻《ながいす》に飛び乗った。

背もたれに掛けられていた紫曄の上衣《うわぎ》に擦り寄り、座面に引っ張り落ちたところに潜り込む。狭くて暗くて、紫曄の匂いに包まれていて安心する。

凜花はすんすん、すんすんと匂いを嗅ぎ、抱え込んだ上衣《うわぎ》を、ふみふみ、ふみふみ両手で揉みしだく。

（はぁ……。少しだけ……休憩しよう）

徐々に体も温まり、目をとろんとさせた凜花は上衣《うわぎ》の中でころりと転がった。

◆◆◆

薄暗い廊下を早足で歩く紫曄は、頭に鈍い痛みを感じ溜息を吐いた。

琥国との交渉から戻り、双嵐と太傅である黄《こう》、冢宰《ちょうさい》まで加わり話し合いをしていたら、すっかり遅くなってしまった。

交渉は未だ難航中。そこに届いた凜花が行方不明という知らせ。王女が無関係とは思えない。

逸る気持ちのまま、仕事など放り出して捜しに行きたかった。禁軍総動員で後宮から天満の街隅々まで捜索させたかった。佳月宮へ行き王女を締め上げてしまいたかった。

だが、そうするわけにはいかない現状が煩わしく、己の力不足が恨めしい。

一刻も早く凜花を捜し出したい。凜花のことを考えたいのに、琥国と王女にいいように振り回されている。

（やはり、佳月宮へ行き王女を追及するか？）

紫曄は一瞬足を止め、佳月宮のほうを見て頭を振った。

（いいや、今は麗麗が上手く凜花の不在を隠してくれている。なのに俺が大っぴらにしてどうするんだ）

佳月宮へ乗り込んでいったら、凜花の不在が後宮中に知れてしまう。

それに事情はどうあれ、琥国との交渉から戻ったその足で佳月宮へ行けば、皆の目にどう映るか。あの王女が愛妃《あいひ》だと思うだろう。

（王女はそれも狙っていたりしてな）

あの金虎は油断ができない。

老師を介して聞いた失踪の状況を聞くに、凜花は虎化して出ていったように思う。

寝衣だけでなく下着まで残していったというから、麗麗は真っ青になっていたそうだが……

（老師も兎杜も揃って血の気を引かせていたな）

虎化という特殊事情を知っていて本当によかったと紫曄は思う。もし知らなかったら、今こうして平静を装うことすら難しかっただろう。

だが、虎化はそのうち解けるもの。その時どんな状況に置かれているか、考えることが恐ろしい。

（佳月宮に囚われているならいい。せめて後宮内のどこかなら、ひとまず貞操《ていそう》の心配はない）

どうか無事でいてくれ。囚われているなら、どうかまた虎化してここに逃げ込んできてほしい。

紫曄はそんなことを願い、自室の扉を開けると――

榻《ながいす》の上に、こんもりと膨らんだ上衣《うわぎ》があった。

「……凛花？」

まさか。

紫曄は慌てて駆け寄り丸くなった上衣《うわぎ》をめくった。するとそこには、見慣れた白地に黒の縞模様《しまもよう》をした虎猫が。上衣《うわぎ》を抱え込み、ぷすーぷすーと気が抜けるほどの寝息を立てていた。

「凛花……！」

名を呼ぶと、閉じられていた凛花の瞳がゆるりと開いて、その空色に紫曄を映した瞬間、「うにゃあ！」と鳴いて紫曄に飛びついた。

◆◆◆

目を開けると、そこに紫曄がいた。

凛花は瞬間的に、後ろ足で座面を蹴り紫曄に飛びつく。よかった、会えた！　不安だった、どうしたらいいのか分からなかった。でもこれで安心だ。独りぼっちじゃない、きっとなんとかなる。

「うにゃぁあ……！」

そんな気持ちが溢れ出し、上等な衣装にがっちり爪を立て、ぐりぐりと顔をすりつけてしまう。

「よかった……！　お前が失踪したと聞き心配していた……よく無事で……」

よくここまで来てくれた。紫曄は絞り出すような声で言い、虎猫の体をぎゅうぎゅうと抱きしめる。

「がぅ……うにゃう、がぅ」

（紫曄……心配かけてごめんなさい、あのね）

「どうした？　寒いのか？　ああ、戻るなら何か着替えを……」

そう言い紫曄は、凛花が抱き込んでいた上衣《うわぎ》に手を伸ばす。

「がう。んなぁ……」

（違うの。戻りたいけど……）

紫曄は首を傾げ、腕の中でがうがう言う凛花をじっと見つめている。

（説明するにも言葉が通じない。どうしよう。何か……）

凛花は紫曄の腕からもぞもぞ抜け出すと、卓の上に乗り「紙と筆がほしい」と身振り手振りで訴える。

「んにゃ、んなあ！」

「………書くものがほしい？　のか？」

「がう！」

凛花は大きく頷いた。

太く短い虎猫の前脚で筆を抱えると、凛花はよろけながら二本足で立ち筆を動かし始めた。

「書けるのか？」

「がぅう……」

分からないが書くしかない。凜花は一所懸命に筆を動かし、とっとっ、よろよろ、と覚束ない足取りで紙の上を歩く。まるで踊っているようだ。

「……凜花」

「なう？」

「不謹慎だが、あまりにも可愛い」

「ガゥ⁉　んなっ！　なぅう！」

こっちは必死で書いているのに可愛いとは何事だ！　と凜花はがうがう抗議する。が、紫曄にはそれすら愛らしく見えどうしようもない様子。

凜花がもう一度「ガウ！」と鳴くと、紫曄は苦笑交じりで「すまん」と言った。

そんなやり取りの後、なんとか文字になったのは『もどれない』『おうじょ』の二つの文字だ。

「なるほど。昨夜王女と会った後に戻れなくなったのだな？」

「がう！」

十中八九、王女による何かが原因だ。凜花はそう思う。

『どうしても人に戻りたくなったらワタシを頼れ。白虎の子をワタシにもたらしてくれると約束すれば、お前を人に戻してやろう』

この言葉が、凜花を虎の姿に留めているのは王女だと証明している。

「以前は虎になれなくなり、今回は人に戻れなくなったか……」

「がぅぅ……」

後宮に入って間もない頃、虎に変化できなくなった。あの時は気持ちの問題だった気がする。紫曄への気持ちを自覚し、虎になることを受け入れたら再び虎化できるようになったのだ。それにあれ以降、凛花はひと回り大きな虎になった。

（気持ちの問題なら……気付かぬうちに暗示を掛けられたとか？）

琥国では、古の白虎は月官《げっかん》だったと言っていた。ならば現在、金虎が月官《げっかん》を務めていてもおかしくないのでは？

（だとしたら、祈祷《きとう》とか……呪い？）

凛花はブルリと身を震わせた。そんなものが本当にあるのだろうか。

いや。あってもおかしくない。人虎という、人知を超えた存在がここにいる自分だ。常識では考えられないことだって、この世には確かに存在している。

「ところで、凛花」

間近で紫曄の声がして、凛花はハッと顔を上げた。卓上に座り込んでいた凛花を覗き込んでいる。

「ああ、やはり。お前汚れているな。湯を使おう」

「ニャッ⁉」

驚きの声を上げた時にはもう、凛花は紫曄にひょいと抱き上げられていた。

「ニャッ？　んな？」

「昨晩からずっと外にいたのだろう？　ほら、足も泥で汚れているし、額もだ。ん？頬に赤いものが……血ではないな」

赤い汚れと聞き、凛花はカッと体温が上がったのが分かった。

（茱萸《ぐみ》か柘榴《ざくろ》だ……！）

食べこぼしだか、汁が跳んだのか、いずれにしても恥ずかしい。足も汚れていたなんて子供のようじゃないか。

「はは、手触りもいつもよりよくないな。ぼさぼさのざらざらだ」

水で洗った顔や手を舐めることはできたが、さすがに泥で汚れた脚や体を舐め、毛づくろいまではできなかった。そのせいだ。

「あぉん……」

しょんぼりの凛花は大人しく紫曄に抱かれ、湯殿に連れて行かれた。

「ところで凛花。これはなんだ？　見ていいか？」

背負った風呂敷《ふろしき》包みをはずされた凛花は頷く。

「ああ、準備がいいな。着替えと……これは柘榴《ざくろ》？」

なぜ柘榴《ざくろ》が？　と紫曄が首を傾げたので、凛花は『木に登って採って食べたの！』

と、身振り手振りで伝える。腕と足を伸ばし、最後は柘榴《ざくろ》にかぶりつくふりだ。

「がぅ！」

美味しいですよ！　と両手で柘榴《ざくろ》を差し出したら、堪えきれず紫曄がプッと噴き出した。もこもこの虎猫が、短く太い手足をじたばたさせて何かを伝えようとしているのだ。それはもう愛らしい。

だが凛花は気に入らない。笑わないでください！　必死だったんだから！　と、がうがう抗議し、笑う紫曄の頬をぺちりと叩く。しかし紫曄にとってはそれも可愛く、久しぶりの肉球の感触にまた笑った。

湯殿を出ると、全身の汚れを落とした凛花は、尻尾を立て上機嫌で紫曄の前を歩いた。艶《つや》やかになった毛並みは濡れていない。

湯殿に用意されたのは浅い桶で、足以外は濡らした手拭いで丁寧に拭われただけだった。丁寧に櫛《くし》を通され、砂や水気も落ちていく。仕上げに乾いた布で拭かれれば、手触りのいい虎猫の出来上がりだ。

「んにゃっ？」

いい匂いがする。油条《揚げパン》か？　凛花は鼻を高く上げて匂いを辿る。

「さすが虎猫だな。夜食を頼んであったんだ。食べるか？」

「がぉん！」

丸一日ぶりの温かい食事だ。凜花は紫曄の膝に座り、一口ずつちぎってもらって甘いのとしょっぱいの、両方の油条《揚げパン》を平らげた。

湯を使い、食事をする。そうしたら次にくるのは――

「……ぷぅ」

心身ともに温まった凜花は、気が緩んだこともあり眠くなってしまった。

凜花はすっかり紫曄の腕に体を預け、ほぼ寝ている状態だ。たまに半目になるのがおかしくて、紫曄はずっと笑いを噛み殺している。

「ぷ……ぷぅ」

「今日はもう寝るか」

紫曄は凜花を抱え臥室《しんしつ》へ。

凜花の虎化は今夜も解けないままだ。まだ問題は続いているし、麗麗にも無事であることを伝えたい。紫曄と相談しなければならないことも、聞きたいこともある。

だけど凜花も少し疲れてしまった。

（一晩寝たら、心も体も回復するから）

だから今夜だけは許してほしい。凜花は紫曄にしがみつき、温もりを感じながら眠りについた。

◆◆◆

「ぷすー……ぷー……」

気が抜ける寝息の主は、虎猫の凛花だ。

「こちらまで眠くなるな」

虎猫を抱き、牀《しんだい》で横になった紫曄が呟いた。紫曄の胸には凛花がしがみついている。布地に爪が食い込んでおり、着替えすらできなかった。だが虎猫の凛花に振り回されることは心地がいい。

（この腕に凛花が戻ってきた実感があるな……）

紫曄は「ぷすー……ぷすー」と寝息を立てる凛花を撫で、ふと指先に触れた紐の感触に頬を緩めた。白い体に濃紫色が映えている。

（この首輪をつけて王女に会いに行ったとはな）

どんな気持ちでつけたのだろうか。嫉妬《しっと》や独占欲だったらちょっと嬉しい。

紫曄は微笑み、その柔らかな毛並みに掌をうずめた。温かい。それにトクトクトクという心音も伝わってくる。

「無事でよかった……凛花」

丸い頭に頬を寄せ、そっと抱きしめる。すると眠っている凛花が「ふんふん」と匂いを嗅ぎ始め、なぜか紫曄の鼻をぺろりと舐め、唇まで舐めた。先ほど食べた油条《揚げパン》の蜜が付いていたのか、凛花は美味しそうに何度も舐める。

「ぶっ。お前、まだ食べたりないのか？」

しまいには腕まで伸びてきて、頬には柔らかな肉球が押し付けられている。朝までこのままだったなら、顔に跡が付くだろうな。そう思って紫曄はくつくつ笑う。

（——ああ。幸せだ）

紫曄は押し付けられた手をそうっとのけ、凛花を抱え込む。

ふわふわの毛並みが心地いい。特にこの、耳の下や頬下や、胸元の毛が柔らかくて気持ちいい。紫曄はお気に入りの部位に顔をうずめ、すりすり頬ずりをする。丸い耳に指先で触れ、頬や顎を撫でてやる。

（いいや、撫でさせてもらうだな）

凛花の匂いを嗅ぐたびに、柔らかな毛に指を、頬をうずめるごとに心がほぐれていく。頭と心に溜まっていた澱《おり》も霧散していくようだ。

「にゃぉう……」

「ん？」

「んにゃ……にゃ」

寝言のようだ。あまりに構いすぎたのか、腕をつっぱり足で腹を蹴っている。

「はは。悪かったな。もう構わない」

恋しい虎猫は気難しい。愛ですぎてもよくないのだ。

紫曄はまだ寝言を呟く虎猫を、優しく撫で許しを請う。もう構わないと言ったそばから撫でることを止められない。もう、この虎猫に溺れてしまえたらいいのに。

後宮の主が言っては危険な、そんなことを思い紫曄は苦笑する。それでは朧月《ろうげつ》と揶揄《やゆ》された父のようだ。

朧月《ろうげつ》とは、霞んで光の薄い月のことをいう。人柄は悪くないが、後宮に入り浸り政を放棄した、存在感のない愚帝《ぐてい》という意味だ。

（もし俺がそんな皇帝になったら、凛花はどうするかな）

腕の中の凛花は、しつこく撫でる手をがじがじ噛んでいる。眠いせいか無意識に手加減しているのか、優しい甘噛みだが。

（今は小さな虎猫だ。片手で抱けるし、懐に隠すこともできる。だけどいつか、立派な成虎の大きさになったら――）

「ああ。凛花に喰われるのもいいな」

紫曄は小さな牙から手をはずし、悪かったと頭を撫でる。

金虎に齧られるのも、喰われるのも御免だが、凛花の白虎になら構わない。

（凛花ならもし俺が道を外しかけても、この牙と爪で叩き直してくれそうだ）

そんなふうに思い、紫曄も眠りに落ちていった。

その日の夢は、立派な白虎になった凛花の腹に体をうずめ、牀代《ねどこ》わりにするという幸せな夢だった。

◆◆◆

凛花が人に戻れなくなって数日後。凛花に関する噂が流れ始めた。

後宮で変わらぬ生活を続ける麗麗は、苦々しい気持ちでそれを聞いていた。

『朔月妃さまが、体調を崩されて宮に籠っているらしい』

『本当に体調不良か？　まさか王太子に毒でも盛られたのでは？』

『滅多なことを』

『この様子では、琥国の王太子が望月妃となりそうですな』

『となると、朔月妃さまの体調不良は主上の気を引くためか』

『凋落《ちょうらく》は一瞬ですなあ』

そう言って官吏《かんり》たちは忍び嗤う。

彼らにとっての凛花は、後ろ盾が弱く、皇帝の寵愛《ちょうあい》がなければ沈んでいく月妃の一人でしかない。なんの実績もない、代わりの利く女だ。

（皆、主上と凛花さまのことを知らないくせに！）

書庫に向かう麗麗は、悔しさで手を握りしめる。凛花は朔月宮で静養中だと装うため、書庫に本を借りに行く途中だったが、耳に入る噂には腹が立つ。

――失踪した翌々日の朝。

兎杜が朔月宮に文を持ってきた。紫曄が凛花を保護したという知らせだった。喜びで飛び上がりそうになった麗麗だったが、紫曄の文には『凛花はしばらく朔月宮に戻さない。変わらず凛花が寝込んでいると装うように。頼む』と書いてあった。

これはどういうことだ？　麗麗が厳しい表情で兎杜に問うと、兎杜は『朔月妃さまは輝月宮にいらっしゃると思います。主上がとてもお元気そうですから』と答えた。

（まだ私たちには言えない何かがあるのだろう。凛花さまがご無事ならそれでいい）

それに紫曄は信用できる。信頼していい人間だ。

麗麗は皇帝に対して不敬と言われかねない、そんなことも思う。なぜなら今回の文にも、前回と同様『頼む』と書かれていたからだ。

（命令するではなく、共に凛花さまを守ろうと私を信じてくださっている）

紫曄も凛花と同じく、麗麗にとって仕える価値のある主だ。そう思う。

（その信に応えよう）

どんな噂が流れようと、朔月宮の者たちがどんなに不安になっていようと、麗麗がやることは一つ。凛花が戻ってきた時、変わらず朔月宮に迎えられるようにしておくだけだ。

◆◆◆

曇り空の夕刻。

普段、客を迎えることなどない輝月宮に極秘で人が招かれた。

官吏《かんり》にも、後宮にも知られるな。そう言い付けられた招かれ人は、迎えの馬車内で宦官《かんがん》の衣装に着替え、ひっそりと紫曄を訪ねた。

「よく来てくれた」

徹底的に人払いがされた輝月宮の一角。紫曄の私室に招待されたのは、月官《げっかん》の碧と黒虎の琥珀だ。

「さっそくですが主上、『輝月宮の書』にかんしてお話があるとか。僕も一応、『神月殿の書』を持ってまいりましたが、どのようなお話でしょうか？　それとあの、朔月妃さまはいらっしゃったりしないのでしょうか？」

　あはっ！　と笑い、相変わらずの態度を取るのは碧だ。琥珀は押し黙り、紫曄の足下あたりをじっと見ている。

「碧。『輝月宮の書』云々というのはただの口実だ。今日、用があるのは琥珀だ」

「えっ。では、朔月妃さまにはお会いできない……？　せっかくじきに夜が来るというのに？　美しいお姿を拝見できるかもと……ああ、でも今夜は曇りでしたね。残念です……」

「曇りの夜だから呼んだのだ」

　紫曄はハァと呆れの溜息を吐き、ちらりと足下に視線を向ける。と、琥珀が声を挟んだ。

「紫曄殿。そちらにいるのは」

「……いいか、碧。騒ぐな。大声を上げたら叩き出す」

　そう言うと、紫曄の後ろ、足下あたりからもぞもぞと白い虎猫が顔を出した。

「とっ！　と、とら……ッ⁉　え、猫……⁉」

　大声を上げるなと言われた碧は、口を両手で覆い単語だけを口にして目を丸くしている。対して琥珀は、やはり驚き目を見張っているが、静かに跪き白虎を覗き込んだ。

「これは……。紫曄殿。なぜ凛殿はこの姿に？　今夜は曇り。月は出ていない」

琥珀が神妙な顔で紫曄を見上げる。

横で「びゃっこ」「ひぃ！」と小さな奇声を上げ、床に這いつくばり凛花と目線を合わせては天を仰ぎ見ていた碧も、琥珀の言葉で「あっ」と口を開け、慌てて窓から空を見た。

「そうです。まだ曇ったまま。たしかに月はありません！」

「だから琥珀に来てもらったのだ。琥珀。虎化して、この凛花から話を聞いてほしい」

琥珀は怪訝な顔で首を傾げる。すると紫曄は、一枚の紙を見せた。

「これはこの凛花が書いたものだ」

そこには、『はなせる』『とらどうし』と、なんとか読める字で書かれていた。

「これは……」

これが本当なら、今の凛花から話を聞けるのは二人の琥珀しかいない。虎猫との筆談には限界がある。何があってこうなったのか、把握しなければ対策を探ることすらできない。

（ならば頼るのは、凛花をこの状況に陥れた金虎ではなく、黒虎だ）

「がう」

虎猫の凛花が琥珀の膝に手を置き、ぺこりと頭を下げる。何がなんだか分からない。

琥珀はそんな顔をしているが、紫曄の頼みをきくと頷いた。
　琥珀は黒虎に変化するため隣室へ。凛花に裸を見せるわけにはいかないとの配慮だ。
そして残った碧は、いまだ床に這いつくばったまま白い虎猫を見つめている。
「……碧」
「はい！　白虎の朔月妃さまはとても愛らしいです！　想像していた崇高《すうこう》な白虎では
ありませんでしたが、朔月妃さまの新たな一面に触れられた気がして……あはっ。と
ても興奮しております」
　なぜ最後だけキリッとした顔で言ったのか。余計に恐ろしいだけだと、紫曄は凛花
を抱き寄せ、凛花はぎゅっと紫曄にしがみつく。自分の姿を見て、目の前で興奮した
と言われればこうなって当然だ。
　正直なのは悪くないが、どうして碧にはそれが分からないのか。
「お前の感想は聞いていない。立て。こちらに座れ。お前に聞きたいのは、『虎化し
た者を人に戻す薬』はないかということだ」
「『虎化した者を人に戻す薬』ですか？」
　碧は座れと言われた椅子に腰を下ろし、手元の『神月殿の書』を紫曄に見せる。
「主上。ご覧の通り『神月殿の書』にはそれらしい記述はございません。ただ、『神
月殿の書』の記述がアレですし、試すのも難しいので、本当にそのような薬がないと

は言い切れません」

アレ、というのは一部の薬について、材料が全て伝説上のものであったり、でたらめだったりするということだ。試すも何も、作ることすら不可能。碧は似た材料で作ることを試みているようだが、なんの薬ができたのかすら分からない。

「例えばこの『長く変化するための薬』の効力を反転させることができれば、お望みの『虎化した者を人に戻す薬』になる可能性があると思いますが……あ、主上。琥珀が参りましたよ」

そう言われ、『神月殿の書』に見入っていた紫曄と凛花はハッと顔を上げた。

「見事な黒虎だな。あそこまで大きいとは思わなかったぞ」

「あは。朔月妃さまと並ぶと、余計にそう感じますね」

凛花と琥珀は榻《ながいす》に座り二人で会話を始めた。

(王女の金虎より、ひと回り以上は大きいな)

ほとんど人の時と変わらぬ大きさに見える。尻尾まで入れれば人の時よりも確実に大きいが。

「主上。どうやら本当に虎同士、会話ができているようですね」

「ああ。琥珀がいてくれて助かったな」

虎猫のまま人に戻れず、会話もできない凛花は相当心に負荷が掛かっていただろう。同じ血を持っていながら、虎になれない我が身を紫曄はもどかしく思っていた。

琥珀と話すことで、少しでも凛花の気が晴れればいい。その上で、人に戻る方法の糸口だけでも掴めればいいが……。紫曄はそう願い、白と黒の虎を見守ることにした。

◆◆◆

「ガゥ」

『本当に話せるのか。知らなかった』

「がう！」

『月夜殿下が「いつか虎同士で話をしてみたいと思っていた」とおっしゃっていました』

『月夜か……。オレの名も聞いたか？』

『はい。でも、あなたは琥珀と呼んでほしいのでしょう？　私はあなたが望む名で呼びたいと思います』

では、琥珀で……と黒虎が小さな声で言う。

凛花は頷き『では琥珀殿。私がこうなるまでに何があったかを聞いて。原因と思われるものがあったら教えください』と言い、佳月宮に呼ばれたあたりから話し始めた。

『――という訳なの。どう？　琥珀殿。何か心当たりはない？』

黒虎の顔は表情が分かりにくい。凛花が虎を見慣れていないこともあるが、金虎の王女があまりにも表情豊かだったのだと、縞模様《しまもよう》が見えない琥珀を見て思う。

『心当たりはある』

『あるっ⁉』

凛花から少し大きな声が出た。言葉は分からない紫曄と碧も、二人の会話を見守っている。

『佳月宮で飲んだという、虎の秘酒が怪しい。あれは人虎の能力を一時的に高める作用を持つ、特別な銀桂花酒だ。目的に応じた混ぜ物をして使うことができる』

『混ぜ物？　でも毒の反応はなかったし、毒味の侍女にも変化はなかったわ』

琥珀が首を横に振る。

『あれは人虎のための酒。只人《ただびと》が飲んだところで只《ただ》の酒だ。人に戻れなくするための混ぜ物が何か、オレは知らない。だが、満薬草を使っているのではないかと思う』

満薬草！　そういえば王女も、満薬草はよく使うと言っていた。

『満薬草の効果は、薬の効能を高めるというもの。虎の秘酒《ひしゅ》が持つ虎を強くする効果は、虎としての能力を上げることだ。この二つを掛けあわせるだけでも、虎化していられる時間が延びるんじゃないか？』

そうか。と凜花は思った。

人に戻れなくなった、のではなく、虎化している時間が延びた。そういう解釈もできるのかと。

『だとしたら、そのうち人に戻れそうね。希望が見えてちょっとホッとしたわ』

凜花がそう答えると、琥珀はグルゥと唸る。

『だとしたらな。神月殿の書には、長く変化するための薬が載っていた。もしも虎の秘酒《ひしゅ》に、満薬草と共にそんな薬を入れたとしたら……』

『秘酒《ひしゅ》の効果がもっと長くなる？　……でも、薬の効果はいつか必ず切れるもの』

『虎のための薬は、個人差が大きいとも聞く。オレが知っているのは言い伝えばかりで、真実かは分からない。だが、ただの金虎でも差が出るのなら、白虎はどうなのか……』

『でも、色が違うだけで同じ人虎でしょう？』

琥国の人間ではないからそう思うのかもしれないが、凜花にとってはそうだ。敬われている白虎だからといって、その力が強いということはない。

『かつて白虎が月官《げっかん》だったということを知っているか？　神月殿で月官《げっかん》たちと関わり、

月の力を受け取るにも個人差があることを目にしてきた。白虎は、人虎の中で一番月の影響を受けやすい』

琥国では、女神のお気に入りと言われているくらいだ。琥珀はそう言う。

『なるほど、確かに薬の効果に個人差があるのは当然ね。それに、薬なら解毒剤のようなものがあるんじゃない？　月夜殿下は「どうしても人に戻りたくなったらワタシを頼れ」と言ったもの』

『ああ。王太子しか知らぬ何かがあるとも考えられるな。月夜が親切心で戻してくれるとは思えないが』

さすが兄妹だ。よく理解している。凛花は首を伸ばし、琥珀の耳元でこそりと口を開く。どうせ紫曄たちには何を話しているか分からないというのに。

『実は……条件を付けられたの。「白虎の子をワタシにもたらしてくれると約束すれば、お前を人に戻してやろう」って』

すると、琥珀は金色の瞳を見開いて、前脚で凛花を囲うようにして言った。

『凛殿は、それがどういう意味か分かって言っているのか？』

（意味？　それは、そのままの意味以外ないのでは……？）

『紫曄を譲れという意味でしょう？』

王女が紫曄と情を交わし、白虎の子を産むまで黙っていろということだと凛花は理解していた。が、琥珀は違うと首を振る。

『そういう意味も含むかもしれないが、オレには、凛殿が産む子を寄こせと言っているように思える』

『え……、え？　だって、でも私の子を貰ったとしても、私は琥国の王族じゃないし、世継ぎにはなれないでしょう⁉』

それに、私の子が人虎とも、白虎とも限らないじゃない。凛花はそう思う。

『琥国の王族じゃないなんて、誰がそれを証明する？　白虎は親がどうこう関係なく、皆が銀髪《ぎんぱつ》で青い目だ。オレたち兄妹も金髪と黒髪。凛殿もオレたちも、両親とは一見、血のつながりがあるようには見えない』

待って。と、琥珀の言葉をそこで遮って、凛花はしばし考える。

王女は自分の子を求めて後宮に来たんじゃないの？　ただ白虎の子が欲しいだけだったの？　もしそうなら、私がいつか産むかもしれない子や、孫は、これからも琥国から狙われる可能性があるということ？

（虞家が持つ白虎の血脈を、確実に琥王家に取り込むために……？）

そんな役目のために子供を渡すなんてあり得ない。ただでさえ、虎化するこの体質は厄介なのに、そんな理不尽まで受け継がせるわけには絶対にいかない。

『――琥珀殿。それなら私は白虎に変化する能力を失くします。私や子だけでなく、その先の者たちにも危険が及ぶなら、このような力は要りません』

黒虎だからと虐げられてきた琥珀は、きっと白虎や金虎を羨ましく思っただろう。

そんな思いを持つ琥珀に、この言葉を言うのは間違っているかもしれないが……

凛花がそんな気持ちで琥珀を見上げると、琥珀は困惑しているような、微妙な顔をしていた。

『虎化しない体を望むなら、それこそ早く子を産めばいいのではないか？　皇帝の第一子となれば、琥国も容易に手は出せない』

『……え？』

どういう意味だ？　凛花はこてりと首を傾げる。

『人虎の女は、子を産むとその能力を子に譲り渡す。知らなかったのか？』

凛花は目を丸くし、更に驚き見開いた。

（まさか。そんなところに私が求めた答えがあったなんて！）

琥珀は「ワゥ」と低い声を漏らし、ちらりと紫曄に視線を向け、不愉快そうに顔を歪めた。

『凛殿。紫曄殿はたぶんそれを知っていたはずだ』

『え』

どこから話すか……と琥珀は少し考え、凛花は何も知らないものとして話そうと言った。

『まず、人虎の女は、子を産むと人虎ではなくなる。能力を子に譲り渡すと言われている。次に、子が男児なら必ず人虎だ。女児は人虎か只人《ただびと》になるか分からない。三つめに、人虎の子が生まれるまで、母である人虎の女は虎のままだ。第一子が只人《ただびと》の女児であった場合、母はまだ人虎だ』

ついでに男の人虎は、子ができても性別にかかわらず、その子が人虎とは限らない。女児に限っては人虎である確率はほとんどない。だがその代わりにか、只人《ただびと》の両親から人虎の女児が突然生まれることがあるという。凛花がこれだ。

『するとそこから、またしばらく人虎が受け継がれていくことになる』

それから人虎の男は、人虎の子ができても人虎の能力を保持したままだと琥珀は言う。

（ああ、そういうことか……！）

凛花はやっと、あの家系図の謎だった部分を理解した。その雲蛍州の古い家系図には、『花』と『虎』の名を持つものが多かった。

『花』は人虎の女で、『虎』は人虎の男。あの家系図には『虎』の男が多く、『花』の女は少ない。虎を受け継ぐ法則がそのようになっていたのだ。

（だから続いていた『虎』の名が突然途切れ、突然『花』が出てきたと思ったら、ま

た『虎』や『花』が繋がっていっていた)

『少々ややこしいが理解したか？　凛殿』

『ええ。私にあてはめて言えば、私が産める人虎の子は一人だけ。私は人虎の子を産むまでは人虎のまま……ということよね？』

琥珀は頷く。

『一人しか人虎を産めないからこそ、月夜は白虎の子を授けてもらいたいと、月魄国に来たというわけだ』

なぜ王女がなりふり構わないのか、王太子であるのにどうして後宮に入ろうとするのか、凛花はその理由をやっと理解した気がする。

けれどまた一つ、分からないことができてしまった。

(琥珀の言う通り、『女の人虎は、子を産むと人虎でなくなる』ことを紫曄が知っていたなら……どうして言ってくれなかったの？)

凛花はこちらを見つめている、紫曄の瞳をじっと見つめた。

◆◆◆

「あっ、主上。朔月妃さまが今、僕を見ています！　ね！　見ていますね！

あっは」

「いや。俺を見ているのだと思うが？」

だんだんと碧の態度にも、扱いにも慣れてきた。

紫曄は少し離れて見守っていた虎猫のもとに向かい、しゃがみ込んで声を掛ける。

「どうした？　凜花」

凜花はじっと見つめるだけで何も言わない。話ができないのは分かっているが、つい今まで琥珀とがうがう話していたのにと、少々寂しく感じてしまう。

「何か伝えたいことがあるのではないか？　紙と筆を持ってこようか？」

凜花はふるふると横に首を振る。首に結ばれた深紫色《こきむらさきいろ》の紐も揺れている。

（何を話していたのか……）

紫曄は隣にいる黒虎に目を向けた。琥珀も凜花と同じく何も言わない。

「ガウ。ワゥ」

琥珀が手を伸ばし、紫曄を払いのけるような仕草をし、碧が座る卓を指す。もう少し待っていろ。そういう意味か？

「分かった。お前たちの話が終わるまで待っている」

「ガウ」

頷くと、琥珀は尻尾をひと振りし、凜花の耳に口元を近付けた。

再び二人を見守ろうと卓に戻った紫曄は、少し乱暴に席に座る。

「どうかされましたか？　主上」

「……他の男と二人で話し込んでいる凛花を見るのは、あまり面白くないな」

思わずそんな本音を漏らしてしまった。碧相手だというのに。すると碧は「あっはは」と笑う。

「主上がそれをおっしゃるとは。あなたは複数の妻を持っているじゃないですか。朔月妃さまはもっと面白くないでしょうねえ」

「は？　いると言っても形だけだ。暁月妃と薄月妃に至っては凛花の友人だ」

「では琥国の王太子殿下はいかがでしょう。幾晩、佳月宮に通ったのでしょうか」

「妃としてではない。お互い立場上必要な話をしただけだ」

「あは。朔月妃さまと琥珀も、虎同士の内緒話をしているだけですよ。いやですねえ、主上は心が狭くていらっしゃる」

嫌な奴だ。紫曄はそう思い碧を横目で睨むが、言っていることは間違っていない。

（だから余計に、嫌な奴だ）

◆◆◆

　琥珀は尻尾をひと振りし、凛花の耳に口元を近付けた。

『わ、なに？　琥珀殿』

『凛殿。もう一つ言っておく。もしも月夜が琥王家の血にこだわるなら、凛殿にオレの子を産ませようとするだろう』

　凛花は目を見開き、思わず後ずさった。

　突然何を言い出すのか。思いもよらぬ言葉に動揺した凛花は、足がもつれて後ろに転がり、尻餅をついてしまう。

『人虎の女は、必ず一人だけ人虎の子を産む。だが、人虎の男が産ませる子は違うと言っただろう？』

　凛花は頷く。人虎の男は虎化能力を失わない代わりに、その子が人虎になるかは分からない。只人《ただびと》同士の両親から、人虎の子が生まれることがあるとも琥珀は言っていた。

『……あ。え、まって、もしかして』

『気付いたか。オレと凛殿なら、一人目は白虎でなくとも、何人目かで白虎の子が生まれるかもしれない。最悪でも、虞家の白虎の血を持つ、琥王家の子は得られる』

　たくさんの子の中から、白虎の親になる子が現れるかもしれないな。琥珀にそう言われ、ゾッとした。

（私が白虎を産まなかったとしても、次代へ白虎をつなぐために……？）

『それに、月夜は子を産まず、オレと凜殿の子を養子にすれば、月夜は金虎の能力を持ったまま王になれる。……月夜が女王として力を振るうなら、これが一番いい方法かもしれないな』

王女は金虎であることに誇りを持っていた。たしかに琥珀の言うとおりかもしれない。王女は、紫曄から白虎を得るのではなく、その道を選ぶかもしれない。

『凜殿。目的のためならば月夜はなんでもする。凜殿の命、紫曄殿の命。他にも大切な者がいるだろう？　それらを人質に取られ、脅された時の覚悟をしておいたほうがいい』

琥珀色の瞳が凜花を射貫くように見つめ、言う。

『そんな……』

だが、そんなことになった場合、琥珀の立ち位置はどこにある？　琥珀と王女が手を組むということ？　それとも琥珀も何かを質に取られるか——利益を得るということ？

（琥珀殿が得る利益って……何？）

王座は王女のものだ。これは王女玉座を強固なものにするための策。

黒虎の立場を回復すること？　自由？　でも、尊厳に目をつぶり、王女の言いなりになってまで琥珀が得る利益はなんだ？

凛花の肉球がじっとりと汗を掻いている。ドクドクと緊張で心臓が高鳴っている。

凛花は、恐る恐る琥珀を見上げる。

『オレはあなたが手に入るなら、悪いが手を伸ばす』

紫曄たちからは見えない耳元でそう囁かれ、かぷ、とその耳を甘噛みされた。

『なっ！　なに、するの！』

凛花は慌てて琥珀から離れようとするが、琥珀が腕で囲い込んでいて距離を取れない。

『落ちるぞ、凛殿。慌てなくても今何かをする気はない』

しているじゃないか！　虎に変化している時は、人と虎のちょうど中間あたりの感覚になっている。だから少し距離が近くとも、虎の時は気にならないが――

（――あれ。なんだかいい匂いがするような）

すん、と鼻を上げ、凛花は匂いを確かめる。

いい匂いと思う匂いは二つ。一つはよく知っている、紫曄の匂いだ。だけど今、気になったこの甘くこっくりとした匂いは……

（琥珀殿の匂い？）

凛花がゆっくり琥珀を見上げると、金色の瞳が凛花を食い入るように見つめていた。

『匂いを感じたか』

『えっ』

『オレはずっと、あなたから甘く芳《かんば》しい匂いを感じている。あの星祭の夜からは、クラクラするほどの匂いがして酔いそうだ』

『星祭……』

たしかにあの時、凛花もいい匂いを感じていた。

（そうだ。ずっと気になる匂いを感じていた）

初めて碧の研究室に入り、琥珀に会った時も、神月殿の隠し庭を見つけた夜も、そして星祭での碧の暴挙。あの控室で、白い幕の裏に黒虎の気配を感じたあの時も匂いがした。

『あれは、あなたの匂いだったのね。たまに感じるいい匂いは、一体誰の香《こう》かと思っていたのだけど……』

虎同士で顔を合わせた今日、初めてはっきりとこの匂いを感じて、琥珀の匂いだと分かった。

『いい匂い……？　凛殿も、いい匂いだと？』

『え？　ええ』

すると琥珀は、なぜか照れ臭そうに鼻を掻き、「がぅ」とひと鳴きした。それは凛花の耳に、戸惑いと喜びが混じった『ああ』という声となって聞こえた。

『この匂いは、虎同士が惹かれ合う匂いだといわれている。オレは……あなたに会って、初めてこの匂いを知った』

（虎同士が惹かれ合う、匂い……!?　えっ）

動物は番《つがい》を探すため、匂いを発して異性を誘うという。他にも縄張りを主張するためにも使う。

（私、王女からも匂いを感じていた）

琥珀から感じる甘い匂いとは違うし、だいぶ控えめな匂いだったけど……あれは同性だから、強い匂いを感じなかったのだろうか。それとも縄張りを主張する匂いだったからか？　それに、匂いといえば――

（私、紫曄からもいい匂いを感じている）

凛花は紫曄を見つめ、鼻をそよがせる。

やっぱりだ。紫曄は人であってもいい匂いを発している。

これまでは紫曄の香《こう》だと思っていた。だが紫曄から感じる匂いは、いい匂いどころではない。甘くて、蕩けるほど好ましくて、落ち着くいい匂い。

（私が紫曄を……番《つがい》として好ましく思っている……から？）

そう思ったら、ぶわっと体温が上がった。耳が熱い。もしも今、人の姿だったなら顔が真っ赤になっている。

『凛殿。耳が赤い。いま何を思った？』

どきりと心臓が跳ねた。なぜだ⁉　なぜ虎なのに耳が赤いのがバレたのだ⁉

凛花は慌てて両手で耳を覆う。

『あなたは白虎だから肌が透けて見える。鼻も濃い桃色に染まっているぞ』

なんてことだ。黒虎の琥珀は仕草でしか分からないのに、凛花は赤くなっているところを見られるだなんて。

凛花は恥ずかしさで縮こまる。と、琥珀がもう一度、凛花の耳にそっと囁いた。

『紫曄殿にもいい匂いを感じていたのだろう』

凛花はますます耳を赤くさせる。なんで分かるのだと、凛花はじとりと琥珀を見上げる。

『――だが、あなたはオレの匂いも好ましいと感じてくれていた。まだオレにも、あなたを奪える可能性があるということだな。凛殿』

（いい匂いを感じるとは、そういうことか……！）

分かったつもりで分かっていなかった。いい匂いとは、番候補《つがい》に感じる匂い。より強く、好ましく匂う者を番《つがい》にするということ。

（私、琥珀殿にいい匂いだと言ってしまった……！）

なんてことを言ってしまったのか。

それは凛花が琥珀のことを、虎の雄として魅力的に感じていると言ったようなもの。

恥ずかしすぎて凛花は頭を抱えて蹲る。

『凛殿。オレのことも番《つがい》候補として考えてほしい』

蹲る凛花に琥珀が尚も囁く。紫曄がすぐそこにいるというのに、なんという度胸なのか。あらためて琥珀は、あの王女の兄なのだと凛花は思う。

『あなたは子を産めば、虎から解放される。それどころか、もしオレと一緒に琥国へ行ったなら、白虎であるあなたは王だ。後宮で窮屈な思いをすることもなく、自由に何処へでも行ける。なんでもできる』

それは魅力的な提案だ。ただ人虎で在りたくない。自由に好きなところに行きたいと思うのなら、だ。

（雲蛍州にいる時の私はそうだった。でも、私が人虎で在りたくない理由は、今はそうじゃない）

紫曄の傍にいたくて、二人の子に白虎を受け継がせたくないからだ。琥珀の誘惑は、手段と目的が凛花にとっては合致しない。その言葉は、凛花にとって誘惑にはならない。

『私は紫曄の月妃です。あなたの番《つがい》にはならない』

『分かっている。今はそれで構わない』

凛花は困った顔をして、ふるふる首を横に振る。今は、と言われても、凛花の気持ちが変わることはない。

（だって、虎の嗅覚で感じるこの匂いは、心で感じるよりも正直でしょう？）

凛花にとって紫曄の匂いは特別だ。道に迷いやすい凛花が、かすかな匂いを辿って紫曄の私室に辿り着けるほど。紫曄の匂いだけは間違いようも、迷いようもない。

『月夜が望月妃になったなら、あなたはどうする？　凛殿』

『……ならない。もしもがあっても、私が感じる匂いは変わらないもの』

琥珀はフッと笑いを漏らすと、凛花の丸い頬をぺろりと舐め、榻《ながいす》からトーンと降りて隣室へ向かった。

もちろん、凛花が舐められたところを見た紫曄は、琥珀に「おい！」と怒号を飛ばしつつ、凛花のところにすっ飛んでいく。

そして、きょとんと見上げる虎猫の頬をごしごし拭った。

◆◆◆

夜が更け、凛花と紫曄は牀榻《しょうとう》で寝転びゆっくりとすごしていた。

紫曄が手にしているのは、琥珀から聞き取った凛花との会話の記録だ。全てを紫曄に話したのかは分からないが、凛花と話せない今は信用するしかない。

「やはり王女が持っている『虎の秘酒《ひしゅ》』が怪しいか」

「がう」

凛花がしょんぼり頷く。

自分も飲まされたあの酒に、そんな使い方があったとは。紫曄は溜息を吐く。あの時、酒を没収するくらいすればよかったと今更後悔をしてしまう。

そして、ふと思い出す。

「……そうだ。茶を飲まされたな」

王女が金虎になり散歩に出掛けた後、侍女が『秘酒《ひしゅ》の効果を薄める薬草茶です』と茶を持ってきた。紫曄がもういらないと言っても、何杯も何杯も飲まされた。そのおかげか、王女が外から戻る前に回復し、佳月宮を出ることができたのだが……

「凛花。王女が解毒の茶を持っているかもしれない」

「にゃっ⁉」

「しかし……そうだな。雲蛍州侯に文《ふみ》を出そう」

王女も琥珀も、雲蛍州がこれを知らないのか？　と、そのようなことを何度も口にしていた。

（凜花は知らなくとも、雲蛍州侯は人虎の知識を持っている可能性がある）

一族の長だけが受け継ぐ知識というものは往々にしてある。

「人に戻れなくなったと伝え、何か解決方法に心当たりはないか訊ねてみよう」

皇帝からの文《ふみ》、しかも直筆となれば、問題は『凜花が人に戻れない』という単純なことだけではないとも伝わるだろう。雲蛍州侯は優秀な人間だ。

「凜花、何か侯に伝えたいことはあるか？」

さっそく筆を持った紫曄が訊ねる。すると凜花は卓に飛び乗り、紫曄に前足を差し出し、筆を指差した。

「にゃ」

「……墨を塗れと？」

「うにゃん！」

そうして、紫曄がしたためた文《ふみ》の最後に、猫にしては大きい肉球の判が押された。

翌朝。紫曄が目を覚ますと凜花はやっぱり虎猫のままだった。

ふわふわの毛並みの温かい抱き枕を一晩中、朝まで堪能できるようになるとは。

「よく眠れるが、少し物足りないな」

柔らかな毛皮もいいが、美しい銀の長い髪と、あの滑らかな肌が恋しい。愛しい。

紫曄は懐に抱いた毛玉を覗き込み、軽く口を開けたその寝顔に笑みを零す。のんきな寝顔の額を指で撫でると、「うにゃ……。ぷすぅ……」と、寝言まじりの寝息が出た。虎猫の凛花はまだ眠いらしい。

では凛花は寝かせておいてやろう。しばらくすれば侍従《じじゅう》たちが朝の支度に訪れる。虎猫の凛花を見せるわけにはいかないので丁度いい。

紫曄はそっと牀《しんだい》から抜け、臥室《しんしつ》から出る。

するとその途端、外扉の向こう側から「主上。おはようございます」と声が掛けられた。兎杜だ。いつもより早い時刻、それに他の侍従《じじゅう》はいないようだ。

「何かあったのか」

「はい。佳月宮から急な取り次ぎ依頼がございました。こちらを」

こんな早朝に佳月宮から。しかも王女の侍女は、兎杜を待ち伏せし、直接この文《ふみ》を渡してきたという。

これは後宮の規則違反であり、主が罰せられる事柄に当たる。だが王女は月妃ではないと紫曄が明言しているので、後宮の規則違反も何もない。

とはいえ、王女側は一応、規則に則り行動してきていた。後宮の一員だと示すためにだ。

（外部には漏らしたくない、何かが起こったということか）

本来、紫曄の手に届くまでにはいくつかの検閲《けんえつ》がある。それを飛び越す規則違反を犯したのはそれしかない。

紫曄は眉をひそめ手渡された文を開く。

そこには『王太子殿下がお倒れになりました。信用のおける月官薬師《げっかんくすし》の派遣を願います』と書いてあった。

「なぜ月官薬師《げっかんくすし》なんだ……？」

紫曄は首を捻る。月華宮には医局もあるし、薬師《くすし》もいる。もちろん後宮にも。

「信用のおける、とわざわざ書いてありますね。ということは、裏を返せば月華宮の薬師《くすし》は信用できないということ。王太子殿下は女性ですし、後宮の薬師《くすし》が見ることになりますよね？」

文を見ることを許された兎杜は、他にも何か含まれる事柄はないかと、その短い文面を見つめる。

（後宮の薬師《くすし》が信用できないというその根拠はなんだ？）

紫曄は考える。客人として招いている王女が、しかも後宮で倒れれば、現在進めている交渉が不利になるだけでなく、国同士の問題にも発展しかねない。

だが言われるがまま月官薬師《げっかんくすし》を派遣するわけにもいかない。月華宮の薬師《くすし》の領域を侵すなら、それなりの理由と利点がなければならない。

(後宮の薬師《くすし》が、他の薬師《くすし》に劣ることはない。ならば何がいけない？　他の薬師《くすし》と何が違う？)

「……後宮を束ねているのは菫宦官長《かんがんちょう》だな」

なるほど。宦官《かんがん》か、菫個人が信用できないか、菫に連なる者が信用できないのか。

「主上。いかがいたしましょう」

あまり長く考える時間はない。佳月宮が秘密裏に診察を願うなら、人の少ないこの早朝に全ての手配を終わらせなければ。

「碧を呼ぼう。兎杜。すぐに地味な馬車を神月殿に向かわせ、『昨日と同じように』と言伝てろ」

「はい！」

そう伝えたなら、碧は貸したままの宦官装束《かんがんしょうぞく》でここを訪れるはずだ。

(だが、奴らだけで佳月宮に向かわせるわけにはいかないか……)

紫曄は益々顔をしかめ大きな溜息を吐くと、兎杜にもう一つ言い付けた。

「兎杜。本日、午前中の予定を変更する。俺も佳月宮へ向かう」

「はい。……でも、よろしいのですか？　その……またおかしな噂が立つかと」

「仕方がない」

琥国との交渉で数日留守にしていた紫曄が、戻って早々朝から佳月宮へ向かう。

琥国の王女に骨抜きにされている証拠だ。交渉で正式に月妃に迎える準備が整ったのでは？　そんなふうにも言われるだろう。

しかも今、寵姫《ちょうき》の座から滑り落ちそうだと噂される朔月妃は、体調不良で宮に籠り切り。なのに紫曄は佳月宮だけに足を運ぶ。

紫曄が凛花ではなく、王女を選んだと思われて当然だ。

「朔月妃さまがお心を傷めなければいいのですが……」

「それは大丈夫だ」

紫曄はフッと笑って言う。麗麗にもあとで事情をしっかり伝える。朔月宮は心配ない。

(凛花はそこで寝ているからな)

兎杜はきょとんとしていたが、紫曄が微笑みそう言うのなら二人のことは大丈夫なのだろう。そう納得したように頷くと、兎杜はお役目を果たすために走っていった。

「凛花。少し面倒なことが起こった。……佳月宮へ行く」

臥室《しんしつ》に戻り、丸まり眠っている虎猫を撫でて言う。これで起きなければこのまま寝かせておこう。そう思ったが、『佳月宮』の言葉に耳がぴくりと立った。

「なう？　にゃがぅが？」

「王女が倒れたらしい。月官薬師《げっかんくすし》を所望なので、碧を呼ぶ」

「がう……」

虎猫の凛花は意外と表情豊かで、何を考えているのか分かりやすい。少し険しい目元を見れば、王女のことを心配していることが分かる。こんな目に遭わされているというのに、やはり薬草姫らしい。

（そうか。月官薬師《げっかんくすし》なら信用できると考えたのは、白虎の存在があるからか？）

古い時代、琥国では白虎は月官《げっかん》だった。宮廷薬師《きゅうていくすし》や後宮の薬師《くすし》よりも、同じく月を崇める月官《げっかん》ならば信用できると考えたか、単純に碧の存在を知っていたのかもしれない。凛花を崇める優秀な月官薬師《げっかんくすし》だと。

（黒虎の琥珀が薬院に出入りしていることや、親交のある月官《げっかん》がいることは、琥国にも報告されているとは思うが……）

忌み嫌う黒虎と親交のある碧を、王女側が信用するのは少々ふしぎだ。

しかし、それほどに碧が優秀だと評価されている証拠と思えば理解できる。あんな碧だが、たしかに優秀ではあるのだ。

「がう？」

どうしたの？　と凛花が袖を引く。

「いや……そうだ、今回の件は上手くいけば交渉に使えるぞ。月官薬師《げっかんくすし》を付ける代わりに、凛花に秘酒《ひしゅ》の解毒剤になる茶を寄こせと言える」

「がぅ……。ん」

弱味を握って脅すようで気持ちよくはないが、凛花も承知してくれたようだ。

「まずは王女の容態次第だな。重篤《じゅうとく》でないことを祈ろう」

侍従《じじゅう》に予定の変更を伝え、双嵐と老師にだけ連絡を飛ばす。こうしておけば、雪嵐から宰相《さいしょう》へ、晴嵐から琥国の交渉団と対峙している国門《こくもん》へ、極秘に王女の状況を伝えられる。

「では凛花。俺は行ってくるから大人しく――」

「ンー！」

ぶんぶんと大きく首を横に振り、紫曄の脚にしがみつく。まるで連れて行けと駄々をこねる子供のようだ。

「凛花。虎猫のお前を連れて歩くのは無理だ」

屈んでそう言うと、凛花は素早く紫曄の背中に回り、腰に飛び乗った。これではまんま子供。おぶさっているようにしか見えない。

「凛花？　……お前、まさかこのまま連れて行けと？」

「がう！　にゃう、にゃううう……んにゃう。わん！」

『そう！　ほら、こうして……隠れる。大丈夫！』

　言葉は分からないのに、そう言っているのが分かる。凜花は背中にしがみつき、上《う》衣《わぎ》の中に隠れるから大丈夫だと言っている。

　たしかに紫曄の衣装はたっぷりとしているし、すれ違う者たちは皆顔を伏せる。堂々としていれば見つからない気もする。

「……わかった。佳月宮に着き、人払いをするまでは絶対に動くなよ？　声も出してはいけない」

「がう！」

（しかし……抱きかかえるより重いな？）

　おぶさる凜花を支える腕や、おんぶ紐がないせいだ。それに凜花は隠れなければならないので、背中から尻あたりにべったり張り付いている。歩きにくい。

「凜花。絶対に落ちるなよ」

「ん、にゃおう！」

　一抹の不安を抱えつつ、紫曄は少々前傾姿勢で後宮へと向かった。

◆◆◆

（にゃああ、落ちる、落ちる。早く佳月宮に着いて……！）

紫曄はゆっくり歩いてくれているが、手足の力のみで張り付くのは容易でない。

凛花は帯で固定してもらうべきだった、と思いつつ、必死で紫曄の尻にしがみ付いていた。

佳月宮に着くと、紫曄はすんなり臥室《しんしつ》に通された。

（……ということは、病気ではないようね）

病気で急ぎ薬師《くすし》を手配する状況だったのなら、臥室《しんしつ》に皇帝である紫曄を入れるはずがない。感染する病気だった場合、それこそ責任問題になる。

（──毒か）

凛花は背中に潜んだまま、しばらく耳を澄ませることにした。

「昨夜、王太子殿下はひどく疲れたご様子で、早めに就寝されました。そして朝のお支度に伺ったところ、お目覚めにならず……」

「目覚めない？　昨日、何か変わったことはなかったのか」

み た。

凛花はつい昨日、その意味を知った匂いに気が付き、そっと上衣《うわぎ》の隙間から覗いて
（あ、この匂い……）

と、そこに宦官が到着したと声が掛けられ、二人の宦官《かんがん》が招き入れられた。

「ございません。ですが――」


「侍女に昨日の話を聞いていたところだ。碧、お前も聞いていてくれ」

「はい。では琥珀もこちらに」

碧は廊下を振り向く。その瞬間、室内の空気が一転した。

「まさか、黒虎を連れているのですか⁉　殿下の御前に黒虎など、許しません！」

筆頭侍女が声を荒らげた。

「はあ。では僕は帰ってよろしいでしょうか」

「月官薬師《げっかんくすし》殿！　何故そのような！」

侍女たちは碧が招き入れた琥珀を遠巻きにし、露骨に眉を寄せている。

「琥珀は、僕の助手兼試薬係です。彼と王太子殿下が人虎であることも存じておりま
す。僕は人虎と人で、薬の効果が変わるか変わらないかなんて知らないので、琥珀に
毒味役として来てもらったのですが……必要ありませんでしたか？」

「それは……」

にこやかに言う碧の隣で、琥珀は俯いている。

「それと、琥珀は僕よりも多くの薬物、毒物について知識を持っています。お役に立てると思いますが、いかがいたしますか？　侍女殿」

筆頭侍女は渋々琥珀を受け入れ、紫曄の命令でその他の侍女は外へ出された。

「──殿下は眠り続けております。昨日変わった出来事はございませんでした」

筆頭侍女はそう言い、そうっと牀榻《しょうとう》の帳《とばり》を開けた。そこには顔色の悪い王女が静かに眠っていた。さっそく碧が診察を始める。が、琥珀の様子が何かおかしい。眉根を寄せ室内を見回している。すると紫曄を振り返り、控えめに口を開いた。

「……紫曄殿。凛《りん》殿に確認したいことがある。連れてきているだろう？」

碧が「えっ！」と喜びを滲ませた声を上げ、筆頭侍女は怪訝な顔をしている。凛花は出ていいものか……と迷っていると、紫曄が上衣《うわぎ》をめくり背中に手を伸ばした。

「凛花。出ていいぞ」

「わ、わう」

紫曄の腕を伝い、凛花が顔を出した。

筆頭侍女が予想外の虎猫姿に目を丸くしているが、今は侍女に構っている場合ではない。それに王女の筆頭侍女ならば、身元も人格も能力もしっかりとした人物であるはず。当然、人虎についても知っているだろう。

「王太子殿下の侍女ならば理解できると思うが、その虎については他言無用だ。分かるな」

「かしこまりました。皇帝陛下」

筆頭侍女は深々と頭を下げる。

王女のために必要なことならば、忌み嫌っている黒虎の同席も許すのだ。

凛花という白虎の存在を聞いていようが、いまいが、「かしこまりました」と言ったなら、自分の中だけに留められる侍女なのだろう。なんと言っても、あの王女の筆頭侍女なのだから。

（琥珀が呼んでくれて助かったわ。私もずっと気になっていることがあったもの）

凛花はトトト、と王女の傍に寄り、くんくんと匂いを嗅ぐ。

（やっぱり。この香り……なんだろう。すごく似ている香りを知っていると思うんだけど……）

「凛殿。何か香りを感じているな？　やはりか」

「ん！」

嗅ぎ慣れたものではない。だけど嗅いだことのある香りだ。思い出せそうでなかなか思い出せない。

「侍女殿。この室内に、最近その匂いを嗅いだ毒物があるようだ。変わったものを手に入れなかったか」

琥珀の問いに侍女は顔を歪める。

「失礼な！　毒物の検査は済んでおる。殿下も匂いを嗅いだのだ。問題ないものだけを受け取ったわ！」

（受け取った？　一体何を……あっ、お近づきのしるしか）

凛花はそう言われ、王女から十六夜《じゅうろくや》の薔薇《ばら》を受け取ったことを思い出した。他の月妃たちも同じだ。そして皆、薔薇《ばら》の返礼として贈り物をしている。

「贈り物か。官吏《かんり》たちから大量に贈られていたようだったな。侍女殿。贈られたもので、王太子殿下が使ったものを出してくれ」

紫曄のその一声で、筆頭侍女は贈り物をこの場に並べた。様々なものが並んでいるが、佳月妃の色である藤色が多い。

その中に、目を見張るほど豪華で美しいものがいくつかあった。

「殿下がよくお使いになっていたのは、こちらの靴と髪飾りがいくつか……」

それらを目にした琥珀と碧は、揃って顔をしかめ、凛花は「がう」と小さな声を漏らした。どれも他とは一線を画す美しさの藤色をしている。

（やっと分かった。この香りは、あの『美しい緑色の毒』とそっくりなんだ……！）

――『美しい緑色の毒』は、数年前に雲蛍州で流行した新しい染料《せんりょう》だった。

非常に鮮やかな発色で美しかったことから、装飾品に多く使われ花街《かがい》を中心に流行した。けれどその装飾品をつけた女性たちの体調不良が続き、詳しく調べたところ、美しい緑色の染料《せんりょう》が毒であると判明した。

そして少し前。碧が三青楼に凛花を連れて行った、あの時のことだ。

下級妓女《ぎじょ》のふりをしていた凛花の前に、非常に美しい緑色の髪飾りをつけた妓女《ぎじょ》が現れた。彼女は肌荒れが酷く、体も怠いと言っていた。それはまさしく、『美しい緑色の毒』の症状。放っておけばいずれ死に至る。

凛花は碧を通し、妓楼《ぎろう》と花街《かがい》中に『美しい緑色の毒』を知らしめ、使用禁止にするよう助言した。

（これは藤色だし、全く同じ毒ではないけど……でも、たぶん成分が似ている。香りがそっくりなんだもの！）

凛花は同じように、虎の嗅覚で香りに気付いていた琥珀と頷き合う。琥珀もあの後、三青楼の妓女《ぎじょ》たちから『美しい緑の髪飾り』を没収して回ったらしい。だから香りを覚えていたのだ。

「――この中に毒などあるものか！　これだから黒虎は……」

「侍女殿。見事な藤色の装飾品ですね。ですが、これは『美しい藤色の毒』です」

碧の言葉に、侍女だけでなく紫曄も驚いた顔を見せた。

これは月華宮の官吏《かんり》たちが贈ったもの。琥国の王太子に毒を盛ったとなれば、いよいよ問題になる。交渉どころの話ではない。

「月祭の半月ほど前。三青楼の妓女《ぎじょ》に豪華な品が贈られました。非常に発色が良く美しい藤色の、靴と髪飾りでした。ちょうどそれとよく似ております」

碧は藤色の靴をスッと指をさす。

「我らは以前、よく似た『美しい緑色の毒』があると朔月妃さまから教えられていたので、これほど美しく、見たことのない藤色は危険かもしれない。そう思い、僕がしばらく預かっていたのです。そうしたら、近隣の妓楼《ぎろう》で昏睡《こんすい》状態になった妓女《ぎじょ》が出ましてね。あとで分かったのですが、彼女もこのように『美しい藤色』の髪飾りを贈られていたのですよ」

だから、これは毒です。全部かな？　どれか一つだけかな？

碧は楽しそうに藤色の贈り物を見て回る。

「一番美しいのは、この煌《きら》めく布地の靴ですね！　珊瑚《さんご》も見事だ」

あは！　と、碧が笑ったその時、筆頭侍女の怒りがはじけた。

「あ、あの小娘め……っ！」

侍女は怒りと共に、宝玉と珊瑚《さんご》があしらわれた『藤色の靴』を掴み、床に投げつける。珊瑚《さんご》が散らばり、虎猫の凛花は驚き、ぴょん！　と飛び上がった。

「皇帝陛下！　弦月妃です！　あの小娘、一度ならず二度も殿下に毒を送り付けるとは……！」

　許さない、罰してくだされ！　叫ぶようなその声にも、王女はぴくりとも動かない。

「弦月妃がこの靴を贈ったのか？」

「はい。弦月妃は、はじめ毒入りの香炉《こうろ》を持参したのです。ですが殿下が見破り、一度目は許してやりました。二度はないと申したというのに……あの痴《し》れ者が……っ」

　凛花は侍女の話に耳を傾けながら、煌めく藤色の生地で作られた靴を嗅ぐ。僅かに首を傾げ、今度は隣の髪飾りを嗅いでみる。

「……しかし、何故だ。このお小さい白虎の御方が毒に気付くのは納得できる。だが、なぜ闇夜にこの毒が嗅ぎ分けられ、月夜殿下には分からなかったのだ？　おかしいではないか」

　侍女は凛花のことを『お小さい白虎の御方』と呼んだ。

　どうやら琥国では、白虎は本当に特別な存在のようだ。凛花は少々居心地の悪い思いで、藤色の贈り物を嗅いで回る。

「闇夜よ。お前ごときが嗅ぎ分けるなど……まさか、そなた弦月妃と手を組んでいたのではあるまいな！」

侍女は『闇夜』と呼び捨てにし、王女が毒に倒れた苛立ちをぶつける。黒虎でさえなければ、只人《ただびと》であったとしても琥珀は『殿下』と呼ばれる身分だというのに。この現実に、凛花の胸がツキリと痛む。

「はぁ。手など組んでいない。あのような小娘と組んでオレになんの得がある」

「それは闇夜であるからだ。月夜殿下を排除しようと……」

「いいか。オレと朔月妃さまが毒だと嗅ぎ分けられたのは、よく似た毒を知っていたからだ」

「何故！　黒虎よりも優れている殿下が分からぬはずがない！」

凛花は、ぐるぅと悲しそうに唸り、もう一度、藤色の品々を嗅いで回る。

「オレは美しいこの毒の香りを知っていて、月夜はこの毒を知らなかっただけだ。簡単なこと。只人《ただびと》には分からないだろうが、毒の香りがあるのではない。オレも月夜も、毒と知っている香りを嗅ぎ分けているだけだ」

侍女は呑み込めぬ憤りに顔を歪める。

「黒虎が知っていて、月夜殿下が知らないなんて馬鹿なことが、何故……！」

彼女は王女を守れなかったことが悔しいのだろう。その口から出てくるのは、なぜ、どうしてばかり。

「もういいな、侍女殿。碧、琥珀。それに凛花も。解毒剤に心当たりがあれば作って差し上げてほしい。後宮の月妃が贈ったものが原因ともなれば……丁重にお詫び申し上げなくてはならん」

凛花は紫曄の言葉を聞きながら、藤色の品々を見つめ尻尾を揺らしていた。なぜか考え事をすると尻尾が揺れてしまうのだ。

（やっぱり、これは違う。一番目をひく美しさだけど、キラキラする塗料《せんりょう》でそう見せているだけ）

凛花が何度も香りを確かめているのは、卓上の『藤色の髪飾り』ではなく、弦月妃が贈ったという、床に叩き付けられた『藤色の靴』だ。

（とりあえず今はいい。今伝えるべきことは、『美しい藤色の毒』の解毒剤についてだ！）

今の凛花は何を伝えるにも時間が掛かる。拙い筆談しかできないのだから。

凛花は紫曄の袖を引き、筆を使う仕草をして見せる。すると紫曄は、「ああ。これだな？」と頷き、懐から携帯していた紙と筆を出した。

「え……、まさか朔月妃さま……！」

碧がやかましいが、凛花は構わず筆を抱えた。虎の姿では二本足で立つのも、筆を操るのもなかなか難しい。

『しってる』『しょこ』『ろうし』

そんな凛花が、なんとか書いたのがこの三つだ。

「朔月妃さまは、この毒の解毒剤をご存知なのですね？　それから書庫の黄老師もご存知ということですか？」

「がう」

凛花は頷く。

三青楼で『美しい緑色の毒』の品を見つけた後。凛花は染料《せんりょう》使用の禁止と、それを使った品を処分することを願い出るための書類を作った。その時に、雲蛍州で作った解毒剤の他にも解毒剤がないか、治療薬はないかと散々調べた。

『みつけた』『ふるいどく』『ほん』

「なるほど。主上。書庫へ行く許可をください。できればこの愛らしい白虎の朔月妃さまにご同行いただ――」

「駄目だ。お前は一人で行け、碧」

案内は衛士《えじ》に頼め！　そう言われ、碧は書庫へ向かった。

（大丈夫。老師なら『美しい藤色の毒』が書かれていた書物のことを覚えているはず）

毒についての記録をまとめた古い本に、『美しい藤色の毒』は昔々、ある地方でほんの一時《いっとき》だけ作られ、使われた染料《せんりょう》だったと書いてあった。

この『美しい藤色の毒』は、『美しい緑色の毒』とは違い、高価で希少な染料《せんりょう》だったらしい。従って、その染料《せんりょう》を使った品も高価。生産数は限られ、流通数も限られた。そのおかげで『美しい藤色の毒』は広まらないまま、封印されたのだという。

「さて。侍女殿」

「っあ、はい」

呆然としたままの侍女に、紫曄は藤色の品を全て臥室《しんしつ》の外に出し、王女に近付けるなと言う。

「一旦すべて、鍵の掛かる空き部屋にしまっておいてほしい。後日調査をさせていただこう」

もう他に毒物がないか、再確認が必要だ。それに月魄国としては、毒を贈った者についても罰さなくてはならない。佳月宮に一時保管してもらうのは、その証拠保全の意味もある。

「かしこまりました」

侍女は忌々しげな顔で藤色の品を持ち、別室へと運んでいった。

「ふう……」

琥珀は溜息を吐き腰を下ろす。なんだか気が抜けたような顔だ。

（複雑な気持ちよね、きっと）

二人は兄妹なのに、ほとんど顔を合わせたことも、話したこともない。でも生まれた時、喜び駆け付けた妹王女がそこで毒に倒れている。そして、彼女を目覚めさせる解毒剤はすぐに出来るだろう。

（二人の琥珀がまともに顔を合わせるのは、もしかしたら初めてなんじゃない……？）

凛花も複雑といえば複雑な気持ちだ。凛花を半ば無理やり虎化させ、人に戻れなくした王女には腹が立っている。

だが、王女は仲間だ。虎であり、一族の跡継ぎという似た生まれの女同士だ。凛花は王女の様子を見ようと牀《しんだい》に飛び乗る。

そして、あの香りに気が付いた。

（なぜ？　『美しい藤色の毒』はこの臥室《しんしつ》にはないはずなのに……）

辺りを見回して、布団から出た王女の手を見てハッとした。

（藤色の爪紅《つまべに》……っ！　これだ！）

「がうっ！」

早く落として！　と凛花は訴える。これも毒だ、同じ香りがしている！

（ああ、やっぱり思った通りだ。これは今すぐ伝えたほうがいい）

先ほどは、解毒剤を作り投与することが優先。どの贈り物が『美しい藤色の毒』なのかは後回しでいいと思ったのだが――

凛花は卓に飛び乗り、『どく』と書いた紙を掲げ、髪飾りと爪紅《つまべに》だけを指差した。

「なに？　どういうことだ。凛花」

一所懸命に筆を動かす凛花を、紫曄が覗き込む。

『どく』『かみかざり』『つまべに』

そう書いた紙を見せ、『くつ』と書いた紙には大きくばつ印を付けた。

「爪紅《つまべに》だと？　気付かなかった……」

ぼんやりとしていた琥珀がそう呟く。爪を染める習慣のない者や、男性には気付き難い部分。診察をしていた碧も、この爪紅《つまべに》まで毒だとは思っていないようだった。

それに二人には、美しい染料《せんりょう》を使った毒は、髪飾りなどの装飾品だという先入観もあったのだろう。

「がぅにゃ！」

だが、弦月妃が贈った、宝石があしらわれた装飾品のような『藤色の靴』は、『美しい藤色の毒』とよく似ているだけの、無害な靴だ。凛花の鼻がそう言っている。

「毒の送り主は、弦月妃ではないと申すのですか！　虞朔妃さま！」

戻ってきた侍女が言い、凛花は頷く。

それよりも、戻ったのなら早く爪の藤色を落としてほしい。

（これが一番、王女を蝕んでいる毒だ！）

弦月妃が贈った靴はとても美しい。

おそらく、毒である藤色と近い染料《せんりょう》で染めたものと思われる。だが色の鮮やかさ、美しさは毒には叶わない。だからキラキラと輝く加工をして、少しくすんでいる色を誤魔化していたのだと思う。

（だけど、一体なんのためにこんなことをしたの？　『美しい藤色の毒』と紛らわしいものを贈ったのは偶然……？）

謎ではあるが、ひとまず先に髪飾りと爪紅《つまべに》の贈り主を捜すのが先だ。侍女が横着《おうちゃく》をしていなければ、贈り主の名を控えてある。あの筆頭侍女なら問題ないだろう。

（贈り主が判明すれば、わざわざ弦月妃さまが、毒に似せた贈り物をした理由も判明するでしょうね）

◆

紫曄が慣れぬ手つきで茶を淹れるのを、虎猫の凛花が見守っている。

輝月宮に来てから数日。すっかり馴染んでしまった紫曄の私室に、薬草茶の独特な香りが広がる。

「よし。凛花、飲んでみてくれ」

「がう！」

これは意識を取り戻した王女から届いた、虎の秘酒《ひしゅ》の解毒剤となる茶だ。これで本当に、凛花が人に戻れるのかは分からない。

（でも、飲むしかない……！）

凛花は肉球の両手で茶杯を支え、ふーふーと息を吹きかける。

「熱かったか。すまん、加減が分からなかった」

「にゃあ」

凛花は気にしないでと首を振る。普段、あまり茶を淹れることのない紫曄だし、虎猫には少し熱いが、人の舌には温《ぬる》めの茶だ。

そろそろ茶が冷めた頃、凛花は意を決して一気に茶を飲む。このお茶、あまり美味しくないのだ。

（早く人の姿に戻って、麗麗のことも安心させてあげなくちゃ）

そんなふうに思いながら、凛花はその夜も紫曄の腕に抱かれて眠った。

そして翌朝。凛花は寒さを感じて目を覚ました。ぼんやりしたまま紫曄の温もりを求め肌をくっつけ、ぎゅうぎゅう抱きつく。虎猫の毛皮越しなのですぐには温まらないが、紫曄も抱きしめ返してくれるので、凛花は甘えて丸い頭をすりつける。

（……ん？　なんだか感触が……）

肩や腕に髪が触れてくすぐったい。絡められた紫曄の脚から、凛花の脚に温もりが伝わっている。

凛花はハッとして目を開けた。すると飛び込んできたのは、紫曄の胸にぺたりと触れている手。久しぶりに見る、自分の人型の手だ。

「あ……戻った」

指を動かして、脚も動かしてみる。それから自身の頬にそっと触れてみた。

「ふわふわじゃない……ひげもない！　し、紫曄！」

「なんだ、凛花……今日は冷えるな」

寝ぼけまなこで紫曄はそんなことを言っている。まだ目を閉じたまま、いつものように凛花のつむじに口づけて、薄い肩を抱き寄せる。

「紫曄！」

「……ん？　凛花……？」

その紫色に人型の凛花が映って、二人はぎゅうっと抱きしめ合った。

◆◆◆

その日の午後。紫曄は輝月宮に宦官《かんがん》姿の碧を呼び出していた。琥珀も一緒だ。

凛花も同行したがったが、朔月妃は表向き宮で療養中。それに、突然虎に戻ってしまう可能性もある。留守番が無難だ。

「碧。今回はお前にも無理を言ったな。あと何度か宦官《かんがん》のふりをしてもらうと思うが……」

「かしこまりました。あは。主上、僕は宦官装束《かんがんしょうぞく》を着ることに抵抗はありません。お気になさらずに」

男性の中には宦官《かんがん》を見下している者も少なくない。宦官《かんがん》のふりをしろという屈辱《くつじょく》を命じる紫曄には従いたくない。碧がそう思ってもおかしくなかったのだが、おおらかな性格に助けられた。変人だが。

(碧には凛花の目的のため、まだ協力してもらわなくては困るからな)

「朔月妃さまの愛らしいお姿も拝めましたし、むしろ僕はこのまま宦官《かんがん》になったほうがいいのではと……」

「やめておけ。凛花は宦官《かんがん》ではなく、薬院の長で月官薬師《げっかんくすし》のお前に用があるんだ。凛花が許さないぞ」

「えっ。朔月妃さまが僕を必要だとおっしゃったのですか……！」

碧はだいぶ都合のいい解釈を呟いたが、紫曄は頷いておいた。宦官《かんがん》になられて朔月宮に押しかけられるよりはましだ。

碧を連れ佳月宮へ赴くと、すでに床上《とこあ》げした王女が待っていた。

今日は藤色ではなく、あの艶《つや》やかな十六夜《じゅうろくや》の薔薇《ばら》と同じ色をまとっている。

「皇帝陛下。まずはお礼とお詫びを。虞朔妃殿には申し訳ないことを……いや、陛下。客人で病み上がりのワタシをそう怖い顔で睨むな」

「まずは回復をお喜び申し上げる。だがな、睨みたくもなる。凛花は今朝やっと人に戻れたのだぞ？　ああ、茶についても一応は礼を言おう」

「戻ったか。それは何より。だが、ここまで長期に渡り、虞朔妃殿が人に戻れぬとは予想外のことだった。あの夜、秘酒《ひしゅ》に混ぜたのは『長く変化していられる薬』だ」

『長く変化していられる薬』は、碧が持っている神月殿の書に記載があった。同じ薬なのか、碧は確かめたそうにうずうずしている。

「『長く変化していられる薬』を混ぜた酒は私も試した。だが朝には人に戻っていた。今回のことを見るに、白虎である虞朔妃殿と、虎の秘酒《ひしゅ》とは相性が良すぎるのやもしれんな」

そんなことがあるのか？　と紫曄は思ったが、「そなたは秘酒《ひしゅ》に弱すぎたではないか」と、そう言われてしまえば納得するしかない。あのことは忘れさせてくれ。

「フフ。しかし、さすが薬草姫だ。金虎と白虎、黒虎までが一堂に会していたとは……。あり得ぬことよ」

王女は琥珀に視線を向ける。

「闇夜。此度のこと、そなたにも礼を言う。……闇夜も虞朔妃殿も、よく敵対しているワタシを助けてくれた。しかし……何故だ？」

「……オレが思うに、凛殿は『薬に携わる者として放っておけない。同じ人虎のよしみ』とでも思っていたのだろう。……見て見ぬふりをするには、我々は近すぎる」

「人虎のよしみだと？　なんとまあ」

甘いことを。王女は呟き苦笑をこぼす。

「虞朔妃殿には借りができてしまったな。さて、何で返そうか」

紫曄をちらりと見る。

「では、しばらく俺と凛花に関わらないでいただきたい」

「フフ、辛辣《しんらつ》だな。だが承知した。完全に体調が戻るまで滞在することにはなるが、陛下を誘惑することは控えよう。媚薬《びやく》も飲ませぬし、押し倒しもせぬ。佳月宮へのお招きも遠慮しよう」

碧と琥珀が「襲われてたんですね」「皇帝も大変だな」という目で見ているが、気付かなかったふりをする。

「それは助かるが……。王太子殿下、あなたの目的は本当に私の子なのか？」

「もちろんそうだ。できれば白虎が欲しいと何度も言っているであろう。ああ、抱いてくれる気になったか？」

彼女は碧や琥珀がいようと言葉を選ぶつもりはないらしい。凛花であれば、侍女しかいなくとも言葉を濁すところだが、王女にとっては侍女も碧たちも置物なのだろう。

ならばこちらも、この機会に気になっていたことを聞いてしまおう。

「王太子殿下は先日、自分が産まなくとも白虎をもらえれば……とも言っていたそうだが」

もしも凛花が白虎を産んだ場合、今度はその子が危険に晒されるのではないか。紫曄はそう懸念している。

「くれるのか？　それならば遠慮はせぬぞ。フフ。……陛下。全ての女が、子を産みたいと思っているとは限らない。それは幻想だ」

そう言った王女の瞳は冷ややかで、暗さすら感じる。

「私は王太子だ。いずれ王になる。後宮で寵《ちょう》を競い、子を産むために生きる女ではない。しかし私には……白虎が必要なのだよ」

白虎とは、琥国においてそこまで意味を持つものなのか。紫曄にはまだ理解しきれないことだ。

（月の加護《かご》を体現している金虎に黒虎。二人も人虎がいれば十分ではないか）

そう思うが、他国の事情にまで口は挟めないし、挟みたくもない。下手をすればこの金虎に取って喰われてしまう。情けないが、今はそれが真実だ。

「ところで、そこの宦官装束《かんがんしょうぞく》の。そなたが解毒剤を作ってくれた月官薬師《げっかんくすし》だな？」

「はい。朔月妃さまの下僕《しもべ》です」

王女がちらりと視線を寄こしたが、紫曄は渋い顔で首を横に振る。

「ワタシに盛られた毒のことを聞きたい。あれはどこの毒だ」

「花街《かがい》に流れてきた藤色の品々は、元はある豪商《ごうしょう》が所有していた物でした。あの『美しい藤色の毒』は、暖かく、美しい海のある地域のものです。記録によれば、ある海域のみに生息する貝が原料だそうです」

「貝……。暖かな海か。なるほど。ワタシには分からなかったはずだ」

王女はハァーと大きな溜息を吐く。

「数々の毒に身を慣らし、虎の嗅覚に覚えさせてきたが……。閉ざされた琥国らしいことよ。黒虎が知り得ていたのに、金虎の私が知り得なかったとはな」

琥国には海がない。更に国を閉じているので海に繋がる道もない。

加えて今回、王女に贈られた毒は、ごく限られた地域で、ほんの一時期だけ作られていた、古い毒だった。月魄国でもほとんど知られていないものだ。

「……オレは国を出されていただけだがな」

琥珀は皮肉を言うつもりではないだろうが、王女にとっては皮肉だ。

琥国で大切にされていた『琥珀』は、この毒を知ることができず、見捨てられた『琥珀』は知ることができた。

「ワタシはやっと外に出られたが、居場所はこの後宮。女とは不便なものよ」

王女はそう呟いた。

◆◆◆

「陛下。追加で茶を用意させた。濃いめに淹れるか、煮出してもいい。虞朔妃殿が人型のうちに飲ませるといい。それから――闇夜」

名を呼ばれ、琥珀が王女を見る。同じ色の瞳に、よく似た顔のお互いが映っている。

「白虎の姫と一緒に、三人で話がしてみたい。よいか？」

琥珀は眉根を寄せ、小さく頷いた。

紫曄に礼と詫びを済ませ、碧に気になっていたことを尋ね、黒虎とも話をした。

毒から回復した今、礼を伝えなければならないのはあと一人。

「藤色の頂き物を弦月宮にお返しししておいてくれ」

侍女にそう命じた。送り返す品には、『そなたにこそ相応しい。お返し致す』と一言添えてある。『毒なんてものを贈りやがって。覚悟しておけ』の意だ。

「かしこまりました。……殿下。お返ししてしまってよろしいのですか。毒を贈られたと訴え出ないのでしょうか」

「董弦妃が関わった証拠はない」

弦月宮から届いたのは美しいだけの『藤色の靴』。

毒は『藤色の髪飾り』と『藤色の爪紅《つまべに》』だ。後者二つの贈り主は、目立たぬ部署の地味な官吏《かんり》だった。

彼らの処分は月魄国に任せるが、その代わり、証拠品である藤色の贈り物は王女が貰い受けることとした。もちろん紫曄に伝えてある。

お互い遠慮したいと、ここを落としどころにした。表沙汰にしたくないのは紫曄も王女も同じ。過分な面倒事は
「董弦妃に贈られた靴には、珊瑚《さんご》と真珠が飾られていた。あの藤色は貝の毒。偶然にしては……なあ？」

しかしそうは思っても、三者に確固たる繋がりは掴めていない。毒を贈った二人には、隣国の王太子に毒を盛る理由がない。それどころか、そんな度胸も、あの品を手に入れる財力すら怪しいように思う。

となれば、王女に毒を盛りたいと思い、それを用意する財力と、策を弄す力を持つ黒幕がいるということだが——

「他国の後宮を引っ掻き回すこともできまい。お前は、我らが毒に気付かぬ無能だと触れ回りたいのか？」

侍女は苦々しい顔で、いいえと答える。

（うかうか毒を受け取り、身に着けてしまった屈辱《くつじょく》は忘れない。それに訴え出ぬからといって、ただで済ます気もない）

「そのうち効果的な方法でお返しをして差し上げなくてはなあ」

王女は赤い唇を吊り上げニヤリと笑う。

扇の陰には、金虎の鋭い牙が見えるようだった。

◆◆◆

弦月宮に、佳月宮から贈り物が届いた。

「あら。簡単にはうまくいかないものね」

短い添え文を手に、弦月妃は微笑みそう言った。

「それにしても、たまたまこの時にあの土地の豪商《ごうしょう》が亡くなり、蔵から藤色の品々が流れてしまったとは……ツキのないこと」

予想よりも早く王女が回復したことで、弦月妃は何が起こったのか探らせた。王女の治療にあたったのは、高級妓楼《ぎろう》で奉仕活動もする月官薬師《げっかんくすし》。周辺を深掘りしてみれば、花街《かがい》で目立つ装飾品による騒動があったというではないか。

有名な豪商《ごうしょう》の品。高値が付いて当然だ。その流出先が皇都の花街《かがい》になるのも然《しか》り。どんなに良い品であろうと、流れた品が月華宮に届くことはまずない。

「口惜しいこと。その価値を知るわたくしが手に入れていれば、もっと楽しめたでしょうに」

弦月妃は軽い溜息を吐く。

その月官薬師《げっかんくすし》が妓楼《ぎろう》になど出入りしておらず、藤色の品が流れていなければ、王女はもっと苦しみ、弦月妃を馬鹿にした報いを受けただろうにと。

しかし企みが失敗したというのに、弦月妃からは余裕すら感じられる。侍女の貞秋が拍子抜けした顔をしているので、弦月妃はころころと笑った。

「なんて顔をしているの？　今回の件で主上の足が佳月宮から遠退いた。朔月妃もどういう訳か宮に籠っている。わたくしには良いことしか起こっていなくてよ」

弦月妃は箱に入れられた藤色の品を見つめる。

――あの品は、可愛がってくれていた大叔母《おおおば》から、後宮入りが決まった時に譲り受けたものだ。

大叔母《おおおば》が嫁《とつ》いだのは、海が美しい土地の名家。豊かな海からは、珊瑚《さんご》や真珠《しんじゅ》、豊富な海鮮が手に入り、『美しい藤色の毒』となる貝も生息していた。

昔。この藤色がまだ毒だと知れる前には、美しく豪華な品が作られたそうだ。この染料《せんりょう》は、特定の処理をしなければ並みの藤色だが、ある処理を施すと特段に美しい藤色になる。

だが特定の処理を施すには手間がかかる。そのため量産はできず、評判になる前に毒だと判明した。

そして幻の藤色は、いつしか毒だということも一緒に忘れられ、外から嫁《とつ》いだ弦月妃の大叔母《おおおば》によって再発見された。

弦月妃に譲られたのは『藤色の靴』『藤色の髪飾り』『藤色の爪紅《つまべに》』の三品。靴だけは毒ではないが、美しい藤色はそれだけで使い道がある。藤色は第二位の月妃・佳月妃の色だ。

い、い、いよく考えてお使いなさい。そう託された日が懐かしい。弦月妃は目を閉じる。

(大叔母《おおおば》さまは、好んで皇都《こうと》から離れた土地に嫁《とつ》いだのではないわ。董家の都合でそう采配《さいはい》されただけ)

——わたくしと同じ。

弦月妃は最近思う。采配《さいはい》する祖父や父、一族の男たちは身勝手で、宦官《かんがん》を輩出する家でありながら、女のことなど何も見えていないと。

（この後宮に、駒とされた女を操る男はいない）

男であることを捨てた宦官《かんがん》はいる。弦月妃という駒を操る棋士《きし》役は、もちろん宦官《かんがん》長《ちょう》の祖父だ。

（でも、お祖父さまも老いた）

実は宦官長《かんがんちょう》の存在を煙たがっている宦官《かんがん》がいるのも知っている。今回、弦月妃に手を貸したのも彼らだ。表でくすぶっている官吏《かんり》を見つけ、贈り物によい『藤色の髪飾り』と『藤色の爪紅《つまべに》』があると耳に入れた。あとはいつでも処分できる宮女を見繕い、品物の受け渡しをさせた。もちろん弦月妃の名も、姿も見せてはいない。

王女を排除するまではできなかったが、思い知らせてやることはできた。

（お祖父さまの手がなくても、わたくしは十分にやっていける。わたくしを駒にする気なら、上手く操ってくれなくては困るのよ）

できないのなら、この盤上から下りてもらわなくては。

「お祖父さまにも佳月宮の王女にも、もっと思い知らせなくてはいけませんわ。わたくしは寵《ちょう》を分け与えてもらう側ではない。わたくしこそが望月妃に相応しいのだと」

（きっと祖父は、王女が後宮に入る手助けをする代わりに、わたくしに皇帝の寵《ちょう》を分

け与えさせる……という約束をしたのだわ）

分け与えられる側など冗談ではない。大人しくしているのはここまでだ。

弦月妃はニタリと笑う。

（『藤色の毒』にわたくしが関わった証拠はなにもない。証拠がなければ、主上もなにもできない）

となれば、この謹慎もじきに解ける。

久々に心躍る気持ちだ。弦月妃がふと庭に目を向ければ、あれほど咲き誇っていた金桂花がもう終わりかけている。

次に控える月妃の晴れ舞台は、新年を祝う祭だ。

「……貞秋。王女だけでなく、朔月妃の様子も探るようにして」

いつまで朔月宮に引き籠っているつもりなのだろう？　本当に病の療養中なのか、それとも寵姫《ちょうき》から滑り落ちそうだと落ち込んでいるのか。

（このまま王女に負ける女ならばどうでもいいが、朔月妃はしぶとそうに見える）

度胸があることは星祭で分かった。それに下々から、慈悲深い月妃だと評判がいいらしいが、慈悲深くとも淑やかな姫ではない。あれは『跳ねっ返りの薬草姫』だ。油断をしてはいけない。田舎姫と馬鹿にし、油断をした結果がこの謹慎なのだから。

（神託の妃など、次こそわたくしが蹴落とし、踏み台にしてくれるわ）

皇后・望月妃になるのは、朔月妃でも琥国の王女でもなく、この弦月妃、董白春《とうはくしゅん》だ。

そう誓う弦月妃の顔にはもう、皇帝にほのかな想いを寄せていた少女の面影はなかった。

◆◆◆

凜花は、相変わらず輝月宮で過ごしていた。

「う……美味しくない」

渋い顔で飲んでいるのは、王女から貰った解毒の茶だ。薬草に慣れ親しんだ凜花には珍しく、受けつけ難い味でつい顔をしかめてしまう。

「しかし効いているようだ。月さえ出ていなければすっかり人に戻れるようになったな」

紫曄の言葉の通り。

凜花は昼間と、月のない夜は、人の姿を保てるようになっていた。

逆を言えば、どんなに細い月であっても、月が輝いている間は虎の姿になってしまう。凜花の意志とは関係なく体が変化し、朝まで決して戻れない。

「今夜は久しぶりに人の姿で眠れそうです」

茶を飲み干した凛花が窓の外を見上げる。今夜は厚い雲が夜空を覆い、月は出ていない。

「ああ。お前の声を聞けるのはいいな」

紫曄は後ろから凛花を抱きしめ、愛おしそうに首筋に唇を落とす。ずっと虎猫姿だったので、紫曄の脚の間がすっかり定位置になってしまった。

「紫曄。駄目です、先にお話を」

首から頬、額にと口づけを繰り返す紫曄を、凛花は片手でたしなめる。今、もし雲が晴れてしまったら、凛花はあっという間に虎になってしまうのだ。

「父から返信が届いたのでしょう？　早く見せてください」

「文《ふみ》は逃げない」

「私も逃げません！」

いい加減にしなさいと、凛花は虎猫のように手を突っ張り紫曄の唇を拒む。と、がっかりしつつも観念した紫曄が卓に手を伸ばし、凛花の父から届いた文《ふみ》を広げた。

『人に戻れなくなった人虎の伝承が残っております。信憑性は不明ですが、薬箋《やくせん》も伝わっております』

『主上。許されるのなら一度、娘凛花を雲蛍州にお戻しください』

「薬がある……！」

いや、薬箋《やくせん》だから、正確には薬の作り方が残されているだけだ。それでも今の中途半端な状況から脱せる可能性が見つかったのは有り難い。

しかし、凛花は月妃だ。後宮から出ることはできない。

凛花は自身をすっぽり包む紫曄の手に触れる。背中をその胸に預け見上げると、紫曄は眉を寄せた渋い顔をしていた。

（仕方のない人）

クスリと小さな笑みが零れた。先ほどまでのしつこい悪戯《いたずら》は、全て凛花がこのあと口にするだろう言葉をどうにか言わせないためだったのか。そう思ったら、あまりにも紫曄が可愛くて、愛しくて堪らなくなった。

「紫曄」

凛花はくるりと体の向きを変え、ぎゅうっと紫曄を抱きしめる。

「お願いがあります。雲蛍州に行く許可をください」

「……はぁ。分かった。なんとかしよう」

紫曄だって、凛花の体を元に戻してやりたい。

だが、今のこの状況で後宮から姿を消すことは、『朔月妃』にとって大きな損失だ。

下手をすれば大きな傷を作ることになる。

(紫曄の懸念は私も分かっている)

一応の和解はしたが、王女は変わらず佳月宮に滞在している。弦月妃の謹慎もそろそろ解ける。今回の件では証拠がないため、弦月妃に罪を問うことは難しい。

そして、神託だ。

『琥珀の月が、白銀の背に迫る。古き杯を掲げ、月と銀桂花の結実を成せ』

凛花が一旦後宮を去ることは、この神託の文言に沿っているようにも見える。

『琥珀の月が、白銀の背に迫る』

背に迫り、追い立てられる凛花を表しているのではないか？　朔月妃が後宮を出ることは、神託で定められた正しいことなのではないか？　そう思われるだろう。

なぜなら神託はもう一つあるからだ。もう一つの神託は、三年前の凛花に出され、凛花が後宮に入る理由となったあの神託だ。

『白銀の虎が膝から下りる時、月が満ちる』

『白銀の虎が膝から下りる時』

これは朔月妃・凛花が紫曄の寵愛《ちょうあい》を失い、雲蛍州へ帰ると暗示していたのではないか？　その結果、佳月宮の王女が望月妃となり、『月が満ちる』へと導かれるのでは。そんな解釈もできてしまう。

（そう解釈が確定されてしまえば、私がこの後宮に、二度と戻れなくなる可能性がある）

凛花はぎゅっと紫曄にしがみつき、紫曄も凛花をきつく抱きしめる。

「俺は、お前を失いたくない」

「はい……」

お忍びで後宮を出ることはできる。今と同じく、凛花は病気療養中で朔月宮に籠っているとすればいい。

（でも、後宮はそんなに甘くない）

麗麗や兎杜、老師の協力もあり、凛花の不在を徹底的に隠しているが、それでも漏れ出る噂は抑えられない。それは悪意の有り無しにかかわらず難しい。

「最近、朔月宮に仕える者たちから凛花の容体を心配する声が多くあがり、麗麗が苦慮していると聞く」

麗麗は他の者を凛花の臥室《しんしつ》に近付けさせないため、ずっと凛花の臥室《しんしつ》に籠り、不眠不休で看病にあたっていると見せかけている。食事や着替えなどにまで気を回し、凛花が『そこにいる』という状況を作ってくれているらしい。

「お前が雲蛍州へ行くのなら、今度は療養のための帰郷《ききょう》としたほうが無難かもしれない」

苦渋の選択だが、朔月宮にいないものをいると見せかけるより、いないと認めたほうが凛花を守ることは簡単だ。捻じれたおかしな噂が流れるよりはましとも思えるし、麗麗の負担も少ない。

「そうですね。……はい。主上の御心のままに」

これ以上、何も知らない麗麗に押し付けるわけにはいかない。

「麗麗にも全てを話したいと思います。受け入れられるかは分からないけど……事情を伝えないまま、麗麗の忠誠心に甘えることはできません」

「そうだな。雲蛍州行きの調整をする間に、麗麗と話す時間を作ろう」

「はい。……ふふ。もし麗麗が虎の私を受け入れてくれたら、ここで二人で過ごす時間もおわりですね」

途端に紫曄が顔をしかめ、凛花を抱く腕に力を籠めた。

「朔月宮に返したくないな」

月のない夜と、朝の短い時間限定であっても、いつでも凛花が傍にいる生活は紫曄にとって喜ばしいことだった。凛花本人が望んだ状況ではないが、それでも幸福を感じてしまっていた。

それは凛花も同じ。周囲に負担を掛け、朔月宮を放り出しているのに、寝ても覚めても紫曄が隣にいる毎日は幸せだった。

「……人虎じゃない只人《ただびと》になれたら、またこんな毎日を過ごしたいですね」

ぽそっと小さな声で言った。

紫曄の胸元にくっつけている、凛花の耳や頬がじわわと赤くなっていく。顔を見ながらなんて、とてもじゃないが言えない言葉だ。

輝月宮で暮らす紫曄とこんなふうに時間を過ごすには、すぐ隣にある望月宮に入るしかない。二つの宮は繋がっていて、皇后《こうごう》のための臥室《しんしつ》もある。

(伝わった？　一緒にいるために望月妃になりたいって言ったこと、紫曄は分かってくれた？)

どきどき、どきどきと心臓が騒いでいる。以前にもいつか望月妃になりたいと、ぼんやり伝えたことはある。だけどそれは、こんな実感を伴った言葉ではなかったし、切実に願う言葉でもなかった。

「凛花。必ず、お前を望月妃にする」

虎猫を抱え込むように、紫曄が凛花を抱きしめる。本当は雲蛍州になどやりたくないし、行くなら自分も一緒に行きたい。手を離したくないし、逃がしたくもない。

だけど今は、凛花のために一旦離れることを受け入れなくてはならない。

「望月妃になってくれ、凛花。お前しか欲しくない」

絞り出すように囁かれたその声に、凛花は喉を震わせ頷く。

「……はい」

どんな姿でも、どんな厄介な事情を抱えていても、こうして求めてくれる紫曄が好きだ。言葉を惜しまない紫曄にどれほど救われているか。凛花は青い瞳を潤ませ、胸元で俯きただ頷く。

療養のため雲蛍州へ帰ると公表することは、月妃を降ろされるに等しい意味を持つ。

皇家に縁の深い薬院や、離宮で療養するならまだ月妃として想定内だ。そこはまだ皇帝の囲いの中。皇帝のものであることに変わりはない。

だが故郷へ療養に向かう凛花は、はたからすれば皇帝に帰郷《ききょう》を命じられたようにしか見えない。紫曄が自ら手を離し、囲いの外に出すのだ。朔月妃の名を持ったままであっても、それは神託に配慮してのことだと思われる。

理屈としては、黒虎の琥珀と同じだ。

「戻る時にはお土産をたくさん持ってきますね」

「ああ。楽しみにしている」

――本当に戻ってこられるのだろうか。

凛花は心に重くわだかまる、その言葉は口にしない。紫曄も同じだ。

凛花が月華宮に戻り、望月妃になれるかどうかは、紫曄だけの力では難しい。

いや、皇帝の権力を使い、凛花を望月妃にすることはできなくはない。だがそれでは意味がない。

それでは朔月妃のまま、寵姫《ちょうき》として後宮で過ごしていた今までと変わらない。

一旦後宮を離れた凛花が本当の意味で望月妃になるには、よほどの功績や、もっと確かな神託の後押しが必要だ。

なんせ後宮には、確かな神託と、やんごとなき身分を持つ、琥国の王太子・月夜王女がいるのだ。家柄で言うなら弦月妃も、暁月妃・朱歌も、薄月妃・霜珠も皆が望月妃になれる。世継ぎのことを考えれば、朱歌は多少年嵩《としかさ》だが無理ではない。霜珠だって気が変わらないとは限らない。

（それに一旦外に出る私は、世継ぎを産む妃として厳しい目が向けられるようになる）

療養という名目を使う以上は健康が問題視されるし、皇帝以外に身を任せていないか、貞操《ていそう》も疑われるだろう。

戦乱の時代には、夫がいた女性を戦利品として後宮に入れることがあった。他国の妃を略奪したこともあった。純潔《じゅんけつ》でない娘が月妃になれないという決まりはない。

だが、良くも悪くも時代は変わった。

（紫曄が好き嫌いだけで妃を選べないことは分かっている）

簡単に生涯を共にできるとは思っていない。だけど仕方がない。

（一緒にいたいと思うのは、紫曄しかいないんだもの）

ならば、そのためにはどうすればいいのか。

――瑕疵《かし》となる帰郷《ききょう》の意味を反転させればいい。

里帰りは月妃としての汚点ではなく、功績にすればいいのだ。

例えば、満薬草。

（老師はあの伝説の薬草を、朔月妃としてどうするつもりかと問うた）

秘匿するのか、公表するのか。小花園や神月殿でひっそり栽培するのか、雲蛍州で大々的に栽培するのか。

まだまだよく分からない満薬草だが、うまく使いこなせれば必ず紫曄と凛花の力になる。そしてその力とは、後ろ盾も少なく瑕疵《かし》付きの月妃となる凛花が、王女や他の妃と競うための武器にもなる。

（雲蛍州は薬草の大産地で、白虎を受け継ぐ地。きっと雲蛍州にも満薬草がある。その使い方だって分かるかもしれない）

なんといっても白虎の『薬草姫』、凛花の生まれ故郷なのだ。月華宮の大書庫にもない資料が眠っていてもおかしくはない。

（満薬草は人虎のための薬草だって王女も言っていた。それなら雲蛍州にないほうがおかしい）

「凛花」

紫曄は俯いたままの凛花を上向かせ、そっと唇を重ねる。ただ愛しさを伝えるだけの、優しい口づけだ。

「必ず帰ってきてくれ。凛花」

「はい。待っていて、紫曄」

今の凛花は『長く虎化していられる薬』を混ぜた『虎の秘酒《ひしゅ》』の効果が捻じれてこうなってしまった。『虎の秘酒《ひしゅ》』の効果を打ち消す解毒の茶はある。

だが白虎だからなのか、完全には元に戻れない。

しかし、この凛花の状態を治すことは、虎化の謎を解く大きな手掛かりになり得る。

（お父様からの文《ふみ》には、『人に戻れなくなった人虎の伝承が残っております。信憑性は不明ですが、薬箋《やくせん》も伝わっております』とあった）

それは琥国の王女、月夜でさえ知らなかった薬だ。

（雲蛍州には、私だけでなく、琥国も知らない人虎の記録や秘密が眠っている。きっ

（きっと全ての答えは、銀桂花が咲く雲蛍州にこそある。

と、満薬草も——）

「紫曄。あなたに抱かれて眠りたい」

虎猫の抱き枕を得た紫曄が「お前を抱いて眠りたい」と凛花を揶揄《からか》い言ったことがある。その時は恥ずかしさに震えていたが、今は膝の上で紫曄を見つめその腕をねだる。これが今の、凛花の素直な気持ちだ。

「仰せのままに」

紫曄は紫色の瞳をとろりと蕩けさせ、凛花を抱きかかえ立ち上がる。

今夜、二人を振り回す琥珀色の月は厚い雲の中。

二人を邪魔するものは、今ここには何もない。

怠け狐に傾国の美女とか無理ですから！
妖狐後宮演義《ようここうきゅうえんぎ》

福留しゅん
Shun Fukutome

国を滅ぼすつもりが王子に見初められまして!?

傾国を企む妖狐 × 民のため奔走する王子

主神によって、地上に降り増長した国を滅ぼすよう命じられた、ぐうたらな狐の従属神・末喜《モオシイ》。渋々とお仕事に取りかかろうとしていた彼女は地上で滅ぼすべき国・夏の王子である癸《グィ》と出会い、なんと一目惚れをされてしまう。一度は彼を撒き、夏の後宮へ潜り込んで国を滅ぼす算段を立てていた末喜だが、その後も何かと癸に関わるはめになったり、夏の大王の寵姫として我が物顔に振舞う従属神・妲己《ダァジィ》と争ったりする間に計画はあらぬ方向へ向かい……

異彩の中華ファンタジー、開幕！

◎定価：726円（10％税込）　◎ISBN:978-4-434-33470-2　◎Illustration：トミダトモミ

かりそめ夫婦の
穏やかならざる新婚生活

親を亡くしたばかりの小《こ》春《はる》は、ある日、迷い込んだ黒松の林で美しい狐の嫁入りを目撃する。ところが、人間の小春を見咎めた花嫁が怒りだし、突如破談になってしまった。慌てて逃げ帰った小春だけれど、そこには厄介な親戚と——狐の花婿がいて？　尾《お》崎《ざき》玄《くろ》湖《こ》と名乗った男は、借金を盾に身売りを迫る親戚から助ける代わりに、三ヶ月だけ小春に玄湖の妻のフリをするよう提案してくるが……!?　妖だらけの不思議議な屋敷で、かりそめ夫婦が紡ぎ合う優しくて切ない想いの行方とは——

各定価:726円(10%税込)

イラスト:ごもさわ

この作品に対する皆様のご意見・ご感想をお待ちしております。
おハガキ・お手紙は以下の宛先にお送りください。

【宛先】
〒150-6019 東京都渋谷区恵比寿4-20-3 恵比寿ｶﾞｰﾃﾞﾝﾌﾟﾚｲｽﾀﾜｰ19F
（株）アルファポリス　書籍感想係

メールフォームでのご意見・ご感想は右のＱＲコードから、
あるいは以下のワードで検索をかけてください。

アルファポリス　書籍の感想　検索

ご感想はこちらから

アルファポリス文庫

月華後宮伝《げっかこうきゅうでん》4　～虎猫姫《とらねこひめ》は冷徹皇帝《れいてつこうてい》と琥珀《こはく》に惑《まど》う～

織部ソマリ（おりべ そまり）

2024年2月25日初版発行

編集－加藤美侑・森 順子
編集長－倉持真理
発行者－梶本雄介
発行所－株式会社アルファポリス
〒150-6019東京都渋谷区恵比寿4-20-3 恵比寿ｶﾞｰﾃﾞﾝﾌﾟﾚｲｽﾀﾜｰ19F
TEL 03-6277-1601（営業）　03-6277-1602（編集）
URL https://www.alphapolis.co.jp/
発売元－株式会社星雲社（共同出版社・流通責任出版社）
〒112-0005 東京都文京区水道1-3-30
TEL 03-3868-3275
装丁イラスト－カズアキ
装丁デザイン－NARTI;S（原口恵理、稲見麗）
印刷－中央精版印刷株式会社

価格はカバーに表示されてあります。
落丁乱丁の場合はアルファポリスまでご連絡ください。
送料は小社負担でお取り替えします。

ISBN978-4-434-33324-8 C0193